마르크스의 悲劇

일찍이 사회주의는 희망의 별이었다

마르크스의 悲劇
일찍이 사회주의는 희망의 별이었다

2017년 6월 30일 초판 발행

편저자 서정수
펴낸이 홍철부
펴낸곳 문지사

등록일 1978.8.11(제 3-50호)

주 소 서울특별시 은평구 갈현로 312

영업부 02) 386-8451
편집부 02) 386-8452
팩 스 02) 386-8453

값 15,000원

*잘못된 책은 구입하신 서점에서 교환해 드립니다.

마르크스의 悲劇

일찍이 사회주의는 희망의 별이었다

서정수 편저

차례

제3부 소련 새 관료의 악의 정치

第4部 사회주의社會主義는 어디로 갈 것인가

제5부 사회주의국가의 생生과 사死

서 장

일찍이 사회주의는 희망의 별이었다

MAR

KARL HEIN

XISM

RICH MARX

제1장
마르크스의 한숨소리가 들린다

MARXISM

KARL HEINRICH MARX

1.

왜 중국과 폴란드에서 혁명이 일어났는가

《인민중국人民中國의 타락》이란 책을 펴낸 지 일 년이 자났다. 그 일 년 동안에 폴란드에서는 바웬사 위원장이 이끄는 자유노조를 중심으로 한 사회주의 국가 안에 있어서의 쇄신운동이 고조됨과 동시에 비극적인 결말이 일어났다.

중국에서는 예상되었던대로 화국봉華國鋒이 중국공산당 주석의 자리에서 쫓겨나고, 등소평鄧小平을 영수로 하는 호요방胡耀邦과 조자양趙紫陽 체제가 지배권을 장악하였다.

그 무렵 저자의 개인적 체험으로는 중국에 머무는 동안에 《인민중국의 타락》이라는 책을 출판한 까닭으로, 그 사실이 중국 당국의 노여움을 사게 되었다. 그래서 연구 활동을 중단하고 귀국하지 않을 수 없는 처지가 되고 말았다.

중국에서 '추방' 당한 사람이 갖기 쉬운 편견인지 모르나, 그 일 년 동안에 사회주의 국가들은 더욱 더 세계로부터 규탄을 받았으며, 그 지지도도 낮아진 것으로 보인다.

새삼스럽게 '사회주의 국가의 타락'을 강조할 필요는 없을 지 모르겠다. 다만, 그 이삼 년 동안에 그들 사회주의 국가 안에서 꼴불견스런 관료제도에 반대하고 민주화를 요구하는 운동이 높아짐에 따라, 다시금 사회주의 국가란 도대체 어떤 것인가 하고 되돌아 생각해 보지 않을 수 없다.

관료제도에 반대하고 민주화를 요구하는 운동은 중국과 폴란드에서 현저하게 나타났다.

중국에서는 '사인방四人幇'이 타도된 이후 특히, 1978년과 1979년을 중심으로 민주청년 그룹을 중심적 핵으로 한 커다란 규모의 민주화 운동이 힘차게 일어난 것이다.

언론의 자유화를 목표로 삼은 '백화제방百花齊放, 백가쟁명百家爭鳴' 운동은 권력 당국마저 용인하기에 이르렀다. 중국공산당의 지도 그 자체를 부정하는 견해는 적었지만 언론과 출판의 자유나 법제도의 확립, 인권의 옹호, 그리고 관료적 지배를 타파하고 인민 대중의 정치 참가를 요구하는 세론이 높아졌다.

한편 폴란드 쪽은 더욱 급진적이었다. 그것은 공산당인 폴란드 통일노동당의 지배와 권위에 대하여 정면으로 도전한 것이다. 자유노조는 급진적으로 대중의 지지를 얻게 되었는데, 그것은 공산당의 권위를 훨씬 능가하는 것이었다.

그뿐 만이 아니었다. 자유노조는 공산당의 권력과는 달라 독립된 별개의 권력을 일단 쟁취한 것이다.

관료주의로 타락한 당의 권력에 대항하여 노동자 자신들이 처음으로 자기의 권력을 되찾은 셈이다. 노동자가 권력을 얻는 것을 사회주의 혁명이라 한다면, 이것이야말로 우스꽝스럽기 짝없는 일이라 하겠지만, 사회주의 국가 내부에서 또다시 사회주의 혁명이 발생하려고 했던 것이다.

바웬사 위원장 등이 부르짖은 슬로건은 '쇄신' 이었지만, 그것은 재생이라고도 풀이되듯이 사이비 사회주의 국가를 혁명하여 새로운 사회주의 국가로 재생시키려는 운동이었으며, 단순한 '쇄신' 이 아니라, 참다운 혁명운동이었다고 말할 수 있을 것이다.

자유노조의 결성과 그 급속한 성장 자체가 소련을 비롯한 현존하는 사회주의 국가의 타락과 파멸을 여실히 보여준 것이다. 그리고 이러한 위기를 노동자의 힘이 아닌 군사력, 즉 공권력에 의해 어려운 고비를 돌파하려는 데 노동자 국가로서의 자기 파탄을 스스로 선언한 셈이 되고만 것이다.

러시아 혁명과 견주어 본다면 당의 제1서기인 야르젤스키 장군이 이끄는 폴란드 국군의 역할은 조금도 다름 없는 제정 러시아 정부의 군대 그것이었으며, 자유노조는 이중 권력을 가진 소비에트 조직이었다고 말할 수 있을 것이다.

그러나 러시아 혁명과 틀리는 점은 탄압자가 한쪽은 제정 러시아 정부였으나 다른 쪽, 폴란드의 경우는 공산당 정부였다는 점, 그리고 한쪽은 노동자가 승리하고 또 다른 쪽은 노동자가 패배했다는 점이다.

노동자 국가였어야 할 나라에서 많은 노동자가 탱크에 짓밟히고 있는 그 때에, 모스크바에서는 놀랍게도 브레즈네프 소련 공산당 서기장의 생일 기념식전이 화려하게 베풀어지고 있었다. 동구권 여러 나라에서 찾아든 수뇌들에게 둘러싸여서 브레즈네프는 대단히 만족스러워하고 있었다고 한다.

보다 높은 정신 문명을 건설해야 할 사회주의 국가에서 볼 수 있는 이러한 정신적 퇴폐야말로 비극이라기보다 오히려 보기에도 딱하다고 할 수밖에 없으리라.

브레즈네프에 대하여 "당신만큼 평화의 신장을 위해 많은 일을 한 정치가는 없다"는 찬사가 받쳐졌다지만, "당신만큼 사회주의 국가의 매력을 떨어뜨리기 위해 많은 일을 한 정치가는 없다"라고 바꾸어 말해야 되지 않을까.

중국에 있어서도 그 사정은 크게 다를 바가 없었다. 다만 노동자의 반란이었던 폴란드에 대하여 중국에서 민주화 운동을 이끈 중심은 지식 청년층에 한해 있었다는 점이, 그 운동의 질과 양의 차이를 보여 주고 있다.

그러므로 중국에서는 군대를 개입시킬 필요가 없었다. 공권력으로 민주파의 청년을 한 사람 한 사람씩 잡아들이는 것으로서, 공산당 스스로가 부르짖은 '백화제방, 백가쟁명' 운동을 짊어질 사람을 한 사람 한 사람씩 짓밟아 버리고 있는 것이다.

민주청년인 위경생魏京生, 유청劉靑, 왕희철王希哲 등이 차례차례 체포되었으며, 문예계에 있어서도 희곡 《고연苦戀》을 쓴 백엽白樺에게까지 압력이 가해지고 있는 것이다.

자본주의 국가가 정기적으로 경제 공황에 시달린다고 한다면 현존하는 사회주의 국가들은 정기적으로 일어나는 민주화 운동 때문에 몸살을 앓고 있다. 하나의 권력이 약해지고 새로운 권력이

동장하는 틈바구니를 타고 사회주의 국가에서는 민주화를 바라는 대중의 목소리가 들려 온다.

그리고 그 목소리를 지워버림으로써 새로운 권력은 그 관료 체제를 강화해 나간다. 그리고 그 관료 체제의 강화는 항상 사회주의의 새로운 승리와 강화를 획득한 것이라고 선전하지만, 그 사실이 틀림없이 사회주의 국가의 매력을 한층 떨어뜨리고 있는 것이다.

또 중국에서의 화국봉華國鋒과 엽검영葉劍英 체제에서 등소평鄧小平과 호요방胡耀邦 체제로의 과도기에 나타난 민주화 운동은, 지난날의 '사인방' 비판을 중심으로 삼으면서 중국 사회주의의 민주적 재생을 갈구하고 있는 것이다.

이 민주화의 목소리는 결코 일부의 젊은이들만의 목소리는 아니다. 중국 당국이 인정하고 있듯이 공산당 간부의 부패는 말할 수 없을 정도로 심각하고 그들 관료의 특권은 차마 보아 넘길 수 없을 정도다.

그것은 사회주의의 우월성에 대한 신념 그 자체를 흔들어 놓고 있다.

이 위기를 대중의 자각이나 또는 대중의 정치 참여라는 민주화의 길이 아닌 공산당의 위신 회복이라는 길만으로 처리하여 민주화의 싹을 따 버린다면, 등소평 역시 '사인방'과 같이 대중들에게서 버림을 받을 수밖에 없을 것이다.

2. 이미 사회주의의 매력은 사라져버렸다

최후의 영웅이라 일컬었던 모택동毛澤東이 죽고 난 이후로, 현대는 영웅이 없는 시대가 되었다. 그리고 인간을 취하게 하고 역사를 미래로 이끌어 줄 이론도 사라져 버린 시대이기도 하다.

이론을 낳게 하고 성숙되게 하여 실천하는 것은 인간이기 때문에, 현대는 틀림없이 인간이 없는 시대이기도 하다.

마르크스주의는 그 인간을 가장 중요하게 여기며, 그 인간을 해방시킬 이론으로 등장한 것이다.

그 마르크스주의가 지난 휴머니즘의 매력은 이제는 옛이야기가 되어 버리고 이 지상에서 영원히 그 모습을 지워 버린 것일까.

오늘날 대학 캠퍼스에서 얼마만큼의 학생들이 마르크스주의에 대하여 격론을 벌이고 있을 것일까. 또 현존하는 사회주의 국가에 대하여 매력을 얼마만큼 느끼고 있는 것일까.

소련의 브레즈네프 서기장을 겨우 알고 있을 정도로서. 이제는 전임 서기장이었던 흐루시초프의 이름도 모르는 대학생이 허다

하게 있는 시대인 것이다. 앞으로 10년도 다 지나기 전에 대학생에게서 모택동의 이름마저 잃어버릴 것이 뻔하다.

이론이 없는 시대이기 때문에 마르크스주의가 위기에 빠진 것은 아니다. 마르크스주의 자체가 매력 없는 것이 되어 버려서 이론이 없는 시대를 낳게 한 것이다.

그리고 마르크스주의에 의하여 수립된 현존하는 사회주의 국가의 존재 자체가 마르크스주의를 더욱 매력 없는 것으로 만들고 있다는 웃어 넘길 수 없는 역설이 있다는 것을 이제는 부정할 수 없는 사실인 것이다.

인간을 해방시키기 위해 존재해야 할 사회주의 국가가 관료주의적 관리사회를 만들어 내어 인간을 해방시키기는커녕 반대로 억압을 계속하고 있다는 데에 더 큰 위기 의식이 있는 것이다.

마르크스는 행복스러운 시대에 살았는지 모르겠다.

무르익을대로 성숙한 자본주의가 허물어져 버린 뒤에 자본주의가 도달한 최고 수준 위에 더욱 더 고도한 문명 사회를 이룩하는 것이 사회주의라는 것을 그는 믿고 있었기 때문이다.

현존하는 사회주의 국가 모두가 낮은 생산력밖에 갖지 못 했던 후진국 혁명에 의하여 성립되어 왔다는 사정이, 마르크스의 꿈을 아직 꿈 속에서 헤매고 있게 하고 있다는 것을 인정하지 않을 수 없을 것이다.

선진 자본주의 국가로서 사회주의 혁명이 일어나지 않은 것은 그 나라의 노동자가 무기력해서인지 또는 자본주의 체제가 워낙 강해서일까. 어쨌든 현대 마르크스주의의 위기의 또 하나는 다음과 같은 점이다.

사회주의 운동 및 현존하는 사회주의 국가가 자본주의의 저력에 미치지 못한다는 점이다. 그리고 더욱 나쁜 것은 사회주의는 자본주의적 죄악을 극복해야 할 것인데도 불구하고 현존하는 사회주의 국가에 있어서는 정치, 경제, 사회, 문화 등 많은 영역에서 자본주의 국가보다도 더 심하게 나쁜 점이 너무나 많이 두드러지게 눈에 보이고 있다는 사실이다.

록히드Lockheed 회사의 항공기 도입에 따른 부정 사건으로 재판에 회부되었던 형사 피고인들은, 그들의 악랄한 범죄가 세상 사람들이 다 알게 되었는데도 여전히 일본의 정치를 지배하고 있다. 그러한 것을 용서하고 있는 일본의 정치 풍토를 생각해 본다면,

일본에 민주주의가 확립되어 있다는 등의 이야기는 참으로 웃음거리에 지나지 않는다.

견딜 수 없을 정도로 썩어빠진 정치가 전개되고 있으면서도 '그렇다 해도 소련 같은 사회주의 국가의 정치보다는 낫지 않느냐' 는 말이 그럴 듯하게 흘러나오는 만큼 사회주의 국가의 이미지는 땅에 떨어지고 있는 것이다.

1950년대에 핵 무기의 출현으로 전면 전쟁이 불가능하게 되었을 때, 흐루시초프는 자본주의 체제와 사회주의 체제의 '평화공존' 을 제창하였다.

흐루시초프에게는 무력 전쟁을 대신한 경제 전쟁에서 자본주의를 이길 수 있다는 자신이 있었기 때문이다.

계획 경제를 택하는 사회주의 체제는 계획도 없이 경제 공황에 위협받고 있는 자본주의 체제보다 훨씬 유리하게 발전하는 속도도 빠를 것이라고 보고 있었다. 그래서 사회주의의 매력은 전 세계에 널리 퍼져 세계정세는 사회주의 진영에 유리하게 변화할 것이라고 확신하기에 이르렀던 것이다.

그러나 그 후의 4 반세기에 걸친 역사는 흐루시초프를 배반하였다. 사회주의 국가는 매력 있는 국가이기는커녕 반대로 매력 없는 국가로서의 평가가 높아져서 세계는 결코 사회주의 진영에 유리하게 움직이지 않았다. 사회주의 아닌 나라가 차례차례 사회주의 진영으로 기울어지기는커녕 반대로 자기 진영 안에서의 반란이 일기 시작한 것이다.

그러기 때문에 브레즈네프는 군사력을 강화하여 사회주의의 매력에 의하지 않고 군사력의 압력으로 사회주의 진영의 강화를 꾀하려 하고 있는 것이다.

따라서 소련의 군사력 강화는 사회주의의 매력이 없어졌기 때문에 파탄의 결과를 가져온 것이며, 이러한 것이 더욱 더 사회주의 국가를 매력 없는 것으로 만들고 있는 것이다.

3.
중국은 변하고 있다

일찍이 '개와 중국인은 들어오지 마시오'란 표말이 세워져 있었다는 황포黃浦 공원에 이어진 상해上海 거리를 걷고 있으면, 많은 젊은 청년들과 만날 수 있다.

그들 가운데 몇 사람은 유창한 영어로 자기네들의 울적한 생각을 마구 쏟아 놓는다. 그들 중에 많은 이들은 야간 학교나 독학으로 영어를 배운 청년 노동자들로서 외국어 대학을 졸업한 엘리트들은 아니다.

그들과 한 시간쯤 이야기하고 있으면 점차 친숙해져서인지 이야기는 체제 비판 쪽으로까지 발전해 간다.

"모택동의 평가는 첫째 공적, 둘째는 과오 순이라 하지 않는가."

"그것은 높은 사람들의 평가지요. 우리들 서민 생각은 달라요. 모택동의 평가 같은 것은 더 낮아요. 그는 외국 사정 같은 것은 아주 깜깜해 아무 것도 모른답니다."

밤마다 외국 사람을 잡고 늘어져 영어 회화를 연습하려는 청년들에게 있어서 공산주의 사상보다는 외국 사상 쪽이 훨씬 신선하게 눈에 비치는 것이다. 그래서 여러 가지 중국의 현황에 대하여 비판하는 것이다.

이렇게 자유스러워졌는가 하고 생각하는데 갑자기 이야기가 중단되는 때가 있다. 이쪽에서 충분히 영어를 표현할 수 없을 때 중국말로 이야기하면,

"중국말로 이야기하지 말아요!"

하고 입을 막는다. 왜 그러느냐고 물어보면,

"아니, 주위에 있는 중국 사람들이 알아들을 것 아니오?"

한다. 확실히 열 사람 이상의 중국인에게 둘러싸여 있지만, 영어를 아는 사람은 아주 적은 것 같다.

천하의 큰 길에서 주고 받는 이야기이므로 누구에게도 꺼려 할 필요도 없는 이야기인데 하고 생각하고 있었지만, 아직은 그렇지가 못한 모양이다. 그렇다 하더라도 영어라고 하는 한정된 커뮤니케이션communication의 도구라는 작은 범위 안에 있으면서도 천하의 큰 길거리에서 외국인에게 모택동 비판을 털어놓을 정도로 중국은 변하고 있는 것이다. 그러나 아직 그러한 말을 중국 말로 이야기하지 못한다는 굴절된 모순이 존재하고 있다 하겠다.

인간을 해방시키지 못하는 혁명은, 혁명이란 이름에 합당한 것이 못 된다. 그 혁명 후의 사회에 사는 민중이 권력에 오돌오돌 떨면서 가슴에 품은 생각을 털어놓아야 한다면, 그러한 혁명이란 도대체 어떠한 것이란 말인가.

4.
무엇이 마르크스주의를 배반했는가

오늘날과 같이 사회주의가 비판을 받고 있는 때도 없을 것이다. 그것은 이론적으로 보아도 현실적으로 현존하는 사회주의 국가는 형편없이 비판을 받고 있다. 반공주의자들의 비판이라면 또 모르겠지만, 사회주의에서 미래를 찾아내려고 하는 사람들에게서 비판을 받고 있기 때문에 사회주의 국가의 병상의 증세는 뿌리가 깊은 것이다.

상처 뿐인 사회주의-이것이야말로 거짓 없는 오늘날의 모습이 아닐까. 더구나 상처마저 깊은 것이다.

그것이 불행한 일이었는지 모르겠으나 일찍이 사회주의는 희망찬 별이었다. 틀림없이 사회주의는 억압과 예속에 시달리고 있는 민중의 마음을 사로잡아 혁명을 위해 떨쳐 일어날만한 매력을 가지고 있었다.

마르크스Marx : 1818 1883의 매혹적인 예언은 하느님의 소리였으며, 그것은 역사를 흔들어 움직이게 하여 세계를 변하게 하였다.

예언은 단순한 희망에 그치지 않았다. 긴 세월 동안에 걸쳐 국가나 계급 그리고, 지배나 착취가 존재하는 것은 당연하다고 생각되고 있었던 이 지상에, 그러한 것들이 아주 없어짐을 주장하여 '자유의 왕국' 을 목표로 삼은 국가가 탄생하였다.

아무리 민주주의 인민공화국이란 명칭만 붙여서, 그러한 나라들은 한결같이 사회주의 국가임을 선언하고 있었으며, 마르크스의 예언에 따른 구체적인 결실 현상이라고 받아들여졌다. 그리고 세계의 많은 민중들도 그 사회주의 국가라고 불리우는 나라에 열렬한 눈길을 보내었다.

그러한 나라들을 건설한 혁명 영웅들은 레닌, 스탈린, 모택동, 주은래, 카스트로, 호치밍胡志明, 티토 등으로서 역사에 불멸의 이름을 남기고 있다.

그들은 카리스마Charisma적 영웅이었으므로 이름을 남기고 있는 것만은 아니었다. 그들은 마르크스의 후계자로서 또 마르크스주의의 사도로서 억압에 고생하는 민중에게 희망을 주어 떨쳐 일어나게 하여 혁명에 동원시켰다. 그리고 계급 사회를 소멸시키는 정의의 싸움에서 끝까지 싸워 이긴 훈장이 주어졌기 때문이다.

그러기에 희망에 가득 차 있어야 할 사회주의 국가의 현실은 그 희망의 빛이 강했던 것과 정 비례하여 너무나 무참했던 것이다. 지금 현존하는 사회주의 국가의 현실과 견주어 본다면 얼마만큼의 인간이 사회주의에서 희망을 찾아낼 수 있을 것인가.

단순히 자기를 반대한다는 한 가지 이유로 해서 차례차례 유능한 지도자를 말살해 버린 스탈린의 숙청은, 소위 흐루시초프의 스탈린에 대한 비판적 해석에 따라 스탈린의 이상 성격에 의한 것이라고 인정하기로 하자. 그러나 사회주의 국가라는 이름이 붙어 있는 나라에서 발생하는 여러 가지 현상은 어떻게 설명하면 좋을지 모르겠다.

거슬러 올라가 소련의 헝가리와 체코슬로바키아에의 침공, 그리고 지금은 폴란드에 대한 내정 간섭과 압력, 아프카니스탄에의 무력 침공, 사회주의적 국제주의를 부르짖으면서도 서로 미워하는 중소中蘇 관계, 중국과 베트남의 전쟁, 베트남의 캄보디아 지배, 그리고 한없이 커지는 군비 확충 정책 등등을 어떻게 합리화시킬 수 있을까.

국내 정책도 역시 문제가 많다. 프롤레타리아 독재 아닌 공산당 독재와 그들 말마다 앞세워 받드는 민주주의 운동에 대한 억압, 중국에서는 희망에 넘쳐 흐르던 문화대혁명이 '동란의 10년'이었다고 평가하는 가치의 혼란과 그 후의 민주 세력 탄압, 사회주의는 나라를 발전시키기는커녕 여전히 저개발국으로 묶어둔 경제적 모순, 캄보디아의 최고 최악의 대학살, 그리고 폴란드의 경제 파탄 등등, 예를 들면 한이 없을 정도다.

이런 꼴이라면 사회주의란 희망의 별은커녕 절망의, 아니 오히려 악마의 소굴이 되어버린 것같이 보인다. 이렇게 이야기하다보면 나쁜 면만 나열한다고 말할지 모르겠다. 또 현상만을 보고 현상의 계급적 본질을 보려 하지 않는 부르조아적 혐오라고 비판할지 모르겠다.

그러나 마르크스가 죽은 지 100년이 지난 오늘날까지 만일 그가 살아 있다면, 그의 프롤레타리아적인 정의감으로 인해 "현존하는 사회주의 국가는 정말 틀려 먹었어." 하고 그들을 규탄할 것이 뻔하다.

왜 이렇게 되어 버렸을까?

오늘날 마르크스주의가 그 유효성을 상실했기 때문일까. 그렇지 않으면 현실이 마르크스를 배반한 것일까. 또는 공산당이 마르크스에게 등을 돌린 것일까.

만일에 현존하는 사회주의 국가가 오늘날 취할 수 있는 유일한 사회주의 형태가 그 꼴이라면, 그것은 틀림없이 마르크스의 크나큰 오산이라 하겠다.

5.
사회주의의 현실과 이념의 차이

오늘날 마르크스주의는 위기에 처해 있다.

프랑스의 유명한 공산주의자인 아르츄셀은 이 마르크스주의의 위기가 1930년부터 불이 붙기 시작했었는데, '긴 비극적 역사가 흐르던 끝에 오랜 동안 봉쇄당하고 있었던 위기가 드디어 터지고 말았다' 고 설명하고 있다.

다만, 위기가 작렬한 것은 옛 것이 아니라 현존하는 사회주의인 것이다. 지금까지 현존한다는 접두사를 덧붙여 사회주의를 표현해 온 것은 '현존하는 사회주의' 와 '이념으로서의 사회주의' 를 구별할 필요가 있기 때문이다.

현존하는 사회주의란 것은 '현실에 존재하는 사회주의' 라는 말이다. 마르크스가 부르짖은 이념으로서의 사회주의는 '자유스러운 사람들의 연합체' 를 말하는 것이며, 인간의 존엄을 그 바탕에 둔 사회인 것이다.

그런데 소련이나 동구권에서 볼 수 있는 사회주의 국가에서는 국가나 당이 전면에 내세워지고 인간의 존엄성 같은 것은 보잘 것 없다. 그래서 '국권적 사회주의'라는 등의 개념이 사용되는 경우도 있다.

이러한 사정도 있고 해서 여기에서는 '이념으로서의 사회주의'와는 구별하는 뜻에서, 그리고 부정적인 뜻까지를 포함해서 '현존하는 사회주의'라는 개념을 사용하기로 한다.

트로츠키는 1936년에 《배반당한 혁명》이란 책을 펴냈는데, 그 책에서 일찍이 소련을 '관료적으로 타락된 노동자 국가'라고 규탄한 것은 유명한 이야기다.

한편 미국의 저명한 마르크스주의자인 스위지P.M. Sweezy는 마침내 현실의 사회주의 국가를 '혁명 후의 사회'라고 부르기에 이르렀다. 사회주의 사회라고 부르기에는 너무나 부끄럽기 때문이다.

6.
짓밟힌 사회주의의 십계명

1917년의 러시아 혁명에 의해 이 지구 위에 사회주의 국가가 탄생한 이래 겨우 90여 년 밖에 지나지 않았다. 자본주의의 긴 역사에서 본다면 사회주의 같은 것은 아직 노란부리를 가진 햇병아리에 지나지 않는다.

그러한 젊은 것에게 훌륭한 인간이 아니면 안 된다고 주문하는 것도 무리한 일이라는 이론이 성립될지 모르겠다. 또 젊은 사회주의 국가도 그러는 동안에 성숙해지면 현재와 같은 혼란도 해소될 것이라고 말할지 모르겠다.

우리들은 사회주의 국가가 아직 성숙하지 못하기 때문에 그 희망을 잊어버린 것은 아니다. 또 아직껏 사회주의적 토양이 단단해지지 않아서 공산주의의 단계를 제대로 진입하지 못해 절망하는 것은 아니다. 그렇게 차원 높은 바램을 원하는 것도 아니다.

이렇듯 실망이 큰 것은 다음과 같은 이유 때문인 것이다. 적어도 사회주의를 표방하는 국가라면 최소한도 이것만은 범해서는 안 된다는 원칙마저 거리낌없이 짓밟아 버리기 때문이다.

그렇다면 최소한 이것만은 범해서 안 된다는 원칙이란 도대체 어떤 것일까. 그러한 원칙 같은 것이 있을 리 있겠느냐고 할지 모르겠지만, 없다면 만들어 보는 것도 괜찮을 것이다.

마르크스주의의 이론에서나 마르크스의 고전古典에서 그러한 원칙적인 말을 찾아내는 것이 아니라, 사회주의 국가의 역사적 경험에서 범해서는 안 되는 원칙을 들어보기로 하자.

이름하여 '사회주의의 십계명十戒銘'이란 것이다.

① 관료주의를 범하지 말 것.
② 대국주의를 범하지 말 것.
③ 전체주의를 범하지 말 것.
④ 군사軍事주의를 범하지 말 것.
⑤ 국가주의를 범하지 말 것.
⑥ 권위주의를 범하지 말 것.
⑦ 경제주의를 범하지 말 것.
⑧ 보수주의를 범하지 말 것.
⑨ 개인지상주의를 범하지 말 것.
⑩ 물신物神숭배주의를 범하지 말 것.

이것이 경험적 십계명인 것은, 현존하는 사회주의 국가의 대부분이 이 '십계명'을 지키지 못하고 있음에서 비롯된 것이다.

실은 지키지 못한 것을 경험적으로 나열한 것이지만, 이러한

'십계명' 이 사회주의의 본질과 관계지워진 것임은 명백할 것이다. 최소한 이것만은 범해서 안 된다는 '사회주의의 십계명'을 짓밟아 버리고 있기 때문에 현존하는 사회주의 국가가 마르크스주의로부터 희망과 매력을 빼앗아 갔기 때문에 마르크스주의가 위기에 빠지게 된 것이다.

소련과 폴란드나 중국에서 일어나고 있는 사태를 '사회주의의 십계명'으로 견주어 보면, 모두 다 현존하는 사회주의 국가 스스로가 이러한 최소한의 원칙을 짓밟아 버린 데에서 일어난 혼란임을 알 수 있다.

현존하는 사회주의 국가는 역사적 현실에 의해 심판을 받고 있는 것이다. 사회주의 국가가 심판을 받고 있다는 것을 이해하지 않고 스스로 되돌아 보지 않는다면, 스스로 파탄하여 자멸하게 될 뿐이다.

만일 사회주의 운동이 재생한다고 하면 현존하는 사회주의 국가의 실패를 극복하여 그것을 대신할 새로운 사회주의의 상像을 만들어 내지 않으면 안 될 것이다.

참으로 현대는 사회주의에 대한 불신의 시대라 하겠다. 왜 이렇게 되었을까. 그러기에 겸허한 마음으로 스스로 반성하는 데에서부터 재출발하지 않으면 안 된다.

사회주의자는 자본주의를 심판할 뿐만 아니라 사회주의도 심판하지 않으면 안 된다. 자본주의보다 뒤떨어진 사회주의란 웃음거리밖에 안 된다. 지금이야말로 스스로 자각하는 사회주의가 필요한 시대인 것이다.

7.
지금 상해上海에서는 무슨 일이 일어나고 있는가

1981년에 상해 사회과학원에서 4개월 동안 연구할 기회를 얻었었다. 상해라고 하는 참으로 불가사의한 도시는 근대 중국의, 더구나 사회주의 중국으로서의 모순을 삼키면서 거대화된 도깨비라 하겠다.

지난날의 상해는 중국에 있어서의 제국주의가 지배하던 때의 아성이자, 공산주의 운동이 시작되기도 한 근원지이기도 했다.

물론 중국공산당은 상해에서 태어났으며, 장개석蔣介石에게 쫓겨서 산간벽지로 도망쳐 버릴 때까지 상해는 노동운동의 희망에 찬 성지였다. 그와 동시에 상해는 제국주의의 퇴폐 문화의 쓰레기로 가득 채워진 복마전이기도 했다. 상해의 거리거리는 마약과 도박으로 심하게 병들어 있었다.

이러한 상해는 해방된 후부터 중국 첫째 가는 공업력을 가지고 중국의 사회주의를 이끌어 나가는 모범 도시로 탈바꿈하였다. 그 유명한 문화대혁명이 시작되고 북경北京의 관료적 지배에 도전한

것도 상해였다.

그리고 그 문화대혁명이 전면적으로 부정된 오늘날, 상해에는 직업을 잃은 많은 젊은이들이 거리에 넘쳐 흐르면서 무시무시한 폭발력을 내포하고 있기에 이르렀다.

공업적 근대화를 목표로 삼는 '4대 현대화' 정책에 있어서 상해의 공업력은 의지할 만한 것이지만, 그러나 '4대 현대화'가 빚는 모순이 들끓는 곳도 상해인 것이다.

폭음을 내면서 달려가는 폭주족들, 몰래 손에 넣은 양담배를 피우면서 찻집에서 어슬렁거리는 젊은이들, 길거리에서 자질구레한 것들을 팔아 몇 푼 얻어먹는 실업 청년들….

이러한 현실을 보고 있으면 도대체 사회주의란 무엇일까 하고 생각하지 않을 수 없다. 이러한 소박한 체험을 소중히 하지 않으면 안 될 것이다.

이렇게 중국에 머무는 동안에 여러 가지 일들을 체험할 수 있었다. 그런데 그 체험기가 문제가 되어 결국 중국에서 귀국하도록 요청 받기에 이르렀다.

중국에서 추방됨으로 해서 중국에 있어서의 민주주의가 아직 성숙되지 못했음을 체험한 탓으로, 그 체험을 근거로 삼아 새로이 사회주의 국가가 지니고 있는 여러 가지 모순을 밝혀 보고 싶은 마음이 간절해졌다.

그러나 그 체험만에 매달리지 않고 더 넓게 소련이나 폴란드의 문제까지 살펴서, 무엇 때문에 현존하는 사회주의 국가가 마르크스의 애당초 생각에 배반하여 타락해 버렸는가를 냉정하게 다시 생각해 보지 않을 수 없었다.

제1부

바웬사의 수염은 얼어 붙었는가

MAR

KARL HEIN

XISM

RICH MARX

제1장
겨냥된 총구 아래서

MARXISM

KARL
HEINRICH
MARX

1.
또다시 희망에서 절망으로

희망에서 시작되어 절망으로 끝나는 것이 무엇인가 하고 묻는다면, 그것은 혁명이라고 대답할 것이다.

이와 같이 단언한다면 혁명에 인생을 걸고 움직이는 사람들에게 야단을 맞을 지 모르겠다. 그러나 미안하지만 현존하는 사회주의 국가에서의 혁명을 살펴본다면, 이러한 빈축을 사는 것도 할 수 없는 일이라 하겠다.

폴란드의 꿈과 현실…….

바웬사의 콧수염과 함께 다가선 사회주의 국가 내부에서의 혁명운동도 또 한 번 희망에서 시작되어 절망으로 끝나려 하고 있다.

또 한 번이라고 말한 것은, 두말할 나위없이 동구권에서는 1956년에 일어난 헝가리 혁명, 1968년의 '프라하의 봄', 그리고 이번에 일어난 폴란드 혁명이 '반혁명' 이란 입마개로 포장 당하고 있기 때문이다.

이러한 역사적 현실을 살펴본다면 싫어도 다음과 같이 말하지 않을 수 없다 하겠다.

혁명이란 언제나 희망이란 이름의 수레를 타고 화려하게 다가온다. 그리고 그 수레를 타고 즐기면서 사라져 가는 것은 권력자뿐이다. 혁명을 일으킨 민중은 항상 절망이란 이름의 수레에 실린 채 버려진다.

혁명이란 한 계급이 다른 계급을 타도하는 정치혁명이며, 생산력을 발전시키기 위해서는 지난날의 낡은 생산 관계를 변혁하는 사회혁명인 것이다. 그러나 혁명의 임무를 이렇게 좁은 틀 속에 가두어 둔다는 것은 잘못된 일이다. 혁명이 희망에 둘러싸여 이야기할 수 있는 것은, 그것들이 학대 받는 인간을 해방시키려 하기 때문이다.

그러므로 근대혁명은 민주주의의 실현을 언제나 앞세우고 있다. 그러나 자유와 평등을 바라며 요구하는 민주주의는 그 희망 아래에 대중으로 하여금 정치적으로 동원하는 운동 원리이다. 그러므로 어떠한 국가라 하더라도 국가 체제 아래에서 실현될 수 있는 체제 원리는 아닌 것이다. 운동으로서의 민주주의를 부정한다면 그것은 혁명의 종말을 의미하는 것이다.

혁명에 의하여 국가 권력을 장악한 사람들이 자기 자신들이 생각하는 민주주의 이념을 고정화하고, 그것을 체제의 원리로 떠받들고는, 그밖의 어떠한 민주주의적 요구도 부정한다고 하면, 그것은 체제에 의한 운동 원리의 억압에 지나지 않을 것이다.

민주주의 운동이 권력자의 가치관 테두리 안에서 체제화하여 그것을 지키기에 급급하여 보수화하는 데에 혁명의 비극이 일어나는 것이다.

사회주의 혁명이 지금까지의 역사적 혁명과 비교하여 가장 진보적이며 정신적으로도 숭고하다고 일컬어지는 이유는 민주주의가 한 줌밖에 안 되는 권력계급에서 대중의 손으로 해방되기 때문인 것이다.

부르조아 혁명의 대표로 불리우는 프랑스 대혁명이 1789년에 일어났다. 이 때에도 파리의 도시 빈민을 중심으로 한 대중은 스스로의 손으로 민주주의를 장악할 수 있으리라 믿고 바스티유 감옥을 향해 분노의 행진을 했던 것이다.

그러나 부르조아 혁명에서의 권력은 대중에게서 소외되었다. 그러기 때문에 사회주의자들은 말한다.

"사회주의 혁명에서는 그러한 일은 결코 없다. 혁명운동은 대중에 의해 이루어지며, 그 성과 역시 대중에게로 돌아온다."

이것이 철칙인 것이다.

그러나 16개국으로 늘어난 현존하는 사회주의 국가에서 그 마르크스의 공약은 얼마만큼이나 실현되고 있을까. 프롤레타리아 계급의 빼어난 지혜로움을 대표한다고 일컫는 공산당이 프롤레타리아 계급의 계급 독재를 대행하고 또 당의 독재를 실행하고 있다.

또한 민주주의란 무엇인가라는 해석론을 당이 독점하고 관제 민주주의를 체제화하고 있다. 대중이 민주주의 운동을 어깨에 메고 실행한다면, 그것은 바로 당의 해석권解釋權에 대한 도전이 될 것이며, 체제적 관제 민주주의를 문란시키는 '반혁명'으로 되어갈 것이다.

2.
'연합連合'의 탄생은 충격적이었지만

폴란드는 동구의 작은 나라다. 러시아와 독일이라는 큰 나라 사이에 끼어서, 몇 번씩이나 인접 국가로부터 침략되어 망국亡國의 한을 품었던 '불쌍한' 나라였으며 민족이었다.

다른 나라 사람들이라면 이러한 정도의 인식밖에 갖지 못할 것이다.

그런데 이러한 이국 땅에 동정의 눈길을 돌리게 되는 것은 무엇 때문일까.

그것은 바로 1980년 여름부터 불이 붙기 시작한 노동운동이 소련을 중심으로 한 동구권 사회주의 국가군群의 모순이 보기 좋게 드러났기 때문이다.

폴란드에 자유노조 '연합'이 탄생한 것은 충격적인 일이었다. 이 자유노조의 탄생은 관제인 사회주의적 민주주의가 민중을 억압하는 성격을 지니고 있었다는 것을 나타낸 것이다. 그리고 '연합' 운동이 어느 정도의 승리를 얻게 된 것은 현존하는 사회주의 국가 내부에도 공산당 독재의 폐단을 타파할 수 있는 대중적 에너지가 내재하고 있는 것이 아닐까 하는 희망을 갖게 해 주었다.

이러한 사회주의 국가에 있어서의 변혁운동은 관료제도의 타파를 부르짖었던 중국의 문화대혁명, 그리고 '프라하의 봄'이라고 불리워졌듯이 자유화를 요구했던 체코슬로바키아의 개혁운동 이후 오랜만의 사건이었다. 그리고 동시에 일본의 좌익운동에도 열기가 일어났던 것이다.

이러한 깊은 생각이 문화대혁명이나 체코슬로바키아에서도 환상으로 끝났던 것과 마찬가지로 폴란드의 민주주의 운동에서도 또다시 글자 그대로 군軍의 압력에 의해 짓밟힘을 받고 말았다.

왜 그랬을까? 이러한 물음은 폴란드 한 나라만의 일이 아니다. 현존하는 사회주의 국가 전체와 관계되는 물음임에 틀림없다.

그렇다면 폴란드가 던진 문제는 무엇이었는가. 이 문제부터 생각해 보기로 하겠다.

3.
바웬사의 수염은 얼어 붙어버렸다

1980년 8월, 폴란드의 그다니스크에서 시작된 '쇄신' 운동은 여름의 뜨거운 태양과 함께 타오르기 시작하였다. 그리고 1981년 12월, 매서운 동장군이 찾아들면서부터 심한 겨울 대지에 얼어붙고 말았다.

성품이 명랑한 바웬사 위원장이 일본을 찾아 왔을 때, 바웬사 열풍이 일어났다. 그로부터 반 년쯤 지나자, 그 바웬사의 콧수염도 얼어 붙어버렸단 말인가.

약 일년 만에 걸쳐 세계의 눈을 모았던 폴란드 혁명은 왜 주목 받았던 것일까. 이것은 대체로 네 가지 점으로 집약될 수 있다.

첫째는 사회주의 국가에 있어서의 노동자의 정치혁명이었다는 점이다.

지금까지는 사회주의 국가에서도 정치혁명이 일어났었다. 그러나 중국이나 체코슬로바키아에서의 혁명이 위로부터의 지도를 받은 변혁운동이었다는 것에 비하여, 폴란드에서의 새로운 점은 노동자인 밑으로부터 일어난 반권력 운동이었다는 사실이다.

특권을 독점한 나머지 부패해 버린 폴란드 통일노동당공산당이 지배하는 관료적 불평 등에 반대하고, 노동자가 참으로 권력을 쥔 나라로 재생시키려 했던 것이다. 그리고 언론이나 출판 등의 자유를 얻어내려고 했던 것이다.

그것은 국가의 주권을 어디에 두고 인정하려는 것인가 하는 문제이며, 민권의 회복을 꾀하여 당권을 타파하려는 것이다. 또 공산당의 당 독재에서 노동자의 계급 독재로 전환시키려 했던 것이다. 간단하게 표현한다면 관료제도 정치를 타파하고 민주주의를 회복시키려 했다 하겠다.

둘째는, 소련의 동 유럽 지배와 소련형 사회주의의 강요, 그리고 일원적인 지배에 대한 저항이라 할 수 있다.

러시아에 의해 여러 번 나라 잃은 겨레가 되었던 폴란드의 민족의 반 러시아 감정은, 말하자면 민족의 한이었던 것이다. 그러한 소련에 의해 억지로 반입된 공산당의 지배에 대한 거부 반응은, 이러한 러시아에 대한 반감을 빼고는 이야기할 수 없을 것이다.

셋째로는, 현존하는 사회주의 국가에 있어서 내부에서 일어나는 혁명은 성공할 수 있는 것일까 하는 문제이다. 좀 덜 딱딱한 말로 나타낸다면 변혁 주체變革主體의 형성 문제라 하겠다.

이번 변혁의 에너지가 폭발적인 힘을 가졌던 것은 노동자와 지식인의 연계가 성공적으로 이루어졌다는 것은 널리 인정된 사실이다. 그 연계성은 운동에 질적인 강한 힘을 줄 수 있었다. 더구나 폴란드에서는 가톨릭 교회의 영향력이 컸음을 부인할 수 없다.

파업이 한창일 때, 사제들과 함께 기도를 드리면서 노동자들은 힘차게 일어났던 것이다. 그런데도 불구하고 노동자들은 군사력 앞에 그들의 단결력을 잃고 패배해 버리고 말았다.

도대체 무엇이 부족했던 것일까.

네 번째는, 사회주의적 공업화 정책의 파탄을 들 수 있다.

긴 행렬을 서서 고기를 사는 풍경은 폴란드의 명물 중의 하나다. 인간은 빵만으로 사는 것은 아니라 하지만, 풍요로운 사회를 이룩해야 할 사회주의 건설에서 이러한 풍경을 어떻게 설명해야 옳을까.

더구나 폴란드는 근년에 공업화 정책을 수행하여 세계 10위의 공업국으로까지 성장한 실적을 가지고 있다. 특히 중공업화 정책에 편중되어 있어, 그 중에서도 조선업은 그 에이스였다.

그다니스크에서의 노동자의 파업이 그 조선소를 거점으로 일어났다는 사실에서도 알 수 있듯이 공업화는 모순에 가득 차 있었던 것이다.

왜냐 하면 공업화의 자금은 외국으로부터 차관에 의해 조달되지 않을 수 없는 무리가 많은 공업화였기 때문이다. 그 결과로 급속한 외자 도입 정책으로 국고 재정은 파탄되어 식량 부족으로 허덕여야 했던 것이다.

이러한 것은 당의 경제 정책의 실패와 그리고 소련을 중심으로 하는 동구권의 국제 분업적 경제 구조의 모순을 말해 주고 있는 것이다.

이러한 네 가지 점을 자세히 살펴보면, 결코 이것은 폴란드 한 나라의 문제일 뿐만 아니라, 바로 현존하는 사회주의 국가 전체에 대한 당면 문제로 생각된다.

폴란드는 폴란드이면서도 이제는 폴란드가 아닌 것이다. 야르젤스키 장군의 총구는 모든 사회주의 국가의 대중을 향해 겨냥되고 있는 것이다. 군사적 탄압은 결코 폴란드의 국내 문제만은 아니다.

가령 소련군이 개입하지 않는다 해도 그것은 소련형 사회주의의 파탄 이외의 그 아무것도 아닌 것이다.

제2장
소련형 사회주의는 믿을 수 없다

MARXISM

KARL
HEINRICH
MARX

1.
'연한 버드나무' 같은 기질이 폴란드 사람의 지혜다

먼저 폴란드의 역사부터 살펴보기로 하자.

바다에 둘러싸인 반도에서 국가를 이룩하여 살아온 한국인의 눈에는 넓디넓은 유럽 대륙의 한 구석에 형성되어 있는 폴란드는 사라졌다 나타났다 하면서 기구한 운명을 지닌 나라로 보일 뿐이다.

슬라브 계통의 폴란드 민족이 오랜 동안에 걸쳐 분할된 부족사회를 통합하여 건국한 것은 10세기 후반이었다. 그 후에 흔히 볼 수 있듯이 주변 국가와의 분쟁이 되풀이되었는데, 1795년에 국가가 멸망해 버리고 말았다.

이른바 그 유명한 폴란드 분할인 것이다. 동쪽은 거대해지기 시작한 러시아, 서쪽은 본디 폴란드에서 분리되어 독립한 강국으로 자라나기 시작한 독일, 그리고 남쪽에는 오스트리아가 자리잡고 있었다. 이러한 세 강국에 의해 분할되었던 것이다.

나라 잃은 겨레가 된 폴란드 사람들은 끊임없이 독립운동을 전개해 오고 있었다. 그러나 겨우 독립 국가로 회복된 것은 제 1 차 세계대전이 끝난 1918년이었다.

그것도 잠깐 동안으로 1939년에는 다시 망국의 한을 품어야 했다. 히틀러의 독일과 스탈린의 소련이 자기들 마음대로 손잡고 순식간에 동과 서에서 쳐들어와 다시금 재분할되어 버렸던 것이다.

제2차 세계대전이 끝나자, 얄타와 포츠담의 두 회담을 통하여 다시 건국되도록 안정 받았다. 그러나 나라의 영토는 크게 서쪽으로 이동되고 말았다. 동쪽의 포메로니아와 백러시아 그리고 우크라이나 등은 소련 영토가 되어버린 것이다.

1945년 1월에 바르샤바를 해방시킨 소련은 그 지도 아래 통일정부를 수립하였다. 그리고 1948년에는 현재의 폴란드 통일노동당이 정권을 쥐고 동구권의 사회주의 국가로서의 독립국이 되었다.

이러한 고르지 못한 역사를 보고 있노라면 얼마나 폴란드가 큰 나라에 의해 시달려 왔는가를 잘 알 수 있다.

종교적으로 살펴보더라도 동쪽의 러시아는 그리스 정교, 서쪽은 프로테스탄트이다. 따라서 가톨릭교인 폴란드가 살아 남기 위해서는 옆 나라에 대하여 조심성 있게 처신하지 않을 수 없음을 알 수 있다.

또 동쪽에 있는 소련은 사회주의 국가, 그리고 서쪽에도 사회주의 국가인 동독이 있어 폴란드도 사회주의 국가로서 독립할 수 있었다고 폴란드의 지도자들은 말한다. 그리고는 사회주의 체제의 필요성을 강조하고 있다. 두 번 다시 나라 잃은 슬픔을 맛보기 싫은 심정에서 우러나온 말이란 것을, 그들 역사를 통해서 충분히 이해할 수 있다.

그러나 이 말이 사회주의를 받드는 사람들의 말이란 점을 생각해 보면, 참으로 비참하다 하지 않을 수 없다.

사회주의의 인터내셔널리즘을 믿는다기보다는 지는 것이 이기는 것이라는 아부 근성에서 우러나온 발상인지 모르겠다.

그러기 때문에 소련형 사회주의에 반대한다는 것은 바로 나라 잃는 위험을 감수해야 한다는 꼴이 된다. 그렇다면 소련에 대하여 반대한다는 것은 사회주의를 반대한다는 것은 아니다. 오히려 민족주의를 반대하는 것이 될지 모르겠다.

이렇게 생각하면 폴란드 사람으로서 소련형 사회주의는 결코 믿을 만한 것이 못 된다. 왜냐 하면 폴란드를 멸망시킨 일도 있으며, 국토를 빼앗은 일도 있었기 때문이다.

소련이 가져다준 공산당의 지배 체제에 대하여 지배한다는 정통성을 인정하지 않으려고 한 것도 당연하다 하겠다.

사회주의 체제 아래에서도 폴란드에서는 정치적 변동이 계속되고 있다. 1956년의 포즈넌 폭동, 1968년의 바르샤바 대학에서의 학생 투쟁바르샤바의 봄 : 3월 사건, 1970년의 발트해 연안에서의 폭동12월 사건, 1976년의 물가 인상 반대 투쟁6월 사건, 그리고 1980년의 자유노조 운동 등을 들 수 있다.

이러한 폴란드의 권력 반대 운동이나 소련 반대 운동 등에서 주목해야 할 것은 탄압을 받으면서도 역시 일정한 성과는 거둘 수 있었다는 점이다.

포즈넌 폭동에서는 민족주의적인 코몰카가 제1서기가 되어 소련에로부터 당의 독립을 꾀했던 것이다. 12월 사건발트해 폭동에서는 이번에는 반동화된 코몰카 체제가 붕괴되고 기에르크 체제가 탄생되었다. 그리고 1980년의 그다니스크의 투쟁으로 기에르크 체제가 붕괴해 버린 것이다.

이러한 대중운동이 일정한 성과를 이루어 온 것은 사실이다. 그렇기 때문에 동구권 가운데에서도 비교적 자유스런 분위기를 가졌던 폴란드를 버드나무와 같은 '나긋나긋한' 체제라고 표현하는 사람까지 있을 정도다.

그러나 어찌 되었든 간에 굴절된 역사를 가진 나라였기에 사회주의 국가가 안고 있는 모순은 민족적 요인과 쉽게 결합되어 폭발하기 쉬운 풍토가 폴란드에 있다는 사실만은 틀림 없는 일이다.

2.

또 하나의 '비극적 역사'가 만들어졌다

1981년 12월 13일, 야르젤스키 수상 겸 제1서기는 구국군사평의회救國軍事評議會를 설치하고 전국에 비상사태를 선포하였다.

군정에 의한 일년 반 동안에 걸친 민주화 운동의 탄압에 나섰던 것이다. 그 목적은 포고문에 있듯이 '그 행동이 국가에 위협을 주는 모든 노동조합과 그 조직의 활동을 정지한다'는 것이다. 왜 '나긋나긋한 버드나무'가 뚝하고 부러졌단 말인가.

폴란드 통일노동당은 그 일년 반 동안 싫지만 하는 수 없이 자유노조연합의 요구를 받아들였고, 또 상당한 양보도 해 온 처지였다. 이러한 태도에 소련이 불만을 품게 되어 소련의 압력을 받게 된 것은 확실한 사실이다.

그러나 근본적으로 자유노조가 요구하는 변혁과 현존하는 사회주의의 지배 질서와는 융합될 수 없는 것이다. 따라서 혁명적 해결이나 군사적 탄압 가운데 하나를 택하지 않을 수 없었던 것이다.

이것은 합법적인 방법에 의해 현존하는 사회주의 체제를 스스로 변혁할 만큼 '나긋나긋' 하지 못하다는 것을 증명한 것이라 하겠다. 타협과 대화라는 정치적 교섭으로 어디까지나 쇄신운동이 성과를 계속 올린다고 생각했다면, 그것은 바웬사 위원장의 오산이라 하겠다.

바웬사 자신도 '온건 노선을 주장해 온 것은 잘못' 이었으며, '당과 정부에 대한 대결은 어찌되었던 피할 수 없는 일' 이라 말하였다. 어떻게 하든 현재의 체제 아래의 테두리 안에서는 자유노조의 민주적 요구의 실현은 불가능하기 때문이다.

관료적이며 비민주적인 사회는 현존하는 사회주의 국가의 부분적인 잘못은 아니며, 본질 그 자체이기 때문에 그의 충돌은 최종적으로는 힘의 논리 이외에 아무런 해결 방법이 없을 것이다.

레닌이 말했듯이 부르조와 계급이 아무 말을 하지 않고 권력의 자리를 내어놓을 리 없다면, 같은 이치로 공산당의 지배층도 가만히 권력의 자리를 물려 주지 않을 것이다.

자유노조 역시 현 정권을 권력의 자리에서 끌어내려는 방법 외에는 그들의 요구를 실현할 수 없다는 것을 잘 알고 있다. 그러기 때문에 탄압이 시작되는 전날, 노조전국위원회는 다음과 같이 결의한 바 있었던 것이다.

① 야르젤스키 제 1서기를 대표로 하는 통일노동당의 신입유무

② 자유 선거의 실시

③ 소련의 권익 보호를 계속할 것인가의 가부

이러한 세 가지 항목의 시비를 국민 투표를 통해 결정하자고 결

의했었다.

이것은 마치 국민 투표라는 민주적인 방법으로 결정하려는 주장 같이 보이지만 실제적으로는 그렇지 않다. 통일노동당의 권위는 이미 땅에 떨어졌으며, 900만 명이 넘는 노동자가 자유노조연합에 참가하고 있는 것이 폴란드의 현실이기 때문이다.

이러한 현실 아래에서 국민 투표가 실시된다면 통일노동당이 집권 정당으로서의 정통성이 부정될 것이라는 것은 누가 보아도 확실하다 하겠다. 결과가 명백한 이상, 그것은 이미 민족주의의 문제가 아니라, 승리냐 패배냐, 아니면 어느 쪽이 살아남는가 하는 힘의 정치 그 자체인 것이다.

자유노조연합의 바르샤바 지부도 제너스트general strike : 총동맹파업에 의한 권력 탈취의 가능성을 설명하고 있으며, 이러한 상황을 보더라도 이미 타협의 여지가 없음을 알 수 있다.

소련이 자유노조연합의 득세함을 보고 칠레의 사회주의 정권을 쿠데타에 의해 타도한 반혁명 세력과 비교한다는 것은 좀 조잡한 비유이지만, 폴란드가 '반혁명의 전야' 같이 비쳤다는 것은 나름대로의 이유가 있었을 것이다.

소련이나 야르젤스키 정권은 자기가 당하기 전에 해치웠던 것이다. 이렇듯 자유노조연합은 일방적으로 당하고만 것이다. 1981년 12월의 비극은 참으로 간단한 구조로 이루어졌다.

이러한 사실은 결코 군정이 승리했다는 것을 뜻하는 것은 아니다. 오히려 그 비민주적 탄압이 필연적으로 새로운 민주 투쟁을 육성해 나가지 않을 수 없었다.

폴란드에서의 교훈은 현존하는 사회주의 체제가 그렇게 너그럽지 못하다는 것을 명확히 밝혔다는 점, 그리고 그 체제 아래에 있어서의 민주주의 투쟁이 얼마나 어려운가를 뼈저리게 느끼게 한 점이라 하겠다. 그렇게 하여 사회주의 국가의 비극을 역사에 하나 더 기록하게 된 것이다.

탄압이 시작된 후에 간행된 바르샤바 제철소의《파업 속보 2호》에서 다음과 같이 호소하고 있다.

"우리들은 물러서지 않을 굳은 결의로서 다음과 같이 선언한다. 가령 우리들의 손을 묶고 자갈을 물리려는 계획을 세운다 하더라도 우리들은 어디까지나 노동자이며, 결코 노예는 되지 않을 것이다."

노동자 나라에서의 노동자의 주장은 너무나 아름답고 그리고 애처롭다 하겠다.

이제는 진짜 조합원 같은 건 있을 리 있나
어디를 돌아보아도 뇌물과 밀고 뿐이라
노동자의 살림살이는 어디로 갔나
어디인지 먼 낯설은 저 끝에
있는 것은 승진과 걸상 뿐일세.
일하는 자는 투덜대지 말라, 시끄러워.
일만 하면 되는 것, 등이 굽는다 해도
조금쯤은 돌보아 주지 않는 것도 아닌 데, 뭘 그래.

자유노동조합원의 노래

3.
왜 그다니스크 교섭은 역사적인가

사회주의 국가는 노동자의 국가이다. 따라서 공산당은 노동자의 이익을 대표하는 전위前衛 정당이다. 그리고 노동조합은 노동자의 이익을 지키는 조직이기도 하다.

따라서 링컨의 말을 빌린다면 사회주의 국가를 이끄는 공산당 정부는 노동자의, 노동자에 의한, 노동자를 위한 정부이어야 한다.

이러한 논법으로 말한다면, 공산당 정부는 노동조합의 하인이라 하여 조금도 이상할 것이 없다. 그러나 현실은 전혀 다르다.

공산당은 노동조합 위에 군림하면서 노동조합에 대하여 이래라 저래라 하며 지령을 내리고 있다.

왜 그러는가.

그것은 단순한 노동자 계급의 대표가 아니라 자각한 선진적인 사람들로서 만들어진 전위 부대라고 자부하고 있기 때문인 것이다.

레닌의 주장에 따르면 공산당은 노동자 계급의 "가장 의식적이며 가장 정력적인 부분으로서 그 전위인 것이다."

폴란드 민중운동사

년	지도자	내용
1944		★ 바르샤바 봉기(8~10월)
1945	비엘트	· 통일국민정부수립
1948		· 코물카 파면 · 폴란드 통일 노동당 결성
1955		
1956	모하브	★ 보즈난 폭동(6월)
1957	코물카	· 코물카 부활 10월 개혁
1968		★ 3월 사건 대학투쟁
1970		★ 12월 사건 · 코물카 퇴진
1971	키에르코	
1976		★ 6월 사건 물가 상승으로 항의 파동 · 사회자위원회 성립
1980		★ 그다니스크 파업(8월) · 자유노조 성립
1981	가니야	★ 자유노조에 대한 탄압(12월)
1982	야르젤스키	

마르크스 · 레닌주의로 무장한 전위만이 과학적이며 올바른 판단과 지도를 할 수 있다. 그래서 이러한 선택된 전위가 노동조합을 이끈다는 것은 당연한 일이라고 정의되어 있는 것이다.

그런데 1980년 8월에 폴란드에서는 대단히 기묘한 일이 일어났다.

그다니스크 조선소에서 시작된 노동자들의 파업은 순식간에 여러 공장으로 퍼져 나가서 공장연합파업 위원회자유노조연합의 전신가 결성되었다.

스트라이크의 공격 목표는 두말 할 나위없이 노동자의 전위인 통일노동당에게로 겨냥되었다. 노동자들이 스스로의 이익을 지키기 위하여, 그 이익을 지켜 주어야 할 '자각된 선진적인 사람을' 에게 반역했던 것이다.

이때, 당은 노동자의 하인 같았다. 노동자들은 언제나 하듯이 자기네의 요구를 탄원하기 위해 당의 본부를 찾아갔던 것이 아니다. 이와 반대로 노동자들이 파업으로 점거하고 있는 그다니스크 조선소 쪽으로 당과 정부의 책임자라는 자들이 찾아왔던 것이다.

당과 정부의 책임자들이 찾아와서 "위대한 노동자님이여. 무엇이 불만이십니까." 하고 물었던 것이다.

이렇게 하여 그다니스크 조선소 안에서 야르젤스키 부수상을 우두머리로 한 정치위원회와 바웬사 위원장을 장으로 하는 공장연합파업위원회 사이에서 역사적인 정부와 노동자의 직접적인 교섭이 열렸던 것이다.

역사적이란 말의 뜻은 노동자의 국가에서 처음으로 노동자의 주도권 아래에서 교섭이 이루어졌기 때문이다.

이 사실은 당의 위신이 떨어졌음을 여실히 말해 주고 있다. 당으로서는 굴욕적인 일이었겠지만, 그렇게 하지 않을 수 없었다는 현실 속에서는 어찌 할 도리가 없었다 하겠다.

이러한 이상스러운오히려 정상적이라 할 수 있을 지 모르겠다 교섭이 시작되고 그 이상한 교섭이 일년 반 동안의 자주노조연합의 드라마를 화려하게 연출시켰던 것이다.

제3장
통일노동당의 갖가지 악한 일들

MARXISM
KARL HEINRICH MARX

1.
21개 항목의 요구, 이것이 바로 전투선언이었다

1980년 8월 16일, 공장연합파업위원회는 폴란드의 개혁을 위한 21개 항목에 걸친 통일 요구를 작성하였다.

이 21개 항목에 대한 요구는 그다니스크 조선소에서 열린 정부와 공장연합파업위원회와의 교섭 과정에서 정식으로 제안되었다. 그런데 이것은 단순한 정치 교섭에 따른 요구로 그치지 않았던 것이다.

그것은 일년 반에 걸쳐 세계를 뒤흔들었던 폴란드 혁명의 기본적인 요구인 동시에 시발점이 되었다.

말로서는 그 요구 사항이 아주 겸손한 것같이 느껴지지만, 그것은 현존하는 사회주의 국가에 있어서의 공산당의 일당 지배에 대한 이의 신청이었으며, 전투 선언이기도 했다.

노동자 국가라는 미명 아래, 노동자 대중의 머리 위에 군림하고 있었던 공산당 및 특권 노동자, 관료의 존재 그 자체를 허물어뜨리는 요구였다. 그러했기 때문에 공산당의 지배질서 체제를 지키는 것만이 혁명적이라고 생각하는 보수파에게는, 바로 그것은 '반혁명'의 행동 강령이라고 느껴진 것은 당연한 일일지 모르겠다.

그러나 사회주의 국가는 노동자의 나라라는 명목상, 폭 넓은 동지인 노동자들이 제시하는 요구를 바로 부정할 수는 없었던 것이다.

이렇게 하여 정부와 노동자 사이의 교섭에 있어서, 정부측은 이 요구를 기본적으로 승인하였다. 승인한 것이 바로 실행된다는 보증은 없지만, 하여튼 정부는 승인한다는 것으로 양보한 셈이다.

노동자에 의한 국가 안에서 '학대 받는' 노동자의 요구가 노동자의 빼어난 지혜로움을 대표한다는 전위 정당이 이끄는 정부에 승리한 것이다.

이러한 기묘한 사태가 발생한 것으로 그 노동자의 승리가 폴란드에 희망을 가져왔으며, 동시에 비극을 제공하게 되었던 것이다.

2. 이 요구로 집약된 모순과 고뇌

그렇다면 폴란드의 봄과 겨울의 출발점이 되었던 21개 항목에 걸친 요구는 무엇 때문에 노동자를 분발케했으며, 왜 위정자로 하여금 떨게 만들었던 것일까.

그 요구 항목을 소개하면서 폴란드 혁명의 이념을 생각해 보기로 한다.

무엇보다도 먼저 지적할 점은 노동조합을 통일노동당의 노예로부터의 해방이라 하겠다. 통일 요구의 첫머리 2개항은 다음과 같다.

「폴란드 정부도 비준한 국제 노동기구ILO의 87호 조약을 기초로 하는 당 및 고용자로부터 독립한 자유스러운 노동조합의 승인」

「파업권의 보장, 파업 참가자와 그 지지자의 신분 보장」

즉, 노동조합이 독립된 행동을 할 수 있는 권리와 그 권리를 방위하기 위한 파업권을 인정하게 하려는 것 뿐이다.

당연하다는 듯 ILO조약을 똑똑이 적고 있듯이 자본가가 노동자를 착취하고 있는 자본주의 국가에 있어서도, 이러한 노동조합의 자주권과 파업권은 쉽게 인정 받고 있다. 그런데도 불구하고 노동자가 권력을 가지고 있는 사회주의 국가에서 왜 일부러 첫째 요구 조건으로 그러한 권리를 제기하지 않으면 안 되었을까.

여기에 현존하는 사회주의 국가에 있어서의 크나큰 모순과 고뇌가 집약되어 있는 것으로 생각된다.

원래 폴란드 노동자의 파업은 경제적인 계기로부터 시작되었다. 급속한 공업화 정책은 어느 정도 일정한 성과를 올리면서도 국민 경제의 파탄을 초래해 버리고 말았다.

외화 부족으로 식량을 외국에 수출해 버리는 바람에 극단적인

식량 부족의 현상이 일어나, 이른 아침부터 긴 줄을 서야 식량을 구입할 수 있게 되어버린 것이다. 따라서 국민 생활은 이를데 없이 핍박해져서 임금 인상이나 '고기를 달라' 는 구호를 부르며 파업에 돌입한 것이다.

이러한 사태에 있으면서도 경제적인 요구보다도 정치적 요구를 제일 먼저 들었다는 데에 폴란드의 새로움이 있고 그 중대함이 있다 하겠다.

거기에는 집권 정당으로서의 통일노동당에 대한 불만이 민중의 마음 밑바닥에 깔려 있으며 노동자의 나라이면서도 노동자에게 권력이 맡겨져 있지 않은 모순에 대한 노여움이 있다. 이 정치적인 현실을 변혁하지 않는 이상, 경제적인 해결도 또한 불가능하다고 보고 있기 때문인 것이다.

사회주의 국가에서는 노동자와 노동조합 그리고, 노동자 전위정당의 관계란 삼위일체라고나 할까, 모순 없이 유기적으로 결합되어 있어야 할 것이다.

그런데 현존하는 사회주의 국가에서는 분명히 모순으로 가득 차 있는 것이다. 그렇다면 왜 그렇게 되어버린 것일까.

마르크스는 사회주의 체제하에서의 3자의 관계를 똑똑히 설명해 주지 않고 있다. 그렇기 때문에 그것은 현실에 있어서의 혁명운동에서 합리적인 관계를 찾아내지 않으면 안 되었던 것이다.

러시아 혁명이 성공하자, 바로 이 문제가 표면화된 것은 당연하다 하겠다. 그래서 생긴 한 견해는 노동조합을 군대와 같은 위치로 생각하여 당이나 정부가 이끌어야 한다고 여겼다. 그래서 노동자는 사회주의 국가를 건설하는 전사戰士이지만, 그것은 상층부로부터의 지령을 받아 싸우는 투사로 보고 노동조합에 자주권을 주려고는 하지 않았다.

이에 대하여 노동자의 국가인 이상, 노동자의 조직인 노동조합과 노동자의 권력기관인 공장평의회가 독립된 주권을 가져야 한다. 그리고 모든 경제 기구를 자주적으로 관리하고 운영해야 한다고 주장하는 견해도 생기게 되었다. 그것은 노동조합에 절대적인 권력을 주자는 것이다.

당이 노동조합을 감독하고 통제한다는 것은, 바로 조합에 대한 당의 간섭이라고 반대한 주장이었다.

이렇게 서로 독립된 견해에 대하여 레닌은 절충적인 견해를 취하였다. 즉, 노동조합의 자주권을 한쪽에서는 인정하면서도 다른 한쪽에서는 당의 지도성도 인정했던 것이다.

표현상으로는 이 관계를 변증법적으로 파악하면 괜찮다 하겠지만, 현실적으로는 그렇게는 되지 않는다. 만일 노동조합의 자주권이 강해진다면 당의 지도력이 약해지며, 반대로 노동조합의 자주권이 약해지면 당의 지도권이 강해진다.

스탈린 체제 후의 소련의 현실을 보면, 당의 지도력이 절대화된 데 비하여 노동조합은 당의 노동 관료들의 도구로 타락해 버렸다.

그리고 이러한 조직은 동구의 사회주의 국가에도 쓰여지게 되고 말았다.

노동자의 자주 관리라는 말이 자주 쓰여지는데, 그것은 문자 그대로 공장이나 기업을 그 곳에서 일하는 노동자가 자주적으로 관리하고 운영하자는 생각이라 하겠다.

그러기 위해서는 공장이나 기업 그 자체에 자주적 운영권이 주어지지 않으면 안 되겠지만, 동시에 그 책임자도 또한 노동자의 직접 선거에 의해 선출되지 않으면 안 된다.

그렇게 해야 비로소 노동자는 자신의 힘과 능력에 의하여 생산계획의 수립으로부터 노동조건의 개선이나 임금의 분배 등을 집행할 수 있게 된다.

노동자의 나라라고 하는 이상, 단순히 노동자의 이익을 대표하는 공산당이 정권을 쥐고 있다는 것만으로는 불충분하다 하겠다. 현실적으로 생산 현장에서 노동자가 그 운영에 직접 참가하고 있지 않으면 노동자의 권력이 확립되었다고는 할 수 없는 것이다.

그런데 현실적으로 사회주의 국가에 있는 기업에 있어서 노동자 자체가 기업을 관리하고 있는 유형은 드물다 하겠다.

많은 기업의 책임자가 공산당의 상부기관으로부터 임명되고 있으며, 기업 자체도 국가의 계획을 수행할 뿐으로, 기업의 자주권이나 노동자의 자주권은 찾아 보기 힘들다.

왜냐 하면, 그것은 모든 분야에 있어서 당이 지도적 역할을 해야 한다는 것이 철칙으로 일관되어 있기 때문이다. 노동조합의 임원도 노동자의 자유스런 선거에 의해 선출되는 것이 아니라, 미리 당에 의하여 후보자가 지명되어 있으며, 그것을 그대로 신임하는 것에 지나지 않는 것이다.

이렇게 되면 노동조합은 노동자의 조직이라기보다는 당의 하부조직인 셈이 된다. 그렇게 된다면 과연 노동자가 국가의 또는 생산 활동의 주인공이라 할 수 있을까 하는 문제에 대한 의문이 생기는 것도 당연하다 하겠다.

따라서 노동조합은 노동자에게 충성을 다하는 것이 아니라 공산당에 충성을 바치는 것이 되어버리고 만다.

이렇게 되어서는 안 되겠다고 생각했기 때문에 폴란드의 노동자들이 들고 일어난 것이다.

'당과 고용자로부터 독립된 자유스러운 노동조합' 의 요구는 이러한 노동자의 자주적 관리에 대한 요구이며, 이제는 노동자가 당이 이끄는 대로 따라 다니는 것은 싫다는 표현임에 지나지 않는 것이다.

3.
왜 사회주의 국가에 파업권이 필요한가

그런데 당의 입장에서 본다면, 노동자의 이익을 대표하는 당과 노동자 사이에는 적대적인 모순은 없는 것으로 되어 있다. 그렇기 때문에 사회주의 국가에서 노동자가 파업을 일으켜서 자기 자신들의 이익을 지키지 않으면 안 된다는 구조도 없으며, 또 그들의 상대도 있을 수 없다는 이치다. 그래도 노동자가 파업을 한다는 것은 계급적 적敵이 저지른 일에 틀림없다는 말이 된다.

폴란드 통일노동당 역시 이러한 그다니스크 노동자의 요구를 다음과 같이 비난하고 있다.

"이러한 정치적 적대 세력은 이른바 자유노조의 결성을 요구하지만, 그것은 노동자의 이익을 충분히 대표하기 위한 것이 아니라, 당과 폴란드 인민공화국에 대한 반 사회주의적 공격을 위한 토대를 만들려는 발상이다."

사회주의 국가에서는 생산 수단의 사유화는 금지되어 모든 것은 국가적 소유인 것이다. 그러기에 노동자가 땀 흘려 일해서 얻은 생산물이 자본가의 손에서 독점되는 일은 없다. 따라서 노동자의 파업 같은 것은 있을 수 없는 일이다.

이러한 논리는 노동자가 생산 과정을 스스로 관리하고 지배하고 있을 때에만 말할 수 있다. 그런데 현실적으로 관리나 지배를 하고 있는 것은 당임에 틀림없다.

폴란드의 자유노조연합을 이론적으로 이끌어 온 대표적 지식인인 J. 크론 같은 사람들은 일찍이 다음과 같이 비판하고 있다.

"노동자 계급은 이러한 잉여 생산물의 많은 양에 대해서나 또 그 할당하는 방법에 대해서 또는 그것이 쓰여지는 용도에 관해서도 아무런 지배력을 갖지 못한다. 왜냐 하면 이미 본 것과 같이 노동자는 생산 수단 및 생산 자체를 관리하고 있는 당국의 결정에 대하여 발언권을 갖고 있지 못하기 때문이다. 임금률을 정하는 것은 노동자가 아니다. 임금률은 생산 할당에 따라 위로부터 내려지는 것이다.

노동자는 자기 자신을 경제적으로 방위하는 권리도 또 그 기회도 갖지 못한다. 왜냐 하면 이미 알고 있듯이 모든 효과적인 파업 행동에 따른 절대적인 전제 조건으로서의 조직을 빼앗겼기 때문이다. 임금 인상을 위해 싸우기 위한 노동자의 조직적 합의는 어떠한 것이라 해도 경찰이나 판사, 재판소 같은 억압 기구에 의해 고발당하게 되어 있다." 크론 · 모제 르스키著 폴란드 공산당에의 공개장에서

크론 등은 생산 수단의 국가적 소유권은 노동자에게 있는 것이 아니라 국가를 지배하는 사회적 집단에 귀속해 있다고 보는 것이다.

그리고 이 사회적 집단은 '국가적 중요성을 갖는 중요한 결정과 모든 정치적 · 경제적 결정을 독립적으로 행하고 있는 이 독재적인 당, 그리고 국가를 지배하는 엘리트' 에 의해 구성되고 이 '중앙 정치 관료' 가 노동조합을 복종시키고 있다.

"노동자의 경제적 자위를 위하여 전통적 조직인 노동조합은 조직된 정치 세력 즉, 당의 일원적인 영도 밑에서 관료의, 말하자면 국가의 정치적 · 경제적 권력의 수동적이며 유순한 도구가 되어버리고 말았다. 노동자 계급은 조직을 빼앗겼으며, 강령을 빼앗겼고, 그리고 자위 수단마저 빼앗겨 버렸다."

이러한 고발은 이미 1965년에 발표된 것이다. 그리고 1980년의 그다니스크에서의 정부와 노동자 사이의 교섭에서 이 노동자의 자주권과 파업권이 인정되었다.

물론 당이 기꺼이 승인한 것은 아니다. 억지로 인정하지 않을 수 없었기 때문인 것이다.

왜냐 하면 많은 노동자가 당보다도 새로운 공장연합파업위원회에 대해 신뢰성을 갖기 시작한 이상, 힘의 관계가 당에 불리해졌기 때문이다.

더구나 이러한 상황에서 노동자의 요구를 즉각 부정해 버린다면, 노동자의 자발적인 노동 의욕이 없어져서 생산성의 향상에 영향을 주기 때문이다.

4.

알콜에 중독된 노동자는 쓸모없는 존재다

그런데 이러한 타협은 일시적인 땜질에 지나지 않아 어차피 파탄되지 않을 수 없는 일이다. 파업권을 가진 노동조합은 자기들의 마음에 들지 않는 정당이 있다면, 당연한 일이지만 자기 자신들이 새로운 대표 정당을 만들려고 하기 때문이다.

그러한 파탄이 1981년 12월에 실시된 국민투표에서의 요구였으며, 이에 대한 군사적인 탄압이었다.

공산당에게 있어서 노동자는 믿음직하기도 했으며 또 무섭기도 한 존재였다.

노동자가 자발성을 발휘하여 노동 의욕을 높임으로써 생산성을 향상시키고 그것이 산업과 국가의 안정을 이끌어 준다. 그러나 동시에 자발권이 높아지면, 그것은 당의 지도를 뛰어 넘어서서 스스로의 힘으로 스스로를 관리하려 하게 된다.

공산당은 노동자의 의욕을 끌어내려고 노력하는 동시에 너무나 자주적인 행동이 지나치면 그것을 규제한다. 즉, 통제된 자발성의 테두리 안에 머물게 하고 싶어지는 것이다. 그 도구로서 알콜이 효과적으로 사용되는 것이다.

소련이나 동구의 노동자는 그 수입 가운데 많은 돈이 술값으로 쓰여지고 있다. 당은 은근히 노동자가 술로서 불안함을 씻어 버리도록 권장하고 있다. 당은 노동자를 알콜에 담그어서 그들을 통제하려는 것이다.

그런 바보스런 일이 있겠느냐고 말할지 모르지만, 이것은 사실인 것이다.

폴란드에는 입원한 알콜 중독자가 1백만 명이나 되고 만성 중독자는 5백만 명에 이른다고 한다. 소련에서도 워드카의 소비량이 치솟고 있다. 이것이야말로 우민정책愚民政策이라 하겠으며, 바로 이것이 현실인 것이다.

그러기에 바웬사 위원장 등은 파업에 돌입한 날, 먼저 술을 마시지 말도록 제안하고, 노동자는 만장일치로 이를 승인했던 것이다. 그리고는 자경단自警團을 만들어 조선소 안에 워드카가 들어오지 못하도록 감시했던 것이다. 이러한 단주斷酒 선언은 단순히 기세를 높이기 위한 것이 아니다. 당의 알콜에 의한 노동자의 김빼기 작전에 대한 투쟁 선언이기도 했던 것이다.

하여튼 현존하는 사회주의 국가에서 일시적이나마 자유노조의 결성이 승인되었다는 것은 획기적인 일이며, 그것은 다름 아닌 당의 일원적 지배의 파탄이기도 했다.

그랬기 때문에 폴란드 통일노동당은 노동자의 힘이 아닌 군사력이라는 물리적 강제력에 의해 노동자의 힘을 꺾어버리지 않을 수 없었던 것이다.

왜냐 하면 바웬사 등이 이끄는 자유스런 노동조합의 결성은, 마치 레닌이 호소했듯이 '모든 권력을 소비에트노동자 평의회로!'와 다를 바 없는 것이다.

러시아의 소비에트는 제정帝政을 타도하였다. 폴란드의 이중 정권이며 소비에트인 자유노조연합도 공산당 정부를 타도할 수 있었는데 말이다.

5.

'5공비리五共非理'도 질릴 만한 처절한 수법

당의 속박에서 독립한 자유스러운 노동조합을 결성하려고 노력하는 그 근본 밑바닥에는 폴란드 통일노동당이 노동자의 이익을 대표하고 있지 않다고 보는 반발에서 비롯된 것이라 하겠다.

그것은 사회의 구석 구석을 모두 당의 관료들이 독점하고 있어, 이로 안하여 관료들의 특권화가 이루어져 있기 때문이다. 따라서 21개 항목에 걸친 요구는 당연히 당의 관료화나 특권화에 대한 비난으로 가득 차 있다. 이것이 두 번째 특징이다.

'상업 가격제도 및 국내 시장에서의 외화에 의한 판매 제도의 금지.'

'당적黨籍의 유무와는 관계없이 그 인물의 자질에 따라서 기업체의 관리직을 임명할 것. 가족 수당의 평등화나 특별 판매제도의 폐지 등에 따른 경찰, 공안원, 당 기관의 특권 금지.'

이러한 유별나지 않은 표현만을 보아서는 그 중대성을 문장에서 찾아내기 어려울지 모르겠다. 그러나 이 두 항목에서의 요구는 바로 현존하는 사회주의 국가 전체에 만연하고 있는 관료의 특권에 의한 지배 체제에 대한 대중적 염원임을 엿볼 수 있다.

관료제도의 폐해는 보수화, 특권화, 그리고 부패와 타락이란 형태로 나타난다. 세상에 부패 없는 관료제도가 있다면 정말 보고 싶은 심정이다.

폴란드도 다를 바 없이 당 관료들의 부패가 심해져서 이러한 특권적 체제가 규탄되고 있는 것이다.

다음에 이러한 재미있는 보기를 들어보기로 한다.

자유노조연합의 운동을 측면에서 지지하는 지식인 클럽인 사회자위위원회社會自衛委員會가 있다. 이들은 1978년 10월에 발표한 국민에 대한 호소문에서 다음과 같이 말하고 있다.

"사회적 격차가 확대되고 있다. 극단적인 임금의 격차는 확실히 숙련도에 따른 차이의 범위를 넘어서고 있다. 또 연금의 격차도 대단히 커지고 있다. 폴란드에서는 극도로 생활조건이 나쁜 가정들이 많이 존재하는가 하면, 한쪽에는 아무런 물자적인 부자유를 느끼지 않는 가정이 그 수가 적다고 하지만 존재하고 있다."

사회적 격차가 확대되는 또 하나의 원인은 체제와 결탁되어 있는 계층이 가지고 있는 특권이 존재한다는 것이다. 우선적으로 생활 필수품을 손에 넣을 수 있고, 특별 의료 서비스와 휴가 서비스를 받으며, 주택이나 부동산 그리고, 외화의 할당 등은 지배 계층만이 얻을 수 있는 특권 가운데 일부분에 지나지 않는다. 이러한 결과로서 이들 계층은 국민으로부터 유리되어 있다. 이것은 그들이 현실의 사회 문제를 인식하는 능력을 잃어버렸기 때문이다. 권력을 가진 부모는 그러한 특권이 자식들에게 상속되고 있다는 사실이 널리 인정되어지고 있기도 하다. 따라서 모든 젊은이에게 평등의 기회를 주자고 하는 원칙도 송두리째 무너지기 시작하였다…….

지배 계층에게는 특별한 특권이 인정되고 있다는 사실은 말할 수 없는 노여움과 도의적 분노를 자아내고 있다.

이러한 분노가 없다면 폴란드의 정신을 이야기할 수는 없을 것이다.

당의 간부가 부패했다는 보기로서 가장 유명한 이야기가 있다. 그것은 1980년 8월에 해임된 시체판스키 국가 라디오 · 텔레비전 위원회 의장의 공금 횡령 사건이라 하겠다.

UPI 공동통신은 다음과 같이 전하고 있다.

"시체판스키 씨는 기에레크당 제 1서기의 측근 중 한 사람이다. 그는 사우나와 풀 그리고, 포르노 비디오테이프 900개와 12만 달러나 하는 특제 침대도 갖춘 침실수 42개의 별장을 가지고 있다. 그리고 승용차 7대와 비행기 2대, 헬리콥터 1대, 요트 2척을 가진 그는 다른 간부들과 함께 이것들을 이용하고 있다. 또 횡령한 돈 1백만 달러를 런던의 은행에 엉터리 구좌를 만들어 넣어두고, 동 위원회의 런던 주재원으로 하여금 금전 출납을 담당하게 하여 해외에서의 호화로운 유흥비로 사용하고 있다."

이쯤되면 무슨 말이 필요 없을 정도다.

건설 자재를 담당하는 어느 간부는 여덟 개 기업에서 자금을 얻어내어 50만 달러나 되는 호화로운 별장을 짓게 하였다. 당의 관료인 그는 금리가 싼 국가 대출금을 빌어내서는 압력을 넣어 싼 값으로 땅을 사고 터무니없이 낮은 가격으로 건설 자재를 유용하여 집을 지었다는 것이다.

마치 '5공 비리五共非理'로 이름이 오르내리는 그 누구 못지 않은 일이 가장 깨끗하고 바르고 아름다워야 할 공산당원 가운데에서 일어나고 있는 것이다.

부패는 비단 고급 간부에게만 있는 것이 아니다. 윗물이 맑아야 아랫물도 맑다는 속담처럼, 윗사람이 이 모양이니 하급 관리의 뇌물 수수도 이제는 공공연하게 이루어지고 있다.

폴란드의 농촌에서는 다음과 같은 사실이 전해지고 있다. 농촌에서는 지금도 경작용으로 말〔牛馬〕이 쓰여지고 있다. 그런데 트럭터를 사려는 농부 사이에서는 이러한 이야기가 오간다고 한다.

"트럭터를 사기란 아주 어려울 것같애. 당의 지방서기에게 1만 즈로치〔약 250만원〕를 주든지, 그렇지 않으면 5년쯤 기다려야 해. 또 트럭터를 손에 넣었다 해도 부속품을 사려고 하면 5년, 그리고 다음 부품을 얻으려면 5년은 더 걸릴거야. 그 뿐인가, 그 때마다 뇌물이 필요하단 말일세."

이밖에도 고기값 인상이 결정되면 사전에 이 사실을 알아낸 간부들이 조직적으로 고기를 매장해 버리는 것이 발각된 일도 있었다. 또 경찰 등은 일반 노동자들보다도 4,5배나 많은 가족 수당을 받고 있다.

이러한 배경 때문에 21개 항목의 요구가 생겨난 것이다.

6.

'달러 숍'에서 본 어이없는 특권 의식

이러한 특권층과 깊은 관계를 맺고 있는 것이 상품의 특수한 판매 조직이다.

폴란드에서는 일반 서민이 물건을 사는 가게와 당 간부들을 위한 특수 상점, 그리고 외화로 살 수 있는 '달러 쇼핑센터'가 있다.

서민들은 얼마간의 고기를 사기 위해서 아침 일찍부터 참을성 있게 줄을 서지 않으면 안 된다. 그러나 당 간부들이 이용하는 특수 상점에서는 서민들은 만져 볼 수도 없는 고급 상품이 손쉽게 얻어진다.

그야말로 특권층을 위한 가게답게 주문만 하면 물건을 배달해 주기까지 한다.

전화 한 통으로 따뜻한 스프를 들 수 있는 사람이 있는가 하면, 한편에서는 엄동설한에 거리에 줄지어 서서 고기 한 조각밖에 살 수 없는 사람도 있다.

음식 차별만큼 서러운 것도 없다는데, 여기에서는 도대체 평등이란 것을 찾아보기 어렵다. 이러한 불평등이 있다는 것 자체가 우스운 일이지만, 오랫동안 이와 같은 불평등이 계속되었다는 것을 보면 얼마나 특권층의 감각이 마비되어 있는가를 알 수 있다.

달러 쇼핑센터는 다만, 폴란드에서만의 문제는 아니다.

소련을 비롯하여 사회주의 국가에서는 외화로만 살 수 있는 상점이 있다. 말할 나위없이 그곳에는 쉽게 살 수 없는 외국 상품들이 즐비하다. 물론 일반 노동자는 아무리 땀 흘려 번 돈이라도 자기 나라 돈으로는 살 수 없는 곳이다.

그러나 관료들은 쉽게 외화를 손에 넣을 수 있다. 그러니 일반 서민은 살 수 없는 상품을 아주 쉽게 사들일 수 있는 것이다.

이러한 구조 때문에 달러를 비롯한 외국 돈은 자기 나라의 돈보다도 귀중한 값어치를 갖게 마련인 것이다.

나의 친구 한 사람이 무모하게도 렌트카를 빌려서 서독에서 동독을 거쳐 격동하는 폴란드로 간 일이 있었다. 1981년 8월에 있었던 일이다.

생각한대로 폴란드에는 휘발유가 부족하여 바르샤바까지 가기는커녕 동독으로 돌아올 수도 없게 되었다. 어느 주유소에서나 휘발유를 팔려고 하지 않았다. 그런데 마치 주머니 속에 있던 서독의 마르크 지폐를 꺼냈더니 한 방울도 없다고 하던 휘발유가 갑자기 용솟음쳐 나오더라는 것이다.

폴란드의 화폐로는 살 수 없는 물건도 달러나 마르크라면 무엇이든 살 수 있다는 마술 같은 이야기다.

그러기에 다음 같은 말도 현실성 있게 들린다.

"우리들 계급 없는 사회에도 세 가지 계급이 있다. 즉, 달러를 가지고 있는 계급, 우리 나라 돈 밖에 없는 계급, 그리고 아무 나라 돈도 가지고 있지 못한 계급이다."

달러 쇼핑센터의 폐지를 요구하는 목소리는 결코 자질구레한 일이 아니라, 관료 특권 체제 그 자체에 대한 근본적인 이의를 제기하는 것이라 하겠다.

7.

민중에게는 통하지 않는 속임수 논리

지금까지는 노동조합의 독립과 관료 특권의 폐지에 대하여 생각해 보았는데, 다음에는 민주주의에 대한 문제를 살펴보기로 한다.

21개 항목의 요구 가운데 다음과 같은 사항이 있다.

'폴란드공화국 헌법에서 보장되어 있는 표현, 인쇄, 출판의 자유의 존중. 따라서 구체적으로는 출판 자유에 대한 탄압의 중지 및 모든 신조信條의 대표에 대한 매스미디어의 완전 개방.'

'1970년과 1976년의 파업 후에 해고된 사람들 및 그 정치적 의견 때문에 고등교육기관에서 추방된 학생의 복귀, 정치범 전원 석방, 의견의 차이를 이유로 한 탄압의 중지.'

'폴란드의 사회와 경제 상황에 대한 모든 정보를 공개할 것. 모든 사회 계층, 사회 집단에게 개혁안에 대한 토의에 참가할 수 있는 기회를 부여할 것.'

이것이 자유노조연합측의 민주 회복을 위한 요구이다.

프롤레타리아 민주주의는 부르조아 민주주의가 도달한 수준을

넘어서서 참된 민주주의를 더욱 완벽하게 실현하게 되어 있다. 따라서 이러한 민주화 요구에 대하여 통일노동당은 다음과 같이 비판하고 있다.

'폴란드 인민의 이익을 기초로 하여 오늘날 이미 대폭적인 보도와 표현의 자유가 존재한다는 조건 아래에서 보도의 통제를 철폐하라고 요구하는 것은 반사회주의적인 보도 출판의 합리화를 꾀하는 것 이외에 아무것도 아니다.'

'그들은 정치범의 석방을 요구하고 있다. 사실 이 나라에는 한 사람의 정치범도 없는데 말이다.'

이러한 사기성 있는 논리가 현실과 어떻게 엇갈리고 있는가가 확실히 나타난다 하겠다. 그것은 당내에서는 통용될지 모르지만 국민 대중에 적용될 만한 것은 못 된다.

체제가 한정시키는 민주주의적 기준만을 절대화하고 그밖의 민주주의는 반체제로 보는 체질이야말로 민주주의를 배반하는 것이다. 이러한 점을 깨닫지 못한다면 당은 자신을 정화하는 일은 할 수 없을 것이다.

당은 '대폭적인 보도와 표현의 자유가 존재한다'고 공언하고 있는데, 그것은 '현재의 당의 지배 질서를 지키기 위한 검열제도의 테두리 안에서'라는 단서를 덧붙이지 않으면 그 표현은 올바르지 않다.

폴란드를 비롯한 사회주의 국가의 검열제도는 확실히 다른 자본주의 국가보다도 몇 단계 엄한 것이 사실이다. 사회주의 국가에는 항상 반혁명이라는 위기가 있기 때문에 계급적 이익을 막기 위해 하는 수 없는 일이라고 할지 모르겠다. 그러나 자본주의 국가에서도 매한가지로 혁명의 위기는 항상 내재하는 것이므로 같은 논리로 검열을 강화한다고 해서 이상할 것은 없을 것이다.

사회주의 국가에서는 검열관의 허가 없이는 관혼상제의 알림 같은 인쇄물도 마음대로 낼 수 없다는 것을 듣게 된다. 이쯤되면 그것은 과잉 반응으로서 웃습다기보다는 오히려 미치광이 같은 일이 아닌가 한다.

폴란드에서의 검열제도가 심한 정도는 폴란드 사정에 정통한 여러 사람들에 의해 남김없이 소개되고 있다. 이것을 보면 당의 비밀주의가 얼마나 심한가를 알 수 있어 소름이 끼칠 정도다.

어느 폴란드 문학자가 쓴 글에 스웨덴으로 망명한 검열관에서 얻었다는 《검열국 금령집檢閱局禁令集》의 일부가 인용되고 있다. 이에 따르면 당국이 조금이라도 형편이 나쁘다고 생각할 때에는 참으로 바보스럽게 기사의 게재 금지를 결정하곤 하였다.

그것은 반체제적인 문화인의 언동이나 외국인과 기술 협력 또는 무역 관계, 특별한 연금의 지불, 군대의 봉급 개선 그리고, 공해병의 실태 등 온갖 면에서 보도가 금지되고 있는 것이다.

폴란드가 소련으로 식용육 수출을 하는 것에 관한 보도는 일체 금지한다고 한다. 이러한 금지는 식용육이 부족한 실정인데도 소련에 수출하지 않을 수 없는 고충이 있어서 보도하게 하고 싶지 않은 심정은 이해할 만하다. 그러나 화학 공장의 화재 사고에 대한 보도까지 금지한다는 것은 정말 이해하기 곤란하다. 일련의 이러한 일들은 도대체 어떻게 해서 일어나는 것일까.

어쨌든 민중에게 알려서는 안 된다는 것이다. 서방 국가에서는 공공기관의 정보공개가 문제화되고 있는데, 이러한 일은 사회주의 국가의 관료들로서는 생각조차 할 수 없는 일이라 하겠다.

검열은 폴란드 정부에서 뿐만이 아니라, 어처구니 없게도 소련 대사까지 폴란드의 언론을 검열하고 있다니 기가 막힐 지경이다.

코물카 정권시대에 장관을 지냈던 사람이 다음과 같이 내부적 실상을 폭로하고 있다.

"검열국 및 출판국의 내부 검열이 존재하는 외에 폴란드에는 최고검열관의 직책을 지닌 소련의 대표자가 상주하고 있다. 그들의 주요 임무란 우방국의 이데올로기적 순수성을 감시하는 것이다. 그리고 그들은 그러한 사명을 감추려 하지 않을 뿐더러 공공

분야에까지 직접 개입을 마다하지 않는다. 특히 폴란드와 러시아 관계에 관한 저작물에 대한 삭제는 극히 심하여 마치 소련 당국은 제정 러시아의 동조자인양 행동하고 있다."

표현과 인쇄, 그리고 출판의 자유를 위해서는 먼저 이러한 검열제를 폐지할 필요가 있다. 그러나 그것만으로는 불충분하다. 무엇보다도 출판 수단을 소유하는 자유가 보장되어지지 않으면 안 된다.

그러기 위해서는 개인이 인쇄기를 소유하고 복사기를 가질 수 있도록 허락되지 않으면 안 된다. 인쇄 수단을 당국이 독점하고 있다면 출판의 자유란 말뿐에 지나지 않는다. 그러나 현존하는 사회주의 국가 가운데에서 몇 나라가 인쇄 수단을 민중에게 개방하고 있을까.

공산당이 정권을 탈취하기 이전의 지하 활동시대에는 인쇄기나 지하 방송기자재는 보물과 같았다. 그것을 구사하여 권력의 폭정을 공격했던 것이다.

그러나 공산당이 권력을 장악하자마자, 그들은 민중의 손에서 인쇄기나 매스미디어를 빼앗아 버리기를 당연한 일처럼 강행하고 있다.

자본주의 사회에서는 민중이 미디어 수단을 갖는다는 것은 옳고 사회주의 사회에서는 안 된다는 이치는 어디에도 있을 수 없다.

어느 쪽 권력이든간에 반체제의 지하출판 때문에 골치를 앓고 있다. 소련에서는 이러한 지하출판물은 심한 탄압을 받고 있지만, 폴란드에서는 비교적 탄압이 미흡했던 모양이다.

사회자위위원회는 기관지인 『르보토닉』을 발행하여 폴란드 통일노동자를 비판해 왔으며, 그다니스크의 연합파업위원회는 파업함에 있어 그들의 정보지인 『소리달노시치 연합』을 발행하였다.

이러한 것 때문에 폴란드는 소련보다도 너그러운 사회라고 일컬어졌다. 그러나 이번의 비상사태 선언 아래에서는 '허가를 받지 않은 모든 출판, 그리고 인쇄기의 사용, 공개적인 장소에서의 상연上演 금지, 우편과 텔렉스, 전화 교신에 대한 검열 도입'이 행하여졌다.

비상사태 선포에 따른 일시적인 조치라고는 하지만, 앞으로 이러한 언론, 보도, 출판에 대한 탄압이 전면적으로 해제된다는 것은 대단히 어려울 것이다.

제4장
왜 자유노조는 패배했는가

MARXISM

KARL
HEINRICH
MARX

1. 바웬사의 마술만으로는 크레믈린을 이길 수 없다

현존하는 사회주의 국가에 있어서 사회 개혁운동으로 시작된 자유노조연합의 운동은 짧은 시간에 대중적 지지를 얻고서도 왜 좌절하지 않으면 안 되었을까.

먼저 통일노동당의 문제를 생각해 보도록 하자.

1968년에 일어난 '프라하의 봄' 의 경우와 견주어 본다면, 이에는 큰 차이가 있다. 체코슬로바키아 공산당은 드브체크 제1서기를 비롯한 위로부터의 개혁운동이 진행되었다.

따라서 폴란드와 같이 당을 대신한 노동자의 독립된 권력을 확립하는 것 같은 철저한 변혁운동까지로는 발전하지 못하였다.

그러나 공산당의 지도자 자체가 개혁에 앞장 섰기 때문에 크레믈린의 고집장이들의 노여움을 사게 되었다.

그래서 결과적으로는 소련의 탱크에 의해 짓밟힘을 당하고 만 것이다.

폴란드에서는 당과는 별도로 독립된 자유노조연합이 주역이었

다. 당은 이에 반대를 계속하였다. 그러나 행인지 불행인지 알 수 없지만, 반대하기에는 너무나 당의 힘이 약했다.

자유노조연합은 결코 강한 조직은 아니었으나 순식간에 공산당의 관제노조인 어용노동조합을 해체하도록 만들어 버렸다. 이로 인해 대부분의 노동자를 결집시켰고 지식인의 지원을 얻었으며, 더구나 농민연합까지 가세하게 하였다.

통일노동당 내부에서도 민주개혁의 물결을 일게 했던 것이다. 1980년 6월에는 당중앙위원회에 대하여 병원에 의한 개혁 의견이 제출되었다. 당이나 정부가 국민에게 신뢰 받지 못하고 있는 점을 자각하여 노동조합이 노동자의 참다운 대표 기관이 될 수 있도록 개편할 것을 호소한 것이다.

"당내 민주화는 먼저 당내 사정을 공개하고, 거의 완전하게 현역 당직자 손에 쥐어져 있는 권력을 선거에 의해 선출된 기관에 이양되어야 한다."는 것이다.

1981년 4월에는 트르니에 모인 말단 당원 5백여 명이 간부의 선거제도 등 민주화를 강력히 요구하고 나섰다. 이렇게 하여 노동자로부터는 버림을 받고, 당내에서는 압박을 받게 된 셈이다. 결국 당은 그 지도 능력을 잃어버리게 되었다.

군사 탄압을 시작한 구국군사평의회는 '국가는 지금 대단히 위험한 지경에 이르렀다. 국가기관은 이미 기능을 상실한 상태에 있다.' 라고 선언했는데, 어떤 의미로는 바른 판단이었다.

그것은 자유노조연합이 위기를 조성했다기보다는 당 자체가 스스로 붕괴되어 국가의 기능이 마비된 것이다. 그러기 때문에 당의 힘이나 권위가 아닌 군대의 폭력으로 자기 붕괴를 막아보려고 한 것에 지나지 않는다.

자유노조연합도 틀림없이 모순을 내포한 연합체였으며, 또 뒤에 가리워져 있는 소련의 영향력을 두려워하고 있었다.

통일노동당과는 독립된 노동자의 권력을 세워보려는 운동은 어차피 당 그 자체와 정면 대결을 하지 않을 수 없다.

그러나 그 당시의 진짜 적은 말할 나위없이 바르샤바의 당이 아니라 크레믈린의 '송충이' 들이었다. 그래서 소련의 영향에 겁을 먹으면서 전략을 세우지 않으면 안 되었다.

그러나 처음 파업권을 얻은 노동자의 대부분은, 그 힘을 무기 삼아 더 많은 권리를 얻어내려는 것은 당연한 일이었다.

이렇게 하여 미묘한 힘의 관계를 계산하는 지도부의 온건파와 급진파 사이의 대립이 표면화되었다. 자유노조연합도 이러한 내부 대립의 와중에 빠지게 되었다.

자유노조연합은 여러 공장에서 뽑힌 이익 대표의 연합체에 지나지 않는다. 따라서 의견이 엇갈렸을 때 신속하게 행동할 수 있는 조직체는 아니다. 통일노동당에 대신한 노동자 자신들의 전위당前衛黨을 조직할 수 있을 정도로 성숙되어 있지는 못하였다.

이렇게 하여 힘은 분산되고 전술도 통일되지 않았다. 바웬사 위원장의 활동이 너무나 화려하게 전해지고 있었기 때문에 우리들은 자유노조연합을 너무 지나치게 높이 평가하고 있는데 지나지 않는다.

통일노동당이 너무나 노동자와 동떨어져 있었기 때문에 이에 대한 환멸의 반작용도 겹쳐서 노동자는 젊은 주인공인 바웬사에게 너무나 많은 것을 걸고 있었던 것이다. 바웬사가 마술을 써서라도 모든 것을 잘 처리해 줄 것이라고 말이다.

그래서 노동자들은 바로 바웬사에게 전화를 걸었다. 그에게 부탁하면 무엇이든 해결해 줄 것이라고 생각되었기 때문이다.

이쯤되면 바웬사인들 몸이 몇개 있어도 당해 낼 수 없었을 것이다.

혁명에는 카리스마스적인 지도자가 필요하지만, 그와 같은 카리스마에게 매달려 있어서는 안 된다. 노동자 한 사람 한 사람이 자기 자신을 변혁하지 않으면 결집된 힘을 발휘할 수 없다. 폴란드에는 이러한 문화혁명이 아직 충분하지 못했던 것이다.

그러기에 군사적 탄압에 대하여 산발적인 파업밖에 할 수 없었다. 이제부터 폴란드에는 문화혁명이 필요하다. 노동자가 권력을 갖는다 해도 그것을 자기 스스로가 운영할 수 있는 능력을 갖출 수 있도록 자기 자신을 단련해 나가지 않으면 안 된다.

끝으로 지적할 수 있는 것은 현존하는 사회주의 국가 안의 변혁이 한 나라만의 변혁으로 그친다면 결코 성공되지 못한다는 사실이다.

어쨌든 당은 국제적으로 연계되어 있다. 노동자의 행동이 국경을 넘어서 연계되지 않는 이상 모스크바의 신디게이트에 이길 수는 없는 것이다.

'두더지 게임' 이란 것이 있다. 어느 구멍에서 두더지가 머리를 내밀면 방망이로 두들긴다. 그런데 방망이는 모스크바가 가지고 있다. 동구 신디게이트 가운데에서 때때로 결연히 일어나는 두더지가 머리를 쳐드는데, 한 마리라면 순간적으로 두들겨 버리면 그만이다.

만일 여기 저기 구멍에서 두더지가 한꺼번에 머리를 쳐든다면 모스크바의 방망이가 미친 듯이 두들겨대어도 그 많은 두더지를 잡지는 못하게 될 것이다.

제2부

중국 특권계급의 부패와 타락

XISM

RICH MARX

제1장
이렇게 하여 관료공포정치는 태어난다

MARXISM

KARL
HEINRICH
MARX

1.
잃어버린 마르크스주의

국가가 존재하고 있는 이상, 그것을 운영하는 관료의 지배는 계속된다. 국가가 중앙집권을 강력히 추진하면 할수록 관료의 중앙 지배력은 강화되어 간다.

모든 권력과 모든 지배를 혐오하고 미워하며 인간의 절대적인 자유를 간절히 바라는 애나키스트는, 그러기 때문에 권력을 부정하고 국가를 부인하는 것이다.

이러한 격렬한 주장을 극좌익極左翼이라 하여 사회주의 사상에는 수 많은 종류가 있다. 그 가운데에서도 가장 힘을 많이 가진 것은 두 말할 나위없이 마르크스주의인 것이다.

마르크스주의가 다른 사회주의 사상과 크게 다른 점은, 공산주의 사회에 이르는 과도기에 프롤레타리아 독재의 필요성을 주장하는 것이다.

독재라는 강권적 개념은 어떻게 보거나 사람들을 위축시킨다. 그래서인지 일본 공산당 등은 이 말이 대중에게서 반감을 산다는 이유로 프롤레타리아 독재를 프롤레타리아 집권이란 말로 바꾸어 부르고 있다. 그러나 아무리 옷을 갈아 입었다 해도 그 내용이 변할 수는 없는 법이다.

이러한 가운데 현존하는 사회주의 국가를 살펴보면 어떠한가를 알 수 있을 것이다.

거기에는 틀림없이 일당 독재, 심한 경우에는 북한과 같이 개인 독재가 있으며, 그것을 받쳐주는 악독한 관료공포정치가 만연되어 민중의 민주적 여러 권리가 억압되고 있다.

이것은 현존하는 사회주의 국가의 잘못인가, 아니면 마르크스주의의 본질 그 자체가 이러한 공포정치를 탄생시킨 것일까.

마르크스주의를 악마의 교의教義로 여기는 사람들에게 있어서는 이러한 프롤레타리아의 독재라고 하는 독재 지배 시스템의 존재 그 자체 안에 사회주의의 악이 모두 숨어 있다고 보아야 할 것이다.

그렇다면 처음에 지적했듯이 '사회주의의 십계명' 같은 것은 보잘 것 없는 공상적인 희망일뿐, 이와 같은 십계명을 범하기 위해 존재해 있는 셈이 된다.

폴란드를 비롯하여 십계명을 범한 증거는 얼마든지 현존해 있는 현실인만큼 마르크스주의를 옹호하려고 하는 사람들은, 이것을 반박하기에는 상당히 어려운 처지로 빠져들고 말 것이다.

그러나 지난날의 마르크스주의는 참으로 빛나는 희망의 별이었다. 그런데 왜 이러한 지경에 빠져버리고 말았을까.

여기에서 우리들은 잠깐 마르크스주의에 대한 공부를 해야 하겠다.

마르크스주의의 이론을 이해하기 힘든 것으로 생각할지 모르지만, 어차피 인간의 머리로 만들어진 것이므로 사람의 두뇌로 이해하지 못할 리는 없을 것이다.

먼저 생각하는 대상을 한정해 놓자. 사회주의 국가에 무엇 때문에 강력한 관료제도가 만연되고 있는 것일까. 관료제도 밑에서 왜 스탈린 풍의 개인 독재가 발생하는 것일까. 그것은 과연 프롤레타리아 독재와 관계가 있는 것일까.

2.
마르크스주의란 도대체 무엇인가

마르크스주의의 요점은 프롤레타리아 독재다. 그렇다면, 왜 그것이 필요하며, 어떠한 쓸모가 있어서일까.

마르크스주의의 이상적인 나라는 '자유의 왕국' 인 공산주의 사회인 것이다. 즉, 생산 수단의 사적 소유가 없으며 따라서 계급이 없는 사회인 것이다.

계급투쟁도 없고, 정치도 없으며, 국가도 없는 사회인 것이다. 거기에는 억압이나 지배가 없으며, 따라서 자유롭고 평등한 사회가 실현되어 인간이 인간답게 생존할 수 있는 사회인 것이다.

그런데 이것이 단순한 이념상의 세계인지 또는 현실성 있는 세계인지 이것 자체가 중요한 문제다.

그러나 무엇보다도 20세기에 살고 있는 인간으로서 중요한 것은, 그러한 이상향理想鄕에 이르기 위한 과정의 사회는 어떠한 형태이어야 하는가다. 그래서 여기 나타나는 것이 과도기로서의 프롤레타리아 독재인 것이다.

프롤레타리아 독재는 부르조아 독재를 넘어뜨리고 계급의 지배가 없는 공산주의 사회를 건설하는 물질적 · 정신적 기틀을 형성하기 위한 권력 형태인 것이다.

공산주의 사회에는 권력 그 자체가 없기 때문에 독재가 있을 수 없다. 즉 독재를 없애기 위한 독재라 할 수 있다. 그러한 것은 독재를 정당화하기 위한 궤변에 지나지 않는다고 할지 모르지만, 변증법辨證法이란 그러한 것이다.

마르크스는 그 유명한 《공산당 선언》에서,

'프롤레타리아트는 그 정치적 지배를 이용하여 부르조아지에게서 차례차례 모든 자본을 빼앗아 버린다. 그리고 모든 생산 용구를 국가의 손에, 즉 지배 계급으로서의 조직된 프롤레타리아트의 수중에 집중시켜 생산 능력의 양을 될 수 있는대로 급속하게 증대시킨다.'

고 지적하고 있다. 또 다음과 같이 말하고 있다.

"계급 투쟁은 필연적으로 프롤레타리아트의 독재로 이끌어 간다. 이 독재 자체는 일체의 계급을 없애기 위한, 계급 없는 사회로 가는 과도기적 현상에 지나지 않는다."

이것은 상당히 추상적이기 때문에 좀 더 구체적으로 설명한다면 다음과 같이 요약할 수 있다.

즉, 프롤레타리아트 독재의 임무는

① 타도당한 자본가 계급의 반항을 억제하고 반혁명의 음모를 분쇄하여 제국주의의 침략을 막으며, 세계의 노동자 계급과 피압박 민족과의 단결을 꾀한다.

② 노동자 계급과 근로 대중과의 동맹을 강화하고 노동자 계급의 지도를 강하게 결속시켜 혁명적인 교육과 사상의 개조를 꾀하며 이를 대중을 사회주의 건설 사업에 끌어들인다.

③ 사회주의 사회를 건설하여 차차로 공산주의 사회로 이행하는 것을 보장한다고 《사회과학사전》에서 설명하고 있다.

이러한 설명만으로는 독재가 왜 필요한 것인지 아직, 막연하여 이해하기 어려울지 모르겠다. 그래서 레닌이 한 말을 소개하기로 한다.

"착취자의 반항을 진압하기 위해서나, 사회주의 경제를 조직하는데 있어 방대한 주민 대중을 지도하기 위해서도 프롤레타리아트에게는 국가 권력, 즉 중앙집권적인 권력 조직과 폭력 조직이 필요한 것이다."

또 말하기를,

"프롤레타리아트의 혁명적 독재는 부르조아지에 대한 프롤레타리아트의 폭력에 의해서 전취하고 유지되는 권력으로서, 어떠한 법률에도 구속되지 않는 권력이다."

말하자면, 공산주의 사회가 실현되기 전의 과도기에는 혁명을 방위하고 혁명을 발전시키기 위해서도 프롤레타리아 독재의 중앙집권적인 힘과 규율이 필요하다는 뜻이다.

그러면 이러한 이치를 이해했다고 가정해 보자. 그런데 프롤레타리아 독재라고 하지만, 그것은 곧 프롤레타리아 계급의 독재라는 말로서 이른바 계급 독재인 것이다. 그러므로 곧 의문이 생기게 된다.

도대체 계급이 독재한다는 것은 구체적으로 그 내용은 어떤 것이며, 어떠한 형태인 것일까. 또 현존하는 사회주의 국가를 살펴보면 모두 공산당의 일당 독재인데, 계급 독재와 당 독재와는 어떠한 관계를 가지고 있는 것일까.

이러한 의문은 당연한 것이라 하겠다. 그래서 다음에 프롤레타리아 독재에 있어서의 공산당 문제를 좀 더 내용적으로 살펴보기로 하겠다.

계급이라고 하지만, 계급은 분산적이며 따라서 그 자체가 하나의 정치 행동을 취할 수는 없다. 부르조아 계급도 부르조아 정당을 만들어서 그 계급의 이익을 지키려 한다.

오늘날 일본에서는 자유민주당은 국민 정당으로서 국민 전체의 이익을 대표하는 정당이라고 주장하고 있다. 그러나 마르크스주의에서 본다면, 국민이라는 비계급적 개념을 써서 자유민주당의 계급적 성격을 감추려고 하는 궤변에 지나지 않는다고 할 수 있다.

부르조아지가 그러하듯이 마르크스의 말을 빌리면 "프롤레타리아트는 그 세력을 독립된 정당으로 조직화됨으로써 비로소 계급으로서의 행동을 할 수 있게 된다."는 것이다. 바로 그러한 정당이 공산당인데, 그렇다면 공산당이란 어떠한 정당인가.

공산당은 프롤레타리아 독재를 실현시키기 위한 행동하는 핵심이며, 그것은 바로 프롤레타리아트의 당인 것이다.

레닌은 다음과 같이 말한다.

"프롤레타리아트는 생기 넘치는 사회주의를 스스로의 힘으로 만들어 낼 수는 없다."

그렇다면 도대체 누구가 만들어낸다는 것인가. 물론 프롤레타리아트가 만들어내는 것이다. 그러나 이론으로 무장한 새로운 프롤레타리아의 사회 개념을 전개할 사상가에 의해서 프롤레타리아트의 내부에 공산주의 의식을 심어 주지 않으면 프롤레타리아트는 전투력을 가질 수 없다고 풀이하고 있다.

이것이 노동운동의 자연발생적인 힘을 그다지 믿지 않았던 레닌의 공산주의 의식의 외부 주입설인 것이다.

레닌은 또 "혁명의 이론없이 혁명운동은 있을 수 없다."고도 말한다. 그것은 사회 발전의 법칙이나 과학적 혁명 이론에 대한 지식을 가진 사상가나 직업 혁명가 프롤레타리아트나 그 전위적인 정당을 이끌 필요성을 주장한 것에 불과하다.

이렇게 하여 공산당은 프롤레타리아트의 이익과 그의 장래를 자각한 직업 혁명가나 앞서 가는 사람들에 의해 만들어진 전위 부대라고 볼 수 있는 것이다. 그러기 때문에 공산당은 프롤레타리아트의 최고 조직이며, 노동조합을 비롯한 노동자의 여러 조직을 지도하는 역할을 담당하게 되는 것이다.

공산당은 프롤레타리아의 독재를 실현시키기 위하여 격렬한 계급투쟁을 하지 않을 수 없다. 적대 세력들을 탄압하고 이에 대하여 저항하는 싸움에서 이기기 위해서는 군대와 같은 단결력이 필요한 것이다. 그러기 때문에 공산당은 생각이 통일되고 행동이 통일된 그리고, 규율이 통일된 조직 원리가 필요한 것이다.

레닌은 "절대적인 중앙집권과 프롤레타리아트의 가장 엄한 규율이야말로 부르조아지를 이기기 위한 본질적 조건이다."라고 주장하면서, 당의 철통같은 규율을 바랐던 것이다.

이렇게 생각해 본다면, 이미 공산당은 절대적인 존재가 되어 권력은 당에 집중되고 프롤레타리아트는 그것에 따른 종속물에 불과하다는 결론에 이른다. 그렇다면 그것에는 한 조각의 민주주의도 있을 수 없는 것같이 느껴진다.

바로 이러한 점에서 선택된 전위대로서의 공산당 조직론에서는 항상 그러한 계기가 내재한다는 것을 부정할 수 없게 된다.

또 노동조합 운동은 그 본질에 있어서 관료제도가 발생할 수 있는 요소를 가지고 있다. 즉, 일반 노동자와 조합 일에만 종사하는 자 및 간부들과의 분업이 발생하지 않을 수 없다.

이러한 일의 전문화가 고정된다면 자연히 그 자리에는 물리적 잇점이 생기며 권력과 권위가 주어지게 된다. 생산 현장에서 벗어난 지도적인 자리에 앉는다는 것은 사회적으로나 개인적인 승진이라고 볼 수 있다. 따라서 일단 이러한 지위에 앉은 사람은 계속 그 지위를 지키려고 생각하게 된다.

그리하여 그 곳에는 새로운 모험보다는 지금까지 누려온 이권을 지키려고 하는 보수적인 관료주의가 생기게 마련이다. 이러한 기구는 쉽게 당의 기구 안으로 도입될 수 있을 것이다.

당에 권력이 집중되고 관료적 특권이 형성되어 간다면 거기에는 지도指導하는 것과 지도 받는 것(被指導)과 같은 비민주적 관계, 즉 지배한다는 것과 종속된다는 것 같은 권력 관계가 생기게 되는 것이다.

여기까지 설명하면 프롤레타리아 독재라는 개념이 필연적으로 공산당의 강권적 독재와 특권 관료들의 공포정치를 낳게 한다는 것을 알 수 있을 것이다. 그러나 이쯤에서 마르크스주의에 대한 공부를 마친다면, 그것은 확실히 마르크스주의에 대한 모독이라 하겠다.

3.
왜 관료들이 판을 치는가

마르크스나 레닌, 그리고 특히, 트로츠키도 이러한 관료주의적 경향에 대한 그 방지책을 설명하고 있다.

마르크스는 1871년에 일어난 노동자의 봉기인 파리 콘뮨을 알고, 자신의 주장 일부를 수정하였다. 파리 콘뮨은 겨우 72일간의 단기 정권이긴 하지만, 러시아 혁명보다 약 50년 앞서 이루어진 최초의 노동자 정권이었다.

나폴레옹 3세가 프로시아 군대에 패배하자 파리의 노동자와 시민은 독립된 정권을 수립하여, 매우 민주적인 권력 구조를 내세웠던 것이다.

그것은 통치하는 자와 통치 받는 자와의 사이에 지배와 종속의 관계가 생기는 것을 막고 통치자의 권력을 많이 제한한 것이었다. 이것은 통치자가 권력을 장악하여 관료화하는 것을 두려워했기 때문이다.

즉, 통치자를 단순히 지도자로 보고, 그의 관료적 타락을 막으려고 했던 것이다.

마르크스는 이러한 경험을 통하여 자신의 주장 가운데 일부를 수정하기에 이르렀다. 그것은 그가 다음과 같은 교훈을 얻었기 때문이다.

① 코뮨의 관리 급료는 숙련된 노동자의 급료보다 높아서는 안 된다.

② 이러한 관리들은 선거에 의해 선출되어야 하고 선거민에 의해 언제든지 해직할 수 있다.

이 원칙은 국가만이 아니라 당을 비롯한 여러 조직에도 준용되지 않으면 안 된다. 만일에 이러한 원칙이 적용된다면, 당이나 관료의 특권화를 막을 수 있으며 따라서 민중에 의한 지도자의 통제 조정이 가능하게 된다.

레닌은 공산당의 강력한 지도력을 주장하면서 동시에 그것이 대중의 손에서 떠나는 것을 막는데 성공하였다. 당이 대중 속으로 융합될 필요성을 주장하고 당이 대중이 하는 일을 독점하거나 대행하는 것에 반대하였다.

예를 든다면, 윤번제도輪番制度 같은 것이다. 직업 혁명가나 또는 당 간부는 언제나 공장의 현장으로 돌아가서 필요에 따라 다른 동지에게 자신의 임무를 물려주는 윤변제도를 제창했던 것이다. 이것은 항상 당은 새로운 것에 의해 신진대사가 이루어져야 한다는 것으로, 당 간부의 특권화와 관료화를 방지하려는 데 목적이 있었다.

트로츠키도 국가 자체의 운영에 있어서 대중의 직접적인 개입의 가능성을 모색하였으며, 경제활동에 있어서도 노동자의 자주적 관리의 필요성을 주장하였다.

그렇지만, 이러한 민주주의적인 노력은 러시아 혁명 후의 특수한 조건 때문에 변형되어가고 말았다.

그 원인의 하나는 러시아 혁명 후에 일어난 격렬한 국내 전쟁과 심한 사회 혼란이며, 다른 하나는 노동자 계급의 쇠퇴와 낮아진 생산력 때문이다.

러시아 혁명 후의 국내 전쟁에 참가한 노동자가 많이 죽었고 따라서 계급으로서의 힘이 줄어든 것이다. 동시에 공장에서는 일할 노동자의 수가 감소되었다.

이러한 공장에서 노동자가 자주적으로 관리한다는 것이 대단히 곤란해졌으며, 또 모든 계층에서의 노동자의 정치적 참가와 감시도 약해졌다. 이렇게 되자 노동자의 업무를 당이 대행하게 되어 당의 일방적인 지배와 관리가 강화된 것이다.

본질적으로 당이 관료적 강권화할 체질을 가지고 있는 이상, 그것을 아래에서부터 민주적으로 저지하는 힘이 약해진다면 당은 더욱 더 관료화되어가기 마련이다.

또한 러시아는 낮은 공업력밖에 갖지 못했었다. 독일 혁명의 실패 등으로 높은 생산력을 가진 선진국으로부터의 지원이 끊어진 이상, 소련은 스스로의 힘으로 생산력을 향상시킬 수밖에 없었다.

더구나 노동자의 의욕이 떨어졌기 때문에 당으로서는 적극적으로 중앙집권화를 강화하고 계획적으로 공업화를 지시, 추진하였다.

노동자들로 하여금 밑으로부터의 자발적인 의욕이 높아지는 것을 기다릴 수 없다는 속사정이 있었던 것이다.

그런데 당의 관료화에 있어서 결정적인 역할을 한 것은, 당내의 분파를 금한 것과 단일정당제의 도입 그리고, 기업에 대한 감독관 제도의 강화였다.

당이 위기에 직면하고 있을 때, 그것을 극복하기 위해서는 규율을 통일하고 빠르게 행동할 필요가 있다. 여러 가지 다른 의견을 한가롭게 민주적으로 의논만 하고 있다면 흐리터분하여 힘을 발휘할 수 없다. 그렇다고 해서 가만히 있으면 서로 다른 의견과 집단이 형성되는 것은 당연한 일이며, 또 당내의 분파를 원칙적으로 금지한다는 것은 당내의 민주주의를 말살해 버리는 결과를 낳게 한다.

그런데 1921년에 모스크바에서 일어난 코민테른은 이러한 당내의 분파를 금지시켰다. 그것은 레닌도 승인하였다. 그러나 러시아 혁명 후에 일어난 혼란을 극복하기 위한 당의 특출한 조치였기는 하지만, 그것은 큰 잘못이었다.

그 후로는 모든 공산당은 그것이 마치 당연한 것처럼 생각하게 되었다. 결정된 방침은 어떠한 일이 있더라도 맹목적으로 실행해야만 했다. 따라서 서로 다른 견해를 가진 사람들이 그룹을 만들어 반대하는 권리는 영원히 사라지고 말았다.

그래서 사회주의 국가에서는 공산당의 일당 지배가 당연한 것으로 생각되고 있다. 그러나 단일정당제가 아니면 안 된다는 이론은 어디에도 없다. 러시아 혁명 후에는 많은 노동자 정당이 생겼으며, 나름대로의 소비에트노동자 협의회에서는 각 당마다 입후보자를 세워 선거를 치루었다.

그러나 당내의 분파를 막은 것은 공산당에 반대하는 정당을 부정하고 그대로 공산당의 일당 지배를 정당화시키게 된 것이다.

단일정당제는 마르크스주의의 원칙에서 벗어난다는 것을 확인해 둘 필요가 있다. 그리고 복수정당제複數政黨制를 도입하지 않는 이상, 공산당만의 일당 지배 체제화에서 생기는 독재적 폐해는 해결될 수 없다는 것도 마음 깊이 새겨 두어야 할 것이다.

현존하는 사회주의 국가에서도 공산당 이외의 정당이 있을 수 있다는 점은 인정되고 있다. 그러나 그것은 형식적인 존재에 지나지 않는다. 같은 자리를 놓고 각 당에서 후보자를 내세워 선거하는 그러한 복수정당제는 아닌 것이다.

즉, 프롤레타리아 독재는 계급 독재로서 공산당 독재는 아니다. 따라서 복수 정당이 서로 겨룬다 하더라도 계급 독재에는 아무런 변함이 없는 샘이다.

한편 기업에 있어서도 노동조합의 자주성이나 자주적 관리의 능력을 발휘하도록 했어야 옳았을 것이다. 그러나 고도의 중앙집권화가 경제 효율을 높일 수 있으리라 생각하고, 중앙에서 임명된 감독관의 권한을 강화시켰다. 그래서 그 권한의 강대화로 인하여 노동조합의 자주성은 잃게 되고 오히려, 관료화를 증대시키는 결과를 초래하고 말았다.

이상과 같은 소련형 공산당의 지배 조직은 스탈린에 의해 고정화되었다. 그리하여 당의 절대적인 지도성이 흔들리지 않게 된 것이다.

거기에는 프롤레타리아트의 자발성은 무시당한 채 트로츠키가 대행주의 이론代行主義理論로 비판한 것과 같이 당이 프롤레타리아트를 대행하게 되었다.

다음에는 당의 조직이 당 전체로 변하고, 중앙위원회가 당 조직으로 변했으며, 또 서기국은 중앙위원회로 바뀌고, 서기장은 서기국을 대신하게 되었다. 그리하여 프롤레타리아 독재는 공산당 독재가 되었으며, 드디어 개인 독재로 변하고만 것이다.

이렇게 하여 민주주의적 견제 장치가 없어지게 되자 공산당 서기장을 우두머리로 하여 임명제에 의해 여러 요직에 배치하는 피라밋 형의 지배적 구조가 구축되어서 그 안에 흔들리지 않은 튼튼한 관료제도가 확립된 것이다.

제2장
중국 특권간부의 타락상

MARXISM
KARL
HEINRICH
MARX

1. “공산당이 이렇게 밉다니 말이야.”

아버지.

아버지는 이렇게 나라를 사랑하셨죠.

이렇게 고생하시면서도 나라를 사랑하셨죠.

그러나 조국은 아버지를 얼마만큼 사랑해 주셨나요.

지금 중국에서 비판의 대상이 되고 있는 백엽白樺이 지은 《고연》이란 시나리오의 자극적인 한 귀절이다.

이 영화를 본 등소평은 “이렇게 조국을 미워하다니.” 하는 말을 내뱉듯 하고는 자리를 떴다고 전해진다.

이것은 단순히 애국주의나 조국애의 문제로 취급해서는 안 된다. 나라란 중국을 말함인데, 중국 공산당이 지도해 온 사회주의 국가의 중국인 것이다.

딸이 아버지를 보면서 나라가 당신을 배반했다고 한 말은, 인민을 사랑하고 그리고, 인민을 끊임없이 사랑해 왔을 인민의 중국을 말하며, 그 핵심이기도 한 공산당을 향해 던진 말이다.

나라, 조국이라고 하는 말을 당으로 바꾸어 생각하면 어떠할까. 그런 경우에 등소평은 이렇게 말하지 않으면 안 될 것이다.

"그 정도로 공산당이 밉다니 말일세."

이쯤되면 등소평이 화를 내는 것도 무리가 아닐지도 모른다.

폴란드 통일노동당에 견주어 본다면, 대중들의 중국공산당에 대한 지지나 공감은 절대적이다. 그런데도 왜 중국공산당에 대한 신뢰가 흔들리고 있는 것일까.

폴란드의 통일노동당이 대중들로부터 신뢰를 얻지 못하고 있는 것은 바로 알 수 있다. 그것은 소련으로부터 받아들인 당이기 때문이다.

소련은 민중의 자립적인 운동을 망가뜨리고, 자기 구미에 맞는 당을 무리하게 강요했던 것이다.

나치스 독일에 지배되고 있었던 바르샤바에서 1944년 8월, 지하에서 저항 세력의 주력을 이루고 있었던 국내군AK과 함께 시민들이 일제히 봉기하였다. 그러나 무력이 보잘 것 없었던 군중은 고립적인 투쟁 속에서 10월에 드디어 비극적으로 전멸하고 말았다. 이때 시민이 무려 30여만 명이나 학살되고 말았다.

이것이 그 유명한 바르샤바 봉기 사건이었다. 눈뜨고 볼 수 없는 참사였다. 앙주이 · 와이드 감독이 만든 《지하수도地下水道》란 영화는 그 비극을 감동적으로 전해 주고 있다.

이때 소련군은 강 건너까지 와 있으면서도 이 비극을 못 본 체 했던 것이다. 왜냐 하면 국내군[AK]은 소련의 영향 밑에 없었고,

또한 그들이 승리하는 것을 소련이 원하지 않았기 때문이다.

1943년에 발각된 카친 숲에서의 학살은 더욱 비극적이었다. 소련으로 연행된 폴란드군의 장교 4천 명 이상이 1940년에 스탈린에 의해 모두 학살 당하여 카친 숲에 묻혀 버렸던 것이다.

이렇게 소련은 폴란드의 우수한 군인을 없애 버린 다음에 그 공백 상태에서 괴뢰정권을 수립했던 것이다. 이쯤되면 당을 사랑하라고 해도 무리한 이야기다. 바로 권력의 정통성이 없기 때문이다.

2.
절대적 권력은 부패하기 마련이다

이러한 폴란드에 비해서 중국공산당의 역사는 바로 권력의 정통성을 절대적으로 대중에게 인정토록 하였다.

일본군의 침략을 정면으로 저항했던 것은 공산당의 홍군紅軍이었다. 그리고 부패했던 장개석將介石을 내몰았으니 신생 중국은 바로 공산당의 손에 의해 만들어졌던 것이다.

공산당이 없었다면 암흑 속에서 허덕이었던 중국의 재생이란 생각할 수 없는 일이었다. 누구의 눈에도 공산당이 사회주의 중국의 지도자가 된다는 것은 당연한 일이었다.

그러한 공산당이 지금에 이르러 왜 대중의 신뢰를 잃기 시작한 것일까. 젊은이들은 사회주의에서 더 이상의 희망을 찾아내지 못하고 있는 것일까.

그것은 틀림없이 중국공산당의 관료주의적 부패 때문이며, 타락 때문이라 하겠다. 그리고 민주주의를 철저히 억압하기 때문이다.

지난날의 당은 대중을 해방시키는 희망의 별이었으나 이제는 대중의 머리 위에 올라앉은 추악한 권력으로 변했기 때문이다.

무엇보다도 먼저 중국공산당은 청렴결백한 당으로서 중국 민중의 지지를 얻었던 역사를 가지고 있다.

중국공산당은 1928년에 홍군을 위한 《삼대규율 육항주의三大規律六項注意》라는 것을 결의했다.

'삼대규율'을 보면, 모든 행동은 지휘에 따르며 노동자나 농민의 소유물은 무엇 하나 건드리지 않으며, 토호土豪에게서 거두어들인 물건은 공공의 것으로 한다는 것이다.

이러한 원칙을 자세하게 설명한 '육항주의六項注意'에는, 잠자기 위해 빌린 널빤지는 사용 후 반드시 제자리에 돌려놓아야 하며, 잠자기 위해 빌린 볏짚도 그대로 돌려주고 못 쓰게 된 것은 변상한다는 등이 적혀 있다.

더욱이 그 후에 목욕은 부인의 눈에 띄지 않는 곳에서 하며, 포로의 사물私物에는 절대로 손대지 않는다는 두 항목이 추가되었다.

중국에서는 마을에 군인이 들어오면 반드시 식량과 돈을 약탈하였다. 따라서 마을 사람들은 그것이 당연한 일로 여기고 체념하고 있었다. 그런데 중국공산당의 홍군만은 폭행이나 약탈을 하지 않았다.

오히려 홍군은 민가 밖에서 야영했으며, 빌려간 널빤지나 볏짚은 반드시 되돌려 주었다. 이렇게 하지 않는 위반자가 있으면 바로 처벌되었다.

농민들은 처음 보는 규율 바른 군대에 놀랐으며, 그 결백한 혁명 정신에 감동하여 공산당을 마치 구세주마냥 열렬히 환영했던 것이다.

흔히 권력은 부패한다, 절대적인 권력은 절대적으로 부패한다는 말을 듣지만, 참 명언이라 생각된다. 그 청렴결백했던 공산당도 권력의 자리에 올라 앉자 그 부패가 좀먹기 시작한 것이다.

3.
특권 간부들의 끝없는 방종

중국공산당의 관료주의적 퇴폐와 특권화는 당 중앙에서도 인정할 정도로 심각하다. 그러기 때문에 최근에 와서 공산당은 당풍을 바로잡고자 호소하기에 이르렀다.

당풍黨風이란 중국적인 표현이지만, 당의 자세라 할까, 당의 체질을 말하는 것이다. 따라서 요점은 대중에게 신뢰받는 청렴한 당으로 되돌아가자는 것이다. 그렇다면 당풍은 그토록 문란해져 버린 것일까.

문란해진 당풍 때문에 머리를 앓고 있는 호요방胡耀邦이나 진운陣雲은 중앙규율검사中央規律檢査 위회원에서 다음과 같이 인정하고 있다.

당과 인민으로부터 부여받은 직권을 이용하여 파벌을 만들고 연고자를 끌어들이는 자가 있다. 또 당의 원칙을 무시하고 관계를 맺기 위해 향응을 제공하고 뇌물을 받아 국가의 위신을 떨어뜨리고 공유 재산을 낭비하는 자가 있다. 그리고 권력을 앞세워 양민을 괴롭히거나 타격을 주는 자가 소수이긴 하지만 존재한다. 더구나 거짓말로서 상급자와 하급자를 속이거나 딴 사람을 추켜올리거나 기회를 타서 사리私利를 꾀하는 자도 있다.

이러한 말이 당의 간부 입에서 순순히 나올 수 있다는 점은 기분 좋지만, 이러한 풍조가 계속된다면 '당의 사활死活이 걸린 문제' 이니만큼 현실을 꾸밈없이 인정하지 않을 수 없는 것이 중국의 고통인 것이다.

이러한 못된 풍조는 다음 세 가지로 집약된다고 한다.

첫째는 관료주의화라 하겠다. 인민의 고통에 관심을 쏟지 않고 주관하는 단위를 독립된 왕국으로 보고 비민주적으로 법률을 파괴한다.

둘째는 특권화이다.

자기 자신이나 가족 또는 친척과 친구를 위해 특권을 얻어 재정 경제에 대한 규율을 위반하고 공금의 낭비나 독직, 뇌물 받기에 힘쓴다.

셋째는 파벌성이다. 파벌 활동에 힘을 다 하고, 파벌을 이용하여 자기의 지도적인 위치를 공고히 한다.

이러한 까닭에 인민들의 가장 큰 불만은 소수 간부들의 관료주의와 소수 간부들의 특권 사상, 이러한 두 가지 작태 경향에 집중되고 있다고 지적한다.

이러한 말은 모두 공산당 측의 문헌에서 인용한 것이다. 결코 당의 견제를 비판하려는 민주청년들의 주장은 아니다. 나쁜 것은 '소수의 간부' 만이라고 한정한 것을 보더라도 당의 주장임을 알 수 있을 것이다.

그러나 진짜 소수라면 문제는 되지 않는다. 이러한 나쁜 풍조가 사회의 밑바닥까지 만연되고 있다는 데에 당의 위기가 있음은 두 말할 나위없다.

그래서 공산당의 간부에서부터 하급직에 이르기까지 어떻게 특권화하고 관료화했는가를 발표되거나 보도된 것만을 가려 뽑아 소개하기로 하겠다.

중앙규율검사위원회는 1981년의 일년 동안에 규율 위반 사건 3천여 건을 적발하였다. 그리고 당적을 가진 고급 간부에 의한 독직, 뇌물먹기, 특권 남용이 횡행하고 있다는 것이다. 그렇지만 3천여 건이란 빙산의 일각에 지나지 않는다.

가장 첫째로 꼽히는 것이 임표林彪이다. 그는 정치적 패배자이기 때문에 그 부패함을 고발하는 수치에 얼마간은 신빙성이 부족할지 모르겠지만, 이것을 들어보면 다음과 같다.

임표가 소유했던 궁전은 11,300평방 미터의 건축 면적을 가진 호화스런 저택이었다. 건축비는 약 25억 달러쯤된다고 하니 정말 놀랄 만하다. 규모는 집무실이 4개, 응접실 2개, 도서실이 3개, 골동품 전시설이 2개, 영화 상영실이 2개, 텔레비전만 보는 방이 1개, 일광욕실이 1개, 그밖에 25미터의 실내 수영장도 갖춘 저택이라고 한다.

그리고 차고에는 12대의 승용차가 있었다고 하니 놀라지 않을 수 없다. 폴란드의 시체판스키의 호화로운 생활에 조금도 뒤떨어지지 않은 것을 보면, 국경을 넘어 당 간부의 부패상에서 공통된 점을 찾아 볼 수 있는 것 같다. 정말 나쁜 사람은 어디에나 있는 법이다.

그런데 개인적인 나쁜 짓이라면 웃어 넘길 수도 있지만, 그것이 직권을 남용하여 공금을 가로챈 짓이기 때문에 가만히 있을 수 없는 것이다.

조자양趙紫陽의 아들을 대학에 부정 입학시켜서 비판을 받았다. 엽검영葉劍英은 금전 관계가 깨끗하지 못했다. 그는 친척을 시켜서 홍콩에 맨션을 사들이게 했고, 사위인 유시곤劉詩昆은 장인의 지위를 이용해서 온갖 이권에 관계했던 것이다.

화국봉華國鋒도 호남성에서 일어난 2억 달러 상당의 횡령사건에 관계되었다는 고발이 북경 시내의 대자보에 등장한 일이 있다.

뿐만 아니라, 당의 최고 간부가 자식들을 해외에 유학시켜서 그의 경력 만들기에 급급했다는 것은 유명한 이야기다. 등소평이나 진운, 박일파薄一波, 황화黃華 같은 쟁쟁한 인물들이 그들의 자제를 유학시키고 있다.

그렇기 때문에 이러한 간부들의 자제들에 대한 유학이 비난의 대상이 된다는 것은 당연하다 하겠다. 왜냐 하면 대개 그들은 부정 유학이나 정략적 유학을 했기 때문이다.

"요즈음, 1~2년 사이에 이른바 '양후문洋後門'이라는, 부정 외국 유학이 성행하는 경향이 있다는 점에 주의할 필요가 있다. 자기 자신의 직권을 이용하여 자녀를 외국에 유학시켜서는 안 된다."

또 유학생들의 꼴불견스러운 행동을 꾸짖고 있다.

유학이나 시찰, 견학 등으로 출국한 자가 귀국하고 나서도 나라

안을 돌아다니면서 학습한 성과를 널리 알리려고 하지 않는다. 개중에는 시찰하는 것을 구경이나 하는 것으로 잘못 생각하는 자가 있는가 하면, 부자라는 것을 자랑하고 다니는 자도 있다. 이러한 중국 내부로부터의 비판은 대중의 마음을 잘 읽고 있다 하겠다.

중국에서 많은 젊은이나 학생을 만나보면, 모두들 유학하기를 몹시 바라는 것을 알 수 있다.

"그러나 아무리 자기가 뛰어났다 하더라도 마음대로 갈 수 없어요. 배경이 없으니 말입니다. 간부들의 자제는 무능하더라도 쉽게 외국 유학에 갈 수 있답니다. 저는 아무리 외국어를 공부해도 고작 할 수 있는 일이란 통역이 되는 것이겠지요."

하고 한탄하는 정도가 보통 아니다.

간부의 특권 소동으로 가장 유명한 것은 각료인 왕로王磊 상업 부장의 무전취식無錢取食 사건이다.

왕부장은 관계되는 자와 부하들을 데리고 북경의 유명한 음식점인 풍택원豊澤園에서 1977년부터 1980년에 걸쳐서 무려 16번이나 회식을 했다.

한번에 1백원元 이상씩 먹고 마시고도 '초대연'이란 명목으로 1원하고 얼마밖에 지불하지 않았던 것이다. 음식점에서도 화는 났지만, 어쨌든 상대가 황송하게도 장관이었으니 하는 수 없이 단념하고 말았다.

이 사실이 밝혀진 것은 젊은 종업원의 반란에서였다. 용감하게 진애무陳愛武란 청년이 중앙규율검사위원회에 투서한 것에서 비롯되었다.

이렇게 되어 왕부장은 사과하고 돈을 모두 지불했다. 동시에 진이란 젊은이는 간부의 부정을 고발한 영웅으로서 명판이 자자했다.

이러한 공짜먹기, 거저놀기 같은 것은 곳곳에서 일어났다. 그래서 하부 관리들만 징계해도 효과가 적어서 때로는 간부들도 본보기로 삼아 처벌했던 것이다.

4.

특권 의식은 '권위 마을'로도 알 수 있다

10억이 넘는 과잉 인구 문제 때문에 고통을 느끼는 중국에서는, 특히 도시에 있어서의 주택 사정의 악화로 갈수록 몸살을 앓고 있다. 살 집이 없어서 결혼하지 못하는 남녀가 많은 실정이다.

대도시인 천진天津 역시 같은 사정이다. 그런데 천진의 사정이 더욱 나쁜 것은, 1976년에 일어난 당산唐山 대지진 때문에 1백만 명이나 되는 시민이 집을 잃었기 때문이다. 그래서 빠른 속도로 대량의 집을 고치거나 짓고 있지만, 아직 10만 명 이상이나 판자집에서 생활하고 있다고 한다.

중국에서는 주택이 공유물로 되어 있어 저마다 속해 있는 직장 단위로 배분하는 제도가 실시되고 있다. 따라서 누가 먼저 입주하느냐 하는 것은 직장에서 결정한다. 물론 직장이라고는 하지만, 문제는 지도 간부들에 의해 공평하게 배분하는 것으로 되어 있다.

그런데 실정은 어떠한가. 어느 상업 관계의 기관 간부는, 새로 지은 주택을 재난 입은 사람들에게 할당하기 전에 우선적으로 간부들에게 나누어 주었던 것이다. 놀랍게도 간부의 93%가 새집에 입주했다는 것이다. 그 기관 간부도 문제지만, 입주한 간부들도 데데하기 이를데가 없다 하겠다.

산서성山西省 응현應縣이란 곳에는 '권위의 마을'이 있다고 한다. 신축 붐이 일어나서 농경지에 50여 채의 집을 새로 지었다. 그런데 새집에 입주한 사람은 그 현의 당위원회 부장, 인민공사의 서기, 현의 국장, 공장장, 병원장 등이었다. 이러한 높은 자리에 있는 사람들이 사는 마을이니 자연히 '권위의 마을'이란 별명이 붙을 수밖에 없었다고 한다.

더구나 그집 짓는 방법이 너무나 권위적이었다. 건축은 농번기에 이루어졌는데, 마을의 차량을 비롯하여 인민공사의 트럭터까지 동원되었다. 뿐만 아니라, 생산대生産隊의 젊은이들까지 신축 공사장에 끌어내었다고 한다. 마치 지난날 지주가 소작인을 사역시켰던 것과 다를 바가 없지 않는가.

그래서 다른 사람들은 너무나 어처구니가 없어서 집단농장에 작업하러 가지 않았다는 것이다. 더구나 정책에 위반하여 농경지를 개인 주택으로 전용했으니 말이다.

텔레비전에서 간부들이 타는 공용차를 사용私用으로 쓰는 풍조를 꼬집은 적이 있었다. 카메라는 중국의 최고급 승용차인 홍기紅旗를 비치더니 차에서 내려서는 예쁜 옷을 입은 아이들과 여성들을 방영한 것이다.

물론 중국에서는 개인적으로 승용차를 가질 수 없다. 카메라에 비친 차도 물론 공용차였다. 간부의 가족들은 백화점에 물건을 사러 가는 데에도 자동차를 이용하기 일쑤인 것이다.

텔레비전 화면과 함께 아나운서는 "지도자나 당 간부가 자기 자신의 물건을 사러가는 데 공용차를 마음대로 써도 괜찮을까요."하고 비꼬는 것을 보았다.

중국의 해방군 역시 이른바 특권층이다. 휴일이 되면 군용 자동차를 빌려서 한 가족 모두가 교외로 나들이를 간다. 군용차에 아이들과 여성들이 가득 타고 킥킥거리는 꼬락서니도 정말 볼만하다. 적어도 군인이라면 웬만한 간부쯤되면 보통 사람들이 먹어보지도 못하는 쇠고기 등이 정기적으로 배급된다고 한다.

소련이나 폴란드 등지에서의 간부들은 그들의 상징으로서 별장을 갖는 것이 유행되고 있다. 중국에는 개인적인 별장은 없을지 모르지만, 각 지방의 경치 좋은 곳에는 거의 빠짐없이 많은 간부용의 별장이나 요양소가 있다.

북경의 관료들이 여름에 피서 가는 곳은 북대하北戴河라는 명승지다. 그 곳에는 유명한 요양소가 있어서 간부와 그의 가족들은 외국 손님과 함께 특별히 둘러싸인 모래사장에서 수영을 즐길 수 있다. 그 가운데에는 주방장이나 하녀들까지 여러 사람 데리고 와서 피서를 즐기는 간부도 있다.

등소평의 여름 휴가도 호화판이다. 그는 1981년 여름에 반란과 폭동이 계속되는 신강新講을 시찰하러 갔었는데, 사실은 유람을 겸한 나들이였다.

총 인원 70명이 13량으로 편성된 전용열차를 타고 갔었다. 일행 가운데에는 그의 부인을 비롯하여 자녀와 손자들까지 거느린 가족의 호화찬란한 나들이였다.

이런 까닭에 관광지는 이들이 차지하는 바람에 일반 관광객은 쫓겨나고 말았다. 물론 호텔은 대만원이라 외국인들까지도 일반 여관으로 쫓겨나야 하는 처지가 되고 말았다.

등소평에 관해서 다음과 같은 이야기를 중국에서 들은 적이 있다.

안휘성安徽省에 황산黃山이라는 명산이 있다. 긴 돌계단을 올라가야 하는 가파른 산인데, 산 꼭대기에는 죽순 같이 즐비한 아름다운 봉우리가 그 모습을 자랑하듯 솟아 있어 마치 수묵화를 보는 듯하다고 한다.

그 산에 등소평이 올라와 보니 등산객이 한 사람도 없었다. 실은 황산 지구의 담당자가 등소평 일행이 온다고 해서 입산을 금지시켰던 것이다. 다만, 며칠 전에 산에 와서 금지령을 모르고 있던 학생 몇 명만이 등소평 일행과 만났었다고 한다.

등소평 역시 이것은 좀 지나치지 않았나 하는 생각해서인지 "나를 민중에게서 떼어놓을 작정이구나."하고 담당자를 나무랐다는 것이다.

독직 사건으로서 가장 컸던 사건은 뭐니뭐니 해도 사형에 처해진 왕수신王守信이라는 여성의 사건일 것이다.

독직했다고 사형에 처하는 것도 지나친 판결이지만, 착복한 국고금이 53만 6천원元이라고 하는 중국에서는 굉장히 큰 돈이다. 우리의 생활 수준으로 생각한다면 약 1백억쯤은 될 것이다.

그녀는 흑룡강성黑龍江省의 빈현賓縣 연료공사의 지배인이며,

그 공사의 당지부 서기였다. 그래서 권력과 재무를 한 손에 쥐고 있는 실력자로서 성省이나 현의 간부에게 뇌물을 주어 자기편에 끌어들여 놓고 마음대로 범행을 저질렀다는 것이다.

그 맹렬 여성은 자그만치 7년에 걸쳐 그녀의 직권을 남용하여 열심히 재물을 끌어모았다. 그런데 아무리 돈을 긁어모아도 살 만한 물건이 없는 중국이라, 애처롭게도 체포되었을 때 그 횡령한 돈이 거의 그대로 압수되었다.

또 '4대 현대화' 정책으로 갑자기 늘어나기 시작한 개인상점이 '관료주의에 착취되어 도산' 하기 시작했다는 보도를 듣고, 정말 웃음이 터질 지경이었다.

독선적인 국영기업은 관료주의적이어서 효율도 낮으며, 노동하는 사람들의 의욕도 떨어진다고 한다. 그래서 요즈음 개인이 경영하는 상점이 허락되었다.

이것을 자본주의적 후퇴라고 보는 사람도 있지만, 어쨌든 개인이 상점을 경영할 수 있게 되었다. 그래서 책임을 개인이 지게 하여 노동의욕을 높이고 서비스의 향상을 꾀하여, 적당주의로 우물거리는 국영기업의 상점 종사자들에게 압력을 넣으려 한 것이다.

그런데 관리 당국에서 관리비니 뭐니해서 이익금을 착취해 가는가 하면, 때로는 번창해진 상점에 사람을 보내어 빼앗는 일도 있다고 한다. 개인이 경영하는 상점이 활성화되는 것을 보고 겁이 난 담당자들이, 관료조직을 십분 이용하여 개인 상점을 없애려 한 것 같다.

다음에는 보도된 사례를 들어본다.

호북성湖北省 의창시宜昌市에 있는 어느 극단은 그 고장에 사는 간부들을 위해 강제로 연극을 상연하지 않을 수 없었다. 때로는 공연하다 연극을 중단하고는 극장에서 관객을 내쫓고 간부만을 위한 연극을 해야 하는 경우가 있다는 것이다.

일부 지방에서는 지도 간부가 공장이나 농촌의 활동을 시찰하러 나서면 야단법석을 떤다고 한다. 그들의 기분을 맞추느라고 연회를 베풀고 극장 관람을 준비하며, 그 지방의 특산물을 선사한다는 것이다. 마치 어느 나라에서 있었던 같은 희극이 벌어진다는 것이다.

이러한 관과 민의 관계는 어느 나라나 마찬가지인 것 같다. 북경시의 간부는 때때로 시내에 있는 고급 요리집을 찾아가 업무 감사를 한다. 그러면 요리집에서는 감사원을 위한 술자리를 마련하고 적당히 돌보아 주기를 청한다는 것이다.

이러한 사정을 안 시민들의 반감을 사게 되어, 북경시에 있는 고급 요정은 일체 이러한 접대를 폐지했다고 한다.

5.
연고緣故와 뇌물이 날뛰는 땅이 있었다

다음에는 연고와 뇌물에 대하여 살펴보기로 한다.

중국 사회는 전통적으로 커넥션 사회라고나 할까. 인간관계가 즉, 연고관계가 모든 것을 움직이게 하는 사회다. 옛부터 중국에서는 농촌 공동체가 사회를 이루고 있어, 국가기구 같은 골치 아픈 것은 그 사회 위에 올려놓은 허구에 지나지 않았다.

국가적인 구조보다 지연이니 혈연이니 하는 것을 더욱 중요하게 생각해 왔다. 중국은 종족사회라고 일컬어 왔지만 같은 친족끼리의 단결을 첫째로 꼽았으며, 따라서 동족이나 동향에 대한 의식이 강하다.

상해와 같은 도시에는 각지에서 사람들이 흘러들어 왔지만, 그들은 나름대로 출신지 별로 같은 고향 사람끼리 조직을 만들어 그것을 단위로 활동하고 있다.

거기에는 국민이라고 하는 추상적인 개념은 없다. 아는 사람이나 친척끼리만을 중하게 여긴다. 극히 인간적인 관계를 중시하는 사회라고 말할 수 있다.

그래서 거기에는 합리적인 조직보다도 먼저 원만한 인간관계가 소중하게 여겨진다. 서로 안면이 있다든지 또는 인연이 있다는 데에서 출세나 생활양식이 결정되기도 한다.

커넥션 사회에서는 당연한 일이지만 친한 사이의 줄을 튼튼히 하고 자신에게 유리하도록 이끌어 달라는 뜻에서 '뇌물'이 뒤따르게 된다.

이렇게 하여 인연과 뇌물은 서로 표리상응하게 된다.

모든 구성원은 평등해야 한다는 사회주의는 당연히 이러한 배타적인 인간관계를 배척하려 한다. 그러나 공산당의 관료 체제가 널리 퍼져서 상하의 전형적인 지배 질서가 확립되면 어떤 지위를 차지한 간부는 문중이나 친척을 소중히 생각하고 자신의 지위를 더욱 튼튼하게 하려 한다. 그리고 그 간부의 특권을 이용하여 스스로 출세하려는 사람들이 나타나게 마련이다. 따라서 연줄을 대려고 뇌물이 오가는 것은 뻔한 노릇이다.

이러한 줄을 타고 부정한 거래나 독직이 누비고 다니기 때문에 마땅히 공산당도 가만이 있을 수 없다. 그래서 중앙규율 검사위원회가 중심이 되어 이른바 연줄 끊기 캠페인을 전개하고 있지만 쉽사리 성과를 올리지 못하는 것 같다.

연줄을 중국말로는 '관계개關係個'라고 한다. 기업이나 기관 또는 개인을 가릴 것 없이 서로서로가 특별한 관계의 줄을 가지고 있는 것이다. 아는 사람끼리가 서로 돕는다는 상호부조라면 모르겠지만, 실제로는 그토록 아름다운 것이 못 된다.

당국도 인정하고 있듯이 이러한 특수한 관계를 통하여 물자나 자금이 부정하게 유용되어 '관계개'와 상관 없는 사람이나 그러한 부정에 대하여 반발하는 사람이 부당하게 고통을 받고 불이익을 입고 있는 것이다.

그러기에 다음과 같은 공문을 보내어 강조하지 않을 수 없었던 것이다.

"문화대혁명이나 사인방이 남겨 놓은 당내의 부정한 풍조를 퇴치하기란 쉬운 일이 아니다. 많은 당원이나 간부, 더 나아가서는 일부의 조직마저 부패해 버렸으며, 특히 격심한 것은 '관계개'의 문제라 하겠다."

당내의 부정한 풍조는 정말 문화대혁명이나 사인방이 남겨 놓은 잔재라고만 할 수 있을까. 이러한 연줄과 뇌물을 통해서 특권층의 형성을 튼튼히 한 것은 사실 문화대혁명이 일어나기 전부터 있었던 일이다.

당의 절대적인 지도성을 강화하여 당내의 민주주의를 형성화하고 있는 이상으로 중국에 있어서는 일찍부터 관료적 지배 체제가 이루어져 있었다.

말하자면 유소기劉少奇를 중심으로 한 그룹이 중국공산당 안에 '실권파'라는 관료제도를 만들어 놓았다. 그러기 때문에 문화대혁명의 주요 구호의 하나가 바로 특권적 관료주의의 타도였던 것이다.

문화대혁명에서는 관료제도적 병폐를 깨끗이 쓸어버리자고 주장했는데, 오늘날에는 그 문화대혁명이 만들어낸 관료제도적 병폐를 말끔히 타도해 버리자고 외치고 있다.

언제쯤이나 되어야 단순히 구호로 그치지 않고 완전히 없앨 수 있을까.

이러한 병폐를 없애기 위해서는 당을 철저하게 민주화하지 않으면 안 된다. 특권이 꼬리치고 다닐 수 있는 당내의 비민주적 기구와 당의 운영 체제 그리고, 국가와 당과의 관계를 근본적으로 바꾸어 가지 않으면 안 될 것이다.

오로지 당원은 부정을 해서는 안 된다고 자각하는 것만으로는 이루어지지 못한다. 개인 개인의 수준이 문제가 되는 것은 아니다. 당 자체에 문제가 있는 것이다.

《인민일보》는 이 점에 대하여 얼마간의 자각을 가지고 있는 듯, 다음과 같이 스스로 경계하고 있다.

"사회의 풍기나 치안이 근본적으로 호전되지 않는 것은 당의 풍기가 근본적으로 회복되지 못한 것과 떼어놓고 생각할 수 없다."

그런데 이러한 풍조는 현정권이 강력하게 추진하고 있는 '4대 현대화' 정책과 깊은 관계를 맺고 있어서 더욱 심각한 문제를 지니고 있다 하겠다.

이러한 '관계개'는 사인방 시대에도 있었지만, 그 병폐가 일제히 크게 나타나기 시작한 것은 사인방이 체포된 이후부터이다.

6.
리베이트 상법이 '4대 현대화'에 이바지한 아이러니

아시다시피 사인방 타도 후에 나타난 '4대 현대화' 정책은 모택동 노선을 크게 벗어나서 이른바, 유소기 노선으로 복귀한 것이다. 그리고 경제활동에 있어서 일정한 '자유화' 정책을 취하게 되었다.

농촌에서는 개인이 경작하는 자영농自營農을 인정하고 거기에서 생산한 채소 등을 파는 자유시장도 개설하였다. 또 개인이 경영하는 상점도 인정하였다. 말하자면 개인적으로 돈을 벌어도 나쁘게 생각하지 않게 되었다.

모두가 노력해서 생산 향상이나 생활 향상을 꾀하려는 것이 아니다. 먼저 돈을 벌 수 있는 분야부터 손을 대어 먼저 부자가 되겠다는 의도였다.

이것은 경쟁의 원리를 도입해서 개인적 능력이나 의욕을 높이려 한 것이다. 그렇게 하지 않으면 생산력의 향상 같은 것은 이룰 수 없다고 생각했던 것 같다. 그러나 이러한 물질 지상주의의 물질 숭배가 갑자기 공공연하게 인정된다면 두드러진 병폐가 생기는 것은 당연하다 하겠다.

누구든 자기 자신이 먼저 부자가 되겠다고 바란다. 그러나 먼저 부자가 될 수 있는 조건을 갖추고 있는 사람은 한정되어 있다. 생산 수단의 사사로운 소유가 금지되어 있기 때문에, 먼저 부자가 되기 위한 지름길은 권력이며 지위이며 특권인 것이다.

아무리 유능한 인간이 열심히 일하고 또 노동 의욕을 끝없이 발휘한다 하더라도 권력이나 지위 또는 특권이 없다면, 딴 사람보다 앞서 부자가 될 수는 없다 하겠다.

이렇듯 권력과 지위와 특권을 가지고 있는 사람들은, 그것들을 최대한으로 발휘하여 딴 사람보다도 먼저 부자가 되려고 한다.

관료들은 큰소리를 치면서 그의 지위를 이용하여 연줄의 사회학을 배워간다. 말단의 관리들은 그 연줄을 꼭 잡고 자신도 떡고물을 주어먹으려 한다. 이렇게 관료들은 지위와 연줄을 가지고 자기 자신의 영향력을 넓혀 가려 한다.

그렇기 때문에 공산당이 아무리 안 된다고 소리쳐도 여기저기에 파벌이 생긴다는 것은 당연한 일이라 하겠다.

《인민일보》에 따르면 상품의 유통 과정에서 생기는 부정행위를 개선하도록 관계 부문에 전달했다고 한다. 말하자면 유통업자들 사이의 뇌물을 없애라는 것이다.

또 최근에 중국에서는 할인 상법이 유행하고 있다.

상해 제2백화점에 할인 판매를 하겠다는 권유가 있었다. 어느 공예 조각공장에서 "당사의 30원짜리 상품을 팔아 주면 도장 1

개, 1만원짜리 상품을 팔아 주면 자전거 1대를 드리겠습니다."하고 제의해 왔던 것이다. 물질적인 자극에서 오는 매상 올리기 작전이다.

왜 이렇게 된 것일까.

물론 시장 경제를 활성화시킨다는 것은 중요한 일이다. 이를 위해 상품 유통을 활성화하려 하게 된다. 그를 위해서는 유통 기구를 합리화하려 한다. 그러나 그 유통 기구를 관리하고 있는 것은 유통 관계 관료들이다. 따라서 그 유통 기구를 관리한다는 특권을 가진 그들은 그러한 합리화를 막으려 한다.

상거래도 인간관계에 의해 좌우되는 일이 많기 때문에 상품 유통을 원활하게 하려면, 중간에 있는 자들에게 뇌물이나 리베이트를 주는 것이 효과적이다. 그렇게 하면 관료들의 방해를 받지 않고 상품이 유통될 수 있다.

이와 같이 해서 뇌물이나 리베이트는 상품 유통을 순조롭게 하기 위한 윤활유 노릇을 한다. 이것이야말로 '4대 현대화' 추진에 크나큰 공헌을 하고 있다 하겠다.

7.
어느 나라 못지 않은 입시 지옥이 뜻하는 것

연줄과 뇌물은, 지금 중국에서 사회 문제로 되고 있는 진학 붐에서도 역시 그 위력을 발휘하고 있다.

물질적인 욕망에서 해금되자, 관료가 되어 출세해서 재산을 모으자는 '승관발재升官發財 : 관료가 되어 출세해서 축재하는 것' 적인 발상이 퍼지기 시작하면서부터 그 관료가 되기 위한 지름길인 대학에로의 입학 경쟁이 뜨거워지기 마련이다.

어느 나라 못지 않게 아니, 그 이상으로 심한 입시 지옥이 전개되고 있다. 1981년에 565만 명이 고등학교를 졸업했는데, 이에 비하여 대학 등의 고등교육기관의 모집 학생수는 27만 명에 지나지 않았다. 그러니 대학에 들어갈 수 있는 사람은 고교 졸업생의 3%에 지나지 않는다.

이 좁은 문을 뚫고 들어가기 위해 또한 특권이나 연줄의 힘으로 뒷구멍 입학이 성행하게 되는 것이다. 이러한 부정 입학을 중국에서는 '주후문走後門' 이라고 한다. 대학을 뒷문으로 들어간다는 말

이다.

호북성湖北省의 어느 현 교육장이 딸 등 세 사람의 부정 입학을 위해 공작하다가 발각된 일이 있었다. 그러나 이것은 단순히 직권을 남용했을 뿐이었다.

그런데 강소성江蘇省 정강현靖江縣에서도 현의 문교국 관리가 불합격자를 억지로 합격시킨 일이 있었다. 그런데, 이것은 직권 남용 뿐만 아니라 또 다른 뇌물까지 받아먹은 사건이었다.

"아버지는 꾀도 없고 돈도 벌지 못해 뒷거래도 할 수 없으니 내 일생은 모두 끝났어……."

하고 한탄하는 자식에게 아버지가 그 이유를 물어보고는 깜짝 놀라 버렸다.

고등학교에서는 진학반[快班]과 무사태평반[慢班]으로 나뉘어진다고 한다. 그런데 교직원에 줄이 없으면, 아무리 성적이 좋아도 진학반에 들어갈 수가 없다는 것이다. 더구나 중점 정책이라 하여 진학반은 교실의 설비가 좋은 곳에서 수업을 하게 된다.

기회의 균등과 공평한 교육이라는 가장 기본적인 사회주의적 평등마저 침해당하고 있는 셈이다. 이쯤되니 삐뚤어진 진학열은 학생의 마음마저 빗나가게 만든다는 것도 당연하다 하겠다.

뇌물로 쓰여지는 것은 금전이 대부분이지만, 좀처럼 손에 넣을 수 없는 것이 더욱 중히 여겨진다.

외국산은 물론, 중국산이라도 고급 담배나 술은 뇌물의 대표적인 물건이다. 고급 담배가 귀해서 구하기 어려우면 간부들은 줄을 놓아 공장에서 몰래 사온다. 이런 까닭에 담배의 명산지인 운남성雲南省에 있는 설탕 · 담배 · 술공사에서 580만갑이나 되는 많은 양이 유출되었다.

하여튼 중국에서 여행할 때에는 외국산 담배가 필수품으로 되어 있다. 택시의 운전기사에게나 호텔의 심부름꾼에게 한 개비씩만 팁 대신 주면 만사가 순조롭다.

때에 따라서는 돈보다도 더 좋은 것은 '표票'이다. 중국에서는 대부분의 물자가 배급제로서 통제되어 있다. 곡식이나 기름 등은 '양표糧票'가 없으면 살 수 없다. 담배나 술도 마찬가지다. 돈이 아무리 있어도 여러 가지 표가 없으면 살 수 없다.

표는 개인별로 배분량이 정해져 있다. 따라서 그러한 표를 많이 모을 수 있으면 상당히 생활하기 쉽다. 따라서 '표'가 뇌물로 쓰여지는 것이다.

특히 돈이나 권력이 없는 여성은 참으로 비극적이다. 이러한 슬픈 이야기를 여기저기에서 들을 수 있다.

문화대혁명으로 농촌에 추방당한 여성이 도시로 되돌아가기란 대단히 어렵다. 왜냐 하면 도시로 돌아갈 수 있나 없나를 결정하는 것은 지방의 간부이기 때문이다. 그런데 뇌물을 주지 않고서는 귀향 허가를 받을 수 없다.

따라서 뇌물을 줄 수 없는 돈 없는 여성은 하는 수 없이 그 간부에게 자신의 몸을 맡겨서 허가를 얻어내려 한다. 이렇게 정조를 미끼로 도시에 되돌아간 여성의 비극은 중국의 문학이나 드라마에 자주 등장하는 것을 볼 수 있다.

이런 사정이 있으므로 해서 상해의 남성들이 농촌에서 되돌아온 여성과는 결혼하지 않겠다고 말하는 것도 수긍이 간다.

또 중국에서는 처녀성의 신화가 절대시되고 있다. 미혼 여성이 남자와 잠자리를 했다는 것만으로도 그것이 발각되면 벌을 받을 정도다. 그러니 농촌에서 되돌아온 처녀들은 이미 농촌의 간부들에게 당했다고 생각되니 갈 곳이 없는 셈이다.

농촌으로 돌아온 여성은, 농촌에서 몸을 더럽히고 도시에서는 마음의 상처를 입게 되니 그녀들의 청춘은 어디에서 찾아야 할까.

정조만이 아니라 여성의 몸 자체가 매매되는 경우도 있다.

오늘날 인신 매매는 범죄로 다스리는데, 중국에서는 많은 혼비婚費를 받고 여성을 매매하는 일이 있다. 그래서 부모에게 팔린 딸은 싫은 상대라도 하는 수 없이 시집 가야 한다는 것이다. 이러한 매매결혼 때문에 절망하여 자살하는 처녀가 있을 정도다.

이러한 종류의 여성 매매는 단순히 금전 때문인 경우도 있지만, 지위나 연줄 때문에 정략적인 결혼을 하는 경우도 많다고 한다.

도대체 인간성의 해방을 목표로 하는 사회주의 사회에서는 도무지 생각조차 할 수 없는 일이다. 그러나 여태껏 농촌에서는 그 예가 많은 것도 사실이다.

봉건적인 인습이 뿌리 깊게 남아 있어 전통적인 것은 그리 쉽사리 없어지지 않는 것인지 모르겠다.

그런데 더욱 비극적인 것은 돈을 주고 아내를 산 남성들의 행동이다. 남편은 본전을 찾으려는 듯 아내를 혹사하는 것이다. 이쯤 되면 사회주의 중국에 여성 해방의 날은 아직껏 먼 일이라 하지 않을 수 없다.

제3장
모순의 해결이 새 모순을 만든다

MARXISM

KARL HEINRICH MARX

1. 부패는 외부의 탓이라 할 수 있을까

지금까지 간부들의 관료주의적 타락상의 보기를 많이 소개하였다. 그런데 다시금 강조하지만, 이 사례들은 거의 중국 당국이 발표한 문헌에 의한 것이다. 물론 현실적으로는 이보다 더 심한 경우가 많은 것으로 생각된다.

이것이 중국의 현실이기 때문인지 '당내 정치 생활에 관한 약간의 준칙'이란 것이 발표되었다. 이 준칙은 1980년에 열린 중국 공산당 제11기 5중총회五中總會에서 채택된 것이다. 이 금지령의 내용을 다음과 같이 들어 본다.

① 지도자가 재정 경제규율을 위반하여 마음대로 금전 또는 자재의 사용을 허가하는 것을 금지한다.

② 직권을 이용하여 가족, 친척, 친구를 위해 진학, 전학, 승급, 취직, 출국 등의 면에서 특별한 배려를 청하는 것을 금지한다.

③ 규정을 위반하여 공금으로 연회를 열어 손님을 접대하거나

선물을 하는 것을 금지한다.

④ 규정을 위반하여 공금으로 지도자를 위한 개인 주택을 건조하는 것을 금지한다.

⑤ 공용이라 속여 사용私用에 돌리고 여러 가지 구실을 붙이거나 교묘한 명목을 세워 국가나 집단의 재물을 점유 또는 낭비하는 것을 금지한다.

왜 이와 같은 금지령을 공포하지 않으면 안 되었을까. 또 왜 부정한 행위가 근절되지 않고 더욱 퍼지고 있을까를 생각해 보지 않을 수 없다.

먼저 중국공산당의 견해를 들어보기로 한다. 1981년 3월 9일자 《인민일보》 사설은 '당풍은 당의 존망存亡에 관계되는 문제이다.' 라는 제목으로 다음과 같이 진술하고 있다.

"전에는 당원과 간부는 대중에게서 유리되면 살 수 없었다. 그러나 지금 일부 사람은 대중이 없어도 여전히 간부가 될 수 있다고 생각하고 있다. 그래서 대중의 고통에 대한 관심은 차츰 사라져서 관료주의의 기풍에 물들고 있다."

즉, 간부가 대중에게서 동떨어졌기 때문이라고 한다. 그러면 왜 대중으로부터 동떨어져 나갔을까.

"지금 일부의 동지는 '관리'가 되어 공로자를 자처하면서 거만을 떨며 자신이 현명하다고 굳게 믿고는 딴 사람의 비판을 받아들이지 않는다. 또 딴 사람의 부추김을 받고 더 한층 우쭐해져서 차츰 교만, 보수, 나태, 향락을 추구하는 무리로 변질되어 특권 사상이 조장되었다."

이렇게 하여 문화대혁명 중에, 특히 당풍이 파괴되어 당의 위신이 떨어졌다는 것이다.

그리고 그 원인으로서 다음의 네 가지를 들고 있다.

① 정치적 지도상의 과오

② 봉건주의 사상의 영향

③ 부르조아지의 퇴폐한 사상의 침식

④ 임표와 강청江青 일당의 현저한 파괴

그리고 또 한가지는 당원의 질을 문제 삼고 있다. 험한 환경 속에 있었던 혁명전쟁 시대의 당원은 굳세었지만 집권당이 된 후로는 엄격한 시련과 빈틈 없는 입당 심사도 하지 않아서 사리를 꾀하는 자가 당내에 들어왔기 때문이라고 지적하고 있다.

이러한 분석의 특정은 다음과 같은 점이다.

봉건주의나 부르조아지의 사악한 사상이 스며들었다는 것, 그리고 임표나 강청을 비롯한 사악한 인간들이 끼어들었다는 것이다. 그리고 바로 이것이 당풍을 어지럽히고 간부를 타락하게 했다고 주장하고 있는 것이다.

말하자면 나쁜 것은 외부의 악이 들어왔기 때문이라고 한다. 중국공산당이나 중국 사회주의는 올바르지만, 나쁜 사상이 남아 있거나 밖으로부터 들어오기 때문에 올바른 것도 악에 물든다는 셈이다.

이 설명은 어딘지 틀린 점이 있다. 틀린 점이 있기 때문에 이상스런 현상이 일어나는 것이다.

부르조아 사상은 외국의 제국주의에서 생긴다. 그런데 공업적 근대화를 해야 하기 때문에, 제국주의의 도움이 필요하게 된다. 따라서 문호를 개방하지 않을 수 없다.

이런 까닭에 고육책이 생긴다. 기술이나 자금은 받아들이겠지만, 문화적인 것은 사양하겠다는 것이다. 적어도 도색 사진을 보는 것쯤으로 공산주의적 규율이 흔들린다면, 그것은 규율로서의 값어치가 없다 하겠다.

그러나 나체 사진을 싫어하는 심정은 알 수 있다 해도 외국 사람과의 연애를 금지한다는 것은 이해하기 곤란하다.

어느 프랑스 외교관과 약혼한 중국 여성이 체포되어 노동 교육 2년의 형을 받은 것은 큰 뉴스거리가 되었다.

그런데 외국인과의 사랑을 금지한 법령이 공포되었다. 이렇게 되면 외국 사람은 모두 악의 무리로서 인민과 국가를 구별하는 계급적 수준마저 사라져 버린 셈이 되었다. 뭔가 납득이 안 가는 사람들이다.

2.
잘못을 전가하기 때문에 질적으로 나쁘다

이러한 것은 중국 사회의 혼란을 중국공산당이나 내부의 문제로 보지 않고 외부의 탓으로 보는 잘못된 생각에서 비롯된 것이다. 이에 비하면 《인민일보》에 실린 설목탁薛木鐸의 「관료주의와 어떻게 싸워야 하는가」라는 글이 조금은 나은 것 같다.

그는 그 논설에서 중국의 관료주의가 존재하는 원인을 네 가지 열거하고 있다.

① 봉건주의적 해독의 발혀

② 소규모 생산자의 사상적 영향

③ 제도의 불비와 결함

④ 중국 경제와 문화의 후진성

즉, 중국은 오랜 동안에 걸쳐 봉건사회가 계속되었기 때문에 사회주의 사회가 되었다 하더라도 봉건적 전제주의나 봉건적 가부장제의 사상, 봉건적인 관습의 힘이 남아 있어서 그것이 당의 정치에 깊이 힘을 미치고 있다고 한다.

또 사회주의 경제에서도, 중국은 아직 생산력이 낮기 때문에 소규모 생산자의 영향이 커서 그들이 관료주의와 관계를 맺고 있다.

그렇지 않으면 중국의 경제적, 문화적 후진성이 대중의 자기관리 능력을 제한하고 있는 것이다.

이러한 지적은 다음과 같이 집약할 수 있다.

중국 사회는 아직 뒤떨어지고 있어 성숙하지 못하기 때문에 관료제 같은 뒤늦은 형태가 생기게 된다. 사회가 발전하게 되면, 그 동안에 뒤떨어진 형태는 극복하게 될 것이다.

그런데 이것은 크게 잘못된 생각이다. 관료주의란 결코 뒤떨어진 것이 아니다. 이것은 언제나 나타날 수 있는 현실성을 내포하고 있다. 관료주의를 역사나 사회가 뒤떨어졌기 때문이라고 탓할 것은 못 된다.

다만, 설목탁의 논문은 제도가 갖추어지지 못했거나 흠이 있어서라고 지적하는 점에서 높이 평가할 수 있다.

"간부의 등용은 기본적으로 위에서 아래로의 위임제가 취해지고 있다. 그런데 상급자에 대해서는 책임을 지지만 대중에 대해서는 책임을 지지 않는 간부가 생긴다. 이것은 개인과 대중, 봉사자와 주인의 관계를 거꾸로 한 것이다."

이와 같이 상부에서 하부에로의 위임제가 관료제와 당의 지배를 만들어 놓고 있는 것이다. 이러한 관계를 민주화하지 않는 이상, 필연코 당은 스스로 대중에게서 동떨어져 나가고 말 것이다.

대체로 중국공산당은 관료주의는 인정하지만, 그것을 나쁜 사상이나 개인의 탓으로 돌리고는 근본적으로 없애 보려는 개혁을 하려 하지 않는다.

즉, 프롤레타리아 독재를 공산당 독재로 바꾸는 병폐, 또는 공산당의 지도성을 절대시하여 당내의 민주주의를 부정하고 있는 것 그리고, 노동자의 자유스런 자주 관리 능력을 발휘시키지 않는 점 등에 대해서는 손을 쓰려 하지 않는다.

만일 이러한 상태라면, 도저히 관료제를 완전히 극복한다는 것은 불가능하다 하겠다.

3.
반관료주의의 투쟁 모순

공산당 독재가 프롤레타리아 독재와 바뀌어 있다는 것을 어느 집권당도 인정하려 하지 않는다. 중국공산당도 마찬가지로 당 자체가 관료화되어 있는 것에 대해 자각하려 하지 않는다. 어디까지나 '일부의 지도자' 가 관료주의에 해침을 당하고 있는데 지나지 않는다고 강조하고 있는 것이다.

1981년 3월 9일자 《인민일보》는 다음과 같이 일부 사람의 탓이라고 주장하고 있다.

"우리 당 내부에는 정도의 차이는 있을망정 특권 의식을 가진 자가 적지 않다. 그렇지만 완전히 특권화한 자는 극히 소수로서 '특권 계층' 이 있다고는 절대로 말할 수 없다. 우리 당의 내부에는 대중들로부터 동떨어지고 대중의 고통에 많은 관심을 갖지 않는 관료주의에 물든 자가 정도의 차이는 있을 망정 적지 않다. 그러나 완전히 관료주의 자가 되어버린 자는 아주 적기 때문에 '관료주의자 계급' 이 있다고는 절대로 볼 수 없다."

이와 같이 특권 계층이나 관료주의자 계급이 생겼다고는 절대로 말할 수 없다고 일부러 힘주어 말하는 이유는 무엇 때문일까.

그것은 당이 일부 사람들 밖에는 관료주의에 물들어 있지 않다고 주장하는 것에 대하여, 그 가운데에는 당 자체가 관료주의에 빠져들어 당의 관료화가 '새로운 계급' 을 생기게 하여 그것이 인민을 지배하고 있다는 반론이 있기 때문인 것이다.

'새로운 계급' 이란 유고슬로바키아의 전부통령인 미로반 · 지라스가 사용한 말이다. 즉, 공산당은 관료화되어 이미 '새로운 계급' 으로 바뀌고 있다고 간주하고 있는 것이다. 이 지라스의 견해에 맞장구치는 젊은 지식인이 중국에 상당히 있는 것 같다.

특히 북경대학에서 이런 사실이 표면화하여 그러한 주장을 부정하기에 당이 골몰하고 있다. 그리고 이러한 주장은 부르조아 사상에 기인한다고 규탄하고 있다.

"우리 나라의 당 지도자를 '새로운 통치 계급' 이라고 하는 것은 완전한 잘못이다. 이러한 논리는 별로 새삼스러운 것은 아니며, 서방측의 부르조아지나 트로츠키, 그리고 중국의 트로츠키스트 등의 언론 가운데에서도 공산당의 지도를 중상하는 같은 말을 찾아 볼 수 있다. 마르크스주의를 배반한 지라스가 쓴《새로운 계급》이란 책과 내용에서부터 말의 씀씀이까지 공통점이 있다." 고, 당은 반론을 펴고 있을 정도다.

1981년에 발행된『홍기紅旗』제5호에 임백야林伯野와 신철申轍이 함께 쓴「이른바 관료주의자 계급에 반대한다」는 글이 실렸다. 이 글은 바로, 이러한 문제를 정면으로 취급한 것이다.

이것은 사회주의 체제 아래에 있어서도 관료주의가 발생하며, 따라서 중국공산당 안에 형성된 관료주의자 계급을 타도하지 않으면 안 된다는 주장이 있다는 것을 인정하고 있다. 동시에 이러한 주장은 반당反黨 반사회주의의 정치강령이기도 하여, 그 목적은 공산당의 지도권을 빼앗으려 하는 것이라고 규탄하고 있다.

이러한 반론이 나온다는 것 자체가 중국에서는 반관료주의 투쟁을 호소하는 소리가 무시할 수 없을 정도로 크다는 것을 말해주고 있다.

중국에는 이른바 '관료주의자 계급' 같은 것은 있지도 않지만, 있을 수도 없다는 점을 강조하고 있다. 그리고 그러한 계급이 있다고 주장하면서 '반관료, 반특권' 적 투쟁을 외치는 분자들은 제2의 문화대혁명을 일으키도록 부채질하고 있을 뿐이라고 주장하고 있다.

그리고 중국공산당만이 관료주의에 반대하는 투쟁의 핵심이 된다는 것을 호소하면서 스탈린의 말까지 인용하여 그 내용을 보강하고 있다.

그러나 더 깊이 생각해 보면, 좀 이상한 점을 느끼게 한다. 즉, 중국공산당의 관료주의화에 반대하는 목소리에 대하여 중국공산당이 반관료주의 투쟁의 선봉이라는 점을 주장하거나, 관료주의의 원흉이라 할 수 있는 스탈린의 말을 빌려 쓰는 정도라면 반론다운 반론이 되기는커녕, 이러한 반론을 발표하는 것 자체가 당의 관료주의화를 입증하는 것이라 하겠다.

지난날 중국은 같은 사회주의 국가이면서도 소련에는 특권 계층이 존재한다고 비판했었다.

"현재 소련 사회의 특권 계층은 당과 정부기관 및 기업이나 콜호즈의 지도적 간부들 가운데 있는 타락하거나 변질한 자, 그리고 부르조아 지식인들에 의해 구성되어 있다. 이들은 소련의 노동자나 농민 그리고, 광범한 지식인이나 간부들과 대립하고 있다."
고 당당하게 주장한 것이다. 더구나 그들은 그 원인을 다음과 같이 밝히고 있다.

즉, 소련 지도부는

"중앙에서 지방까지 전국적으로, 그리고 당과 정부의 지도기관에서 경제, 문화, 교육 부문에 이르기까지 차례차례로 숙청하여 점차적으로 많은 간부를 바꾸어 나가고 있다. 그리하여 자기들이 믿을 수 없는 사람들은 물리치고 자기네 측근들을 지도적 자리에 배치하고 있다."
고 설명하고 이어서,

"이러한 연출의 이동에 의해 소련의 특권 계층은 소련의 당과 정부 및 그밖의 중요 부문을 지배하기에 이른 것이다. 이 특권 계층은 인민에게 봉사할 직권을 인민 대중을 지배하는 특권으로 바꾸었다. 그리하여 생산 수단과 생활 자료를 지배하는 그들의 권력을 이용하여 자신들의 소집단의 사사로운 이익을 좀먹고 있다."
라고 밝히고 있다.

이것은 소련 관료의 특권적 퇴폐상을 매섭게 파헤치고 있지만, 같은 사회주의 국가인 소련에 존재하는 것이 중국에는 어찌하여 존재할 수 없다고 하는 것일까.

현존하는 사회주의 국가에 있어서 어느 공산당이든 관료주의화하고 그것이 독선적인 정치를 낳게 하는 원인이 되고 있다는 것은 부정할 수 없는 사실인 것이다.

그러나 이미 관료가 새로운 지배 계층을 이루고 있는가 없는가 하는 것은 어려운 문제이다. 계급이라고 규정할 수 있는 조건을 지니고 있는가 어떤가 하는 것이 문제인 것이다.

이 점에 대해서는 소련에 있어서의 관료제도에 대한 문제를 논할 때 다시금 생각해 보기로 한다.

4.

왕희철王希哲의 용기 있는 관료제도 비판

관료가 계급을 이루고 있는가 아닌가는 차치하고, 중국공산당의 관료제도를 단순히 봉건제도의 남은 찌꺼기나 혁명정신의 결핍에서 찾으려 하지 않고, 프롤레타리아 독재와 관련지어 고찰한 것이 청년민주파의 기수 가운데 한 사람인 왕희철王希哲의 관료제도에 대한 비판인 것이다.

왕희철은 「이일철李一哲의 대자보」의 공동 집필자 가운데 한 사람으로서 유명하다.

그런데 「이일철의 대자보」는 4인방에 반대하여 법에 따른 민주주의를 요구하였다. 그리고 1978년과 79년 사이에 고조된 민주화 운동의 선구적 역할을 했던 것이다.

1977년에 체포되었다가 다음 해에는 석방되어 일단 명예를 회복하였다.

왕희철은 그 후에도 혼자서 문필 활동을 계속하면서 현 체제에 대해서도 그 관료주의적인 체질을 규탄하였다. 그런 연유로 1981

년에는 다시 체포되어 옥살이를 해야 했었다.

왕희철이 1975년에 발표한 〈프롤레타리아트의 계급 독재를 위해서〉와 1980년에 발표한 〈모택동과 문화대혁명〉이란 글에서 중국공산당의 관료주의 대한 비평을 들어보면 다음과 같다.

왕희철의 주장과 비슷한 이론을 펼친 폴란드의 J. 크론 등의 그것에 견주어 보면 이론적으로는 상당히 엉성한 데가 있다. 외국의 문헌을 자유롭게 이용할 수도 없고, 그러한 이론의 수준을 몸소 갖추기가 힘들기 때문에 어찌할 도리가 없을 것 같다.

그렇지만 아직까지도 스탈린을 높이 평가하고 있는 중국에 있어서, 정면으로 스탈린주의가 중국공산당을 관료화하고 있다고 규탄한 용기만은 높이 사야 할 것이다.

왕희철은 스탈린주의를 다음과 같이 파악하고 있다.

"그것은 프롤레타리아트 독재라는 명분을 내걸고, 프롤레타리아와 광대한 인민에 대하여 관료 특권계급의 독재를 실행하는 일종의 사회파시즘이다."

그리고 다시 그 내용을 설명하고 있다.

"사회주의와 프롤레타리아트라는 명분을 내걸고 중세기적인 가장 험악하고 반동적인 것 모두를 부활시킨데 지나지 않는다. 그것은 마르크스 · 레닌주의를 종교화하고 나아가서 중세기적인 정교일치를 부활시키는 것이 되었다.

그것은 당을 사회의 윗자리에 올려놓고 당의 우두머리로 하여금 마음대로 인민의 운명을 좌우할 수 있는 지극히 높고 더 없는 주재자主宰者로 만들어 버렸다. 그것은 가장 잔혹하고 야만스러운

대규모의 경찰로 하여금 공포정치를 실시하게 하고 말았던 것이다. 그래서 결국 인민 민주주의 사업에 충실했던 참된 공산당원과 죄 없는 백성은 모조리 죽임을 당하게 되었다."

왕희철의 견해는 모택동을 스탈린의 후계자로 보고 그가 개인 독재와 당의 관료성 그리고, 문화대혁명의 혼란을 일으킨 장본인이라고 한 점이다.

모택동은 스탈린주의를 본보기로 삼고 건설한 당과 국가에 만족하지 못하고 더욱 더 전제와 권력 집중의 강도를 높이기 위해 문화대혁명을 발동시켰다고 주장한다.

그리고 모택동의 '사회주의'는 일종의 반동적인 농민 평균주의적인 꿈과 같은 유토피아Utopia; 이상향에 지나지 않는 것이라고 했다.

그래서 그 반동성이 스탈린주의와 결합하여 개인 독재를 강화하기 위해 당의 관료주의를 촉진시켰다는 것이다.

문화대혁명에서도 그러한 당의 관료주의화에 반대하는 움직임이 있었는데, 이것을 어떻게 이해할 것인가를 왕희철은 그 실패의 원인을 다음과 같이 분석하고 있다.

"대중은 간부의 모순성을 알고 있어서 간부의 관료화에 반대했다. 그러나 모택동의 지배체제 자체를 부정하지 않았기 때문에 그와 같은 '인민 대중의 본능적인 관료제도에 대한 반대 요구' 가 모태동의 전제 독재에 이용되고 말았다."

따라서 왕희철은 모택동의 개인 독재에 반대하는 동시에 중국의 스탈린주의적 관료 국가기관 그 자체를 변혁하지 않으면 안 된다고 주장하는 것이다.

"중국의 스탈린적 관료제도를 참된 인민민주주의의 공화국 제도로 변혁하지 않는 한, 이 문화대혁명은 영원히 끝나지 않는다."
라고 지적하고 있다.

5.

중국의 '폴란드화'를 두려워하고 있다

왕희철은 마르크스주의를 부정하거나, 공산당의 지도를 부정하거나 하지 않는다.

오히려 스탈린주의가 프롤레타리아트의 계급 독재라고 하는 본질을 공산당 독재로 오도誤道하고 있다는 큰 잘못을 인식하고 있는 것이다.

노동자의 문화 수준도 낮고 관리 능력도 약한 상황에서 프롤레타리아트의 선진 계층인 공산당이 그 관리를 대행한다면 관료제도가 부활될 가능성이 있다. 만일 노동자의 문화 수준이 향상되어 관리 능력이 강화되었는데도 당의 독재가 노동자의 자주적인 조직의 독재로 이관되지 않는다면, 아무리 시간이 지나도 계급 독재는 실현될 수 없으며 당의 독재가 계속될 뿐이다.

그리고 '이러한 공산당 독재가 사회적 규제를 뿌리치고 사회의 윗자리를 누릴 수 있는 힘이 된다. 그리고 프롤레타리아트 본래의 선진 계층특히 그 지도 집단이 변질하여 프롤레타리아트의 대립하는 존재가 되고 '공산당원 관료의 독재로 바뀌고 만다' 고 말한다.

그렇다면 어떻게 하면 좋을 것인가.

정치적으로는 법률에 바탕을 둔 민주주의 제도를 확립하고 공산당원은 사회에 대하여 직접적인 행정 지도는 하지 말고 정치적 사상적 지도에만 머물게 한다. 그리하여 노동자의 자치를 확립시킨다.

또 경제적으로도 단순히 노동자의 경영 참여에 그치지 말고 노동자의 생산수단에 대한 직접적인 민주 관리를 인정하지 않으면 안 된다.

"프롤레타리아트의 계급 독재는 연합된 노동자가 생산 수단과 직접 결합할 수 있는 데에서 실현될 수 있다."

이것은 마치 폴란드의 자유노조연합이 부르짖는 주장과 대단히 가까운 것을 알 수 있다.

폴란드 자유노조연합에 대한 중국의 반응은 복잡했다. 애초에 중국공산당은 바웬사 위원장들의 활동을 호의적으로 보고 있었다. 그것은 소련의 동구 지배에 대하여 저항하고 있었기 때문이다. 그런데 폴란드 문제가 바로 중국 자체의 문제이기도 하다는 것을 깨달은 중국공산당은 크게 당황하기에 이르렀다.

그것은 자유노조 결성이 공산당의 독재 체제 자체를 뒤흔들어 놓기 때문이다. 폴란드의 탄압 직전에 정치국원인 팽충彭沖은 중국의 소수의 젊은이들이 관에서 만든 노동조합인 전국총공회全國總工會에 실망하고 폴란드의 자유노조연합과 같은 독립된 노조를 결성하려는 움직임이 있음을 밝힌 바 있다.

중국공산당은 폴란드 통일노동당이나 정부의 간부들이 특권적인 관료주의에 빠져 있음을 인정하고 그것이 혼란을 초래한 원인이 된 것으로 보고 있다. 그래서 중국은 이것을 거울 삼아 자기들이 관료화하는 것을 경계할망정 자유노조연합의 요구를 받아들일 줄 몰랐다.

오히려 중국은 민주운동의 금지나 문예계와 보도계에 대한 언론 통제 등을 강화하여 중국의 '폴란드 화化'를 막으려고 했다. 왕희철이 체포된 것도 이러한 정책의 하나였었는지 모르겠다.

왕회철은 공산당의 관료 지배에 대하여 다음과 같이 말하고 있다.

"레닌은 틀림없이 마르크스와 같이 모든 직업 혁명가들은 반드시 파리 · 코뮨식의 보통선거로 인민의 대다수에 의해 그 거취를 결정하지 않으면 안 된다고 생각하였다. 지난날 혁명에 공헌했다고 해서 평생 동안 관직에 머무는 특권을 누릴 수는 없다.

……불행하게도 스탈린주의 노선의 지도 아래 생겨 난 소련과 중국에서는 이들 한 무리의 직업 혁명가들은 중진 직업혁명 관료로 변신하였고, 또한 새 세대의 직업관료를 끊임없이 재생산하기에 이르렀다."

그렇기 때문에 모택동이 죽은 후에 그의 개인 독재는 없어졌지만, 중국공산당이 다른 관료 체제로 뒤바뀌었을 뿐 변함이 없다고 지적하고 있다.

현재의 지배 관료를 '기회주의적 관료'라고 부르고 있다. 그들은 문화대혁명에서 실각한 그룹이지만, 관료의 단 맛을 알아버린

그들은 '4인방'이 무너진 후에 차례차례 관직으로 되돌아가서,

"곧 그들은 수단을 가리지 않고 십년 동안 잃었던 이익을 모두 되찾았다."

이렇게 하여 관료주의에 반대하는 청년민주파 운동이 1978년과 79년 사이에 분출했던 것이다.

이리하여 등소평 등이 추진하고 있는 탈모택동의 개혁은 크나큰 딜레마에 직면하고 있다. 지나친 중앙 집권화가 당의 신뢰를 잃게 했다는 사실을 알고 있다. 또 당 간부의 특권화가 대중의 반발을 사고 있다는 것도 알고 있다. 그러기 때문에 관료화와 특권화 그리고, 권력의 집중화를 개선하려 하고 있다.

그러나 그러한 병폐가 생기는 당 독재 그 자체를 근본적으로 개혁하려 하지는 않았다. 모든 기관에 대중이 직접적으로 참가할 수 있는 제도를 확립하려 하지 않았던 것이다.

요컨대 공산당 독재라는 체제는 바꾸지 않고 당 간부의 개인적 의식만을 바꾸려 한다. 그리고 그렇게 해서 관료주의로의 전락을 막아보려는 속셈에 지나지 않는다.

그러나 관료주의 문제는 간부 개개인의 의식 개조로 해결될 수 있는 것이 아니다. 공산당 독재가 계속되는 한 아무리 법률로서 민주주의적인 제도를 만든다 해도, 결국 민주주의의 확립이란 어려울 것이다.

왜냐 하면 공산당 독재의 정통성이나 당의 절대적인 지도성은 모든 법률을 초월하여 절대적으로 인정하지 않으면 안 된다는 권력의 논리가 이에 가로놓여 있기 때문이다.

때때로 당이 과오를 범한다는 사실을, 근래에 와서 당 자신도 인정하게 되었다. 그렇다면 당의 그릇된 점은 없어졌단 말인가. 결코 그렇지 못하다.

당이 모든 면에서 지도하고 지배하는 것이 프롤레타리아 독재라고 주장하는 우스꽝스러운 논리는, 여전히 절대적으로 올바르다고 믿고 있는 것이다.

6. 놀랍게도 3분의 1이 사회주의에 실망하고 있다

현존하는 사회주의 국가의 현상은 자본주의 국가의 노동자나 청년에게 매력을 잃게 하고 있다. 이와 마찬가지로 당사국인 사회주의 국가의 청년들에게도 실망이나 환멸감을 안겨 주고 있다.

그것은 공산당의 정치에 대한 실망은 물론이요, 사회주의 자체에 대한 환멸에까지 이르러 일이 몹시 심각하게 되고 있다. 어쨌든 모범을 보여야 할 간부들이 이런 꼬락서니를 하고 있으니 젊은이들의 적극성이 사라져 버린다는 것도 짐작할 만하다 하겠다.

《인민일보》는 1981년 2월 24일자 신문에 '무기력하지 않은 젊은 세대'라는 제목으로 복건성福建省과 안휘성安徽省 청년들의 의식 조사를 한 기사가 실렸다. 공장이나 농촌, 학교, 마을 등에서 약 1천 명의 청년을 대상으로 앙케이트 조사한 결과였다.

조사 방법은 잘 모르기 때문에 자유 의사가 반영되었는지 아닌지는 알 수 없다. 그러나 이러한 조사가 그리 흔하지 않기 때문에 참고가 될 것 같다.

현행 사회주의 제도에 대한 결과를 말하고 있다.

① 뛰어났다. 64.6%

② 별로 뛰어나지 못하다. 23.8%

③ 뛰어나지 못하다. 6.4%

④ 모르겠다. 3.5%

⑤ 기타 1.6%

약 3분의 2나 되는 젊은이들이 현재의 사회주의 체제가 뛰어났다고 여기고 있다는 사실과 기타 항목 결과와 종합하여 다음과 같이 결론짓고 있다.

"오늘날 젊은 세대의 대부분과 그들의 본질은 그 성향이 좋다. 그들은 문화대혁명이 진행된 10년 동안 혼란을 체험하면서 짓밟히고 마음의 상처를 입으며, 고통과 실망을 되풀이하였다. 그러나 강한 진취적 정신은 아직 잃지 않았으며, 당과 국가의 앞길에 거는 강한 관심 역시 없어지지 않았다. 새로운 시기의 위대한 전기를 맞이하여 사회주의 중국의 밝은 앞길에는 벌써 이 젊은 세대들이 청춘의 정열을 불태우고 있다."

따라서 청년들이 무기력하다는 것은 잘못이며, 사회주의에 대한 '신념의 위기'가 젊은이들에게 닥쳐왔다고 떠들어대는 것도 현실적이 못 된다고 주장하고 있다.

중국 국민의 3분의 2가 현행의 사회주의 제도를 지지하고 있다는 통계에서 젊은이들은 무기력하지 않다고 판단하고 있다. 그러나 반대로 생각한다면 3분의 1은 지지하지 않는다는 사실이다.

이것을 '아니, 3분의 1이나?' 하고 읽거나 '겨우 3분의 1밖에' 라고 읽는 데 따라서 평가도 크게 달라질 수 있다.

자본주의 국가에서의 조사라면 몰라도 사회주의가 국시로 되어 있는 중국에서, 그것도 공적으로 발표할 정도의 조사에서 3분의 1이나 되는 젊은이들이 사회주의 제도에 대하여 의문을 품고 있다는 것은 역시 중대한 모순을 지니고 있음에 틀림없다.

그런데 이러한 견해에 대하여 중국은 진실을 왜곡한 악의에 찬 보도라고 규탄하는 것이다.

"외국 사람이 전국의 농촌이나 중소 도시를 자세히 살펴보면, 현재의 중국 중앙지도부가 내건 정책이나 방침이 압도적으로 많은 인민에 의해 지지되고 착실히 실행에 옮겨지고 있다는 것을 피부로 느낄 수 있을 것이다."
라고 주장하고 있다.

외국 사람이 자유롭게 전국의 농촌이나 중소 도시를 자세히 보지 못하도록 금지해 놓고서도 이러한 반론을 전개한다는 것은 참으로 설득력이 없다.

역시 중국이 진실하게 대처해야 할 문제는 3분의 2가 지지하고 있는 밝은 부분보다도 3분의 1이 지지하고 있지 않다는 어두운 부분쪽에 있다는 것은 두말할 필요가 없다 하겠다.

더욱이 충격적인 조사 결과를 하나 더 소개하겠다. 그것은 마르크스 · 레닌주의가 옳다고 굳게 믿고 있는 중국 대학생은 겨우 10%에 지나지 않는다는 사실이다.

대학생이 그 시대를 가장 빨리 민감하게 느끼는 계층이라고 한다면, 사회주의의 장래를 짊어져야 할 대부분의 청년이 마르크스 · 레닌주의에 대하여 많든 적든간에 의문이나 불신감을 가졌다는 것은 중국의 앞날에 있어서 심각한 문제가 아닐 수 없다.

이것은 중국공산당의 청년 조직이기도 한 공산주의 청년단이 전국의 대학생을 대상으로 사상 상황을 조사한 결과인 것이다. 이렇게까지 마르크스 · 레닌주의가 땅에 떨어지고 말았는가 하고 놀라지 않을 수 없다.

좀 오래 되었지만, 또 하나의 통계를 들어 보겠다.

중국공산당은 80여년 전인 1921년에 결성되었다. 그런지 2년 후에 북경대학에서 실시한 여론 조사가 있었다. 신봉하는 주의 사상은 무엇인가라는 질문에 대하여 약 30%가 사회주의라고 대답하였다.

그렇다면 공산당이 생기고 나서 2년 후에 30%의 지지를 얻었던 사회주의가 왜 공산당이 집권한 후 50여 년이 지난 오늘 날에는 겨우 10% 밖에 지지를 받지 못할까. 약 80년간이라는 사이에는 수많은 드라마와 사회주의나 마르크스 · 레닌주의에 대한 열렬한 생각과 차가운 눈초리가 복잡하게 교차했을 것이다.

그러한 우여곡절이 있었다 하더라도 대학생의 9%가 마르크스 · 레닌주의에 의문을 가지고 있다는 사실은 참으로 주목할 만한 것이다.

7.
윗물이 맑아야 아랫물이 맑다고 단념하는 분위기

중국에서 공산당의 지도나 사회주의의 우월성에 대한 의문이 젊은이를 중심으로 퍼져 나가고 있다는 기사를 어느 신문에서 보았다. 그 기사는 다음과 같이 밝히고 있다.

"젊은이들을 회의와 불신의 세대로 만든 것은, 50년대 후반 이후에 있었던 당의 거듭된 노선 변경과 실책에서 비롯되었다. 그리고 '4인방'이 실각한 후의 개방과 동시에 들어온 자본주의 국가의 물자와 사상 때문일 것이다. 당의 지도를 견지하라는 호소를 하고, 사회주의가 자본주의보다 우월하다고 주장하는 당국의 논문이 모름지기 설득력을 잃고 있다는 것도 할 수 없는 일인 것 같다."

이러한 사회적 혼란이 젊은이들의 머리를 어지럽히고 있는 셈이다. 그러나 무엇보다도 공산당의 관료주의적 체질이 변하지 않는 데에서 감수성이 강한 젊은이로 하여금 실망케하고 있는 것이다.

때때로 중국의 청년이 당 간부를 비판하는 소리를 들을 수 있었다. 어느 공산당원인 청년과 이야기를 했는데, 자신은 당원이기 때문에 당과 중국의 건설을 위해 힘을 다하려고 생각하지만, 너무나 간부들이 타락해서 문제라고 하는 것이었다. 그 문답을 들어보자.

"어떤 사람이 간부가 됩니까. 역시 사상성이 높고 인격이 고결한 사람이 선출되겠지요."

"그것은 명분일 뿐이며, 실제로는 아주 다릅니다. 역시 간부가 되기 위한 과정은 윗사람의 눈에 들지 않으면 어렵습니다. 사상성이 강한 것보다는 말재주가 능해서 마르크스 · 레닌주의의 용어를 재치있게 구사해서 아주 그럴듯 하게 표현할 줄 아는 능력을 가진 사람이 자연 눈에 들게 됩니다. 그리고 중요한 것은 윗사람에 대하여 언제나 눈치를 살피고 비위를 잘 맞추어야 합니다. 간부가

될 사람은 누구나 할 것 없이 출세욕이나 권력욕이 두드러진 사람으로서 인품이 야비하지 않은 사람은 거의 없습니다. 저의 상사도 치사한 사람이라 남의 실수만 찾아 다닌답니다."

"그런 짓을 하는 사람은 중견 간부만인가요. 그렇지 않으면 국정을 맡고 있는 최고 간부들도 그러한가요?"

"윗물이 맑아야 아랫물도 맑지요. 중국에서는 꽤나 소문이 빠르답니다. 당 간부의 나쁜 소문은 금세 퍼지지요. 화국봉이나 엽검영을 비롯한 당의 높은 사람치고 나쁜 소문이 없는 사람은 한 사람도 없답니다. 모두들 뒷구멍에서 나쁜 짓을 하고 있답니다. 그래서 우리들 청년 당원들이 건재하지 않으면 더욱 더 나빠질 것 같네요."

성실한 청년 당원으로 하여금 이러한 이야기를 하게 한데서야 일반 국민의 생각은 어떤 것인지 상상할 만하다.

8. 불신을 심어주는 현정권의 딜레마

사회주의 국가에서 공산당원이 된다는 것은 그 자체가 대단히 명예로운 것이다. 10억이 넘는 인구가 넘치는 중국에서 공산당원은 3천 9백만 명에 지나지 않는다. 그런데 그런 엘리트 자리를 버리고 탈당하는 젊은이들이 있다.

전에 지방으로 추방당했던 양명楊明이란 청년이 쓴 《탈당 수기》라는 책이 널리 읽히고 있다. 농촌에서는 간부들 사이에서 당원 자리를 놓고 매매 거래의 대상이 되어 있어서, 당원이 되기 위해서는 많은 노력이 필요했다.

겨우 당원이 되었어도 이 추방 청년은 농민들로부터 '극좌極左'라는 밀고를 당해 고역을 치뤄야 했다. 더구나 당의 간부가 일상생활에 대해서 이런저런 간섭을 하며 간부 냄새를 피우는 것이 못마땅했다. 그래서 당이 싫어져서 드디어 탈당하기에 이르렀다는 것이다.

"어째서 당 지도부는 시대가 아주 바뀌어졌다는 것을 깨닫지 못하는 것일까. 50년대의 당원은 당의 도구가 되는 일로 만족했을지 모른다. 그러나 나는 나 자신의 생활에 당이 간섭하길 바라지 않는다. 청년 당원이라고 하지만, 따지고 보면 젊은이에 지나지 않는다. 당이 나의 인생을 주는 것이 아니다. 내 스스로가 찾아내는 수밖에 없는 것이다."

이러한 추방 청년들이 신강新講에서 일으킨 반란이나 상해와 북경에서 있었던 귀향 요청의 상소上訴 운동 같은 것도 현 정권이 안고 있는 커다란 딜레마라 하겠다.

신강에서의 반란은 1980년 겨울에 발생하였다. 상해에서 신강의 농촌으로 추방된 젊은이들이 소련과의 국경 가까운 아쿠스阿克蘇라는 마을에서 관청을 점거하고, 호적을 상해로 되돌려 줄 것을 요구하며 태업을 벌렸던 것이다. 아쿠스 군분구軍分區의 해방군은 반란을 일으킨 청년들에게 동정적이어서 멀리 떨어져 있는 감숙성甘肅省의 난주蘭州에 있는 부대를 신강으로 출동시키지 않을 수 없었다고 한다.

도시 청년을 농촌으로 추방시키는 하방운동下放運動은 1963년 경부터 시작되었다. 특히 인구가 많은 상해에서는 약 8만 명의 청년이 신강으로 쫓겨갔다. 북녘의 흑룡강성黑龍江省으로 추방된 청년들과 같이 서쪽의 신강에 추방된 청년은 상해의 생활과 너무나 격차가 크기 때문에 그 곳에서의 생활에 익숙해지기가 정말로 힘들었다. 그래서 상해에 살던 청년은 다음과 같이 말한다.

"다른 나라와 비교하면 상해에서의 생활도 뒤떨어지지만, 신강에 가서는 정말 놀랐다. 상해에서 생활하던 중국인으로서는 신강은 지옥과 같다. 도무지 인간이 생활할 수 없는 곳이다."

이렇게 술회하고 있다.

농촌으로 보내는 하방下放 정책은 공부를 좀 한 지식 청년을 농촌에 보내어 힘든 작업을 체험하게 함으로써 노동을 통한 재교육을 꾀하려는데 있었다. 동시에 과잉 인구 때문에 시달리는 도시에서 인구를 조금이라도 줄여 보자는데, 그 주된 목적이 포함되어 있는 것이다.

문화대혁명의 혁명적 흥분이 가라앉자 추방되었던 많은 청년들이 귀향할 것을 희망하기 시작하였다. 한편 현 정권도 하방 정책의 잘못된 점을 시정하기 시작하였다. 보기를 들자면 합법적으로 상해에 돌아갈 수 있는 자격을 얻은 청년이 이를 마다하고 농촌에 남겠다고 하면 혁명적 모범생으로 영웅적 인간이라고 찬양하여 보도하였다.

그런데 방침은 무너뜨리기 위해 세워진 것이기도 하다. 그것이 현실이라 해도 방침이 무너질 때, 그에 의해 덕을 보는 것은 얽어꾸민 방침을 강요하는 사람들 뿐이다. 특권 관료들은 방침을 외치면서 뒤에서는 사실, 그것을 무너뜨리고 있는 것이다.

즉, 상해에 있는 많은 관료들은 그 특권을 이용하여 이런저런 이유를 붙여 자기들의 자제들을 상해로 귀향시키려 했던 것이다. 이 허구성을 알고 신강의 추방 청년들은 분노를 터뜨렸던 것이다.

1979년 4월에 아쿠스에서 상해청년연합회를 결성하고 북경의 중앙정부에 직소단直訴團을 보내어 여러 차례 요구를 거듭하였다. 이러한 요구가 받아들여지지 않자 드디어 폭동과 태업 같은 직접 행동으로 항의하지 않을 수 없었다.

이러한 직접적인 실력 행사는 언제나 '반혁명' 이라는 낙인이 찍히게 마련이다. 자본주의 체제 아래에서 대중이 직접적인 시위를 하면 혁명적이라 불리우고 사회주의 체제 아래에 서는 반혁명이라고 불리우는 것을 보면 참으로 대조적이라 하겠다.

이와 같은 청년들의 시위 행위는 공산당이 말하는 소위 '민주적룰' 로는 그 요구가 받아들여지기 힘들기 때문에 일어난 사건이며, 말하자면 공산당에 대한 불신이 나타난 것이라 하겠다.

이러한 점에 대하여 반성하지 않고 '반혁명' 이란 낙인을 찍는다면, 당은 다시 겹치는 불신의 씨앗을 스스로 젊은이들에게 심어주는 결과가 되고 말 것이다.

제3부

소련 새 관료의 악의 정치

MAR

KARL HEIN

XISM

RICH MARX

제1장
전체주의와 스탈린주의

MARXISM

KARL
HEINRICH
MARX

1. 왜 일본 사람은 소련을 싫어하는가

일본 사람에게는 소련 사람을 싫어하는 민족의 대표적 존재로 알려지고 있다. 그런데다 최근에는 갑자기 소련 위협론이 고개를 들어 그들을 혐오하는 기운에 박차를 더 하고 있는 듯하다.

소련 위협론은 일본의 군사력 강화를 정당화하기 위해 보수 세력에 의해 주장되고 있다. 그러나 이러한 정치주의적인 소련 위협론이 감정적인 반공주의에서 비롯된 것이라 해도 일정한 영향력을 끼치고 있는 소련의 위험만은 못 본 척 할 수 없다 하겠다.

왜 일본 사람은 소련을 싫어할까. 그것은 폴란드 사람이 소련을 싫어하는 이유가 여러 번 러시아에 의해 나라 잃은 백성이 되어 쓰라린 경험을 겪은 역사를 살펴보면 자연히 수긍이 갈 것이다.

러시아 혁명 후의 시베리아 출병 등으로 일본군이 소련 영토를 짓밟은 일은 있어도, 일본 영토에 그들이 침입한 일은 없었다. 그런데도 거리낌 없이 소련을 싫어하는 것은 틀림없이 민족의 원한 같은 피맺힌 민족 감정에서 생긴 것은 아닌 것 같다. 그런데도 싫어지는 경우가 있는 모양이다.

외부로부터의 압력을 가상하여 국민적 통합을 꾀하려는 근대 일본의 정책적 의도와 합치해서 반소 의식이 형성되었음이 틀림없다. 그러나 모든 것을 일본 정부가 반소 교육을 실시한 탓으로 돌리는 것도 또한 부당하다 하겠다.

소련에 현존하는 사회주의 체제의 결함이 소련의 매력을 앗아갔을 뿐만 아니라, 소련으로 하여금 사나운 북극의 곰으로 느끼게 하는 이미지를 심어주게 되었다.

소련 위협론에서는 무력적인 도발성이 강조되고 있지만, 그것만으로 소련에 대한 나쁜 감정을 갖게 할 수는 없다. 무력적으로 가장 기분 나쁜 나라는 뭐니 해도 미국이기 때문이다.

대체로 일본 사람에게는 소련이 정체불명의 어딘지 모르게 기분 나쁜 나라라든가, 아니면 교활한 여우 같이 보이는 듯하다. 그러한 심리적인 불안 때문에 소련을 싫어하는 감정이 생기는 것 같다.

이러한 심리적 혐오감은 공산주의가 악마와 같다는 반공反共 선전에서 생긴 것이 아니라, 현실적으로 소련에서 전개되고 있는 정치적 사회적 현상에서 비롯된 것이라 하겠다.

그것은 공산주의가 교활하다기보다는 개인 독재를 낳게 한 스탈린의 숙청 공포정치 그리고, 특권적 이익을 마음대로 독식하는 공산당 관료정치 때문인 것이다. 이러한 악이 분명히 현존하는 사회주의 국가의 종주국 소련이 존재한다는 사실로 사회주의의 이념과 현실의 분열을 불가피하게 하고 있다. 이어서 그 기만적인 대응이 소련에 대한 극심한 불신감을 일본 사람에게 심어준 것이다.

한 나라의 다른 나라에 대한 민족 감정은 복잡한 것이다. 일본에서는 소련이 가장 싫다고 하지만, 이웃나라 한국에서는 소련보다도 일본을 제일 싫어하고 있다. 이것은 역사적으로 볼 때 당연하다 하겠다. 일본은 한국을 합병하여 국가를 말살하려 했기 때문이다.

한편 사회주의 국가에서도 흑인에 대한 차별이 혹심한 점에 대하여 생각해 보지 않을 수 없다. 적어도 중국과 소련은 제3세계의 우방임을 내세워 민족 투쟁을 지원하고 있다. 특히 아프리카는 서구 여러 열강의 식민지로서 오랜 동안 예속의 고통을 겪어 왔다. 그래서 중국과 소련은 아프리카 신흥국에 강력한 지원을 베풀었고, 흑인 국가에서 많은 유학생을 맞아들이고 있다.

마르크스주의의 인터내셔널리즘 정신에서 본다면, 어느 민족이나 평등하다는 생각은 당연한 일이라 하겠지만, 현실적으로는 흑인에 대한 멸시가 심한 것을 볼 수 있다.

중국 사람에게 물어보아도 흑인 멸시의 생각이 대단함을 확인할 수 있다.

상해에서 다음과 같은 대화를 나눈 일이 있다.

"일본은 중국을 침략하여 중국인을 학살했다. 중국인이면 누구든지 자신의 친척 가운데 한두 사람은 일본군에게 학살되었을 것이다. 그러나 중국에 와서 그러한 일에 대하여 한 번도 추궁당한 일이 없는데 침묵처럼 무서운 것은 없다. 왜 그러는지 모르겠다."

이렇게 물었더니 중국 사람은 귀찮은 질문을 한다는 투로, 그러나 속마음을 털어놓듯이 대답하는 것이다.

"특별히 일본인에 대한 원한을 잊고 있는 것은 아니다. 일본은 노력해서 큰 나라가 되었다. 그래서 지은 죄와는 별도로 일본에게 배우려 할 뿐이다. 원한만 따져보았자 별 수 없기에 입 다물고 있을 뿐이다."

또 소련의 사회주의에 대한 비판의 소리는 있었지만, 러시아 민족에 대한 비판의 소리는 한 번도 듣지 못하였다. 상해의 호텔에는 여러 나라에서 온 외국인이 와글대지만, 오직 러시아 사람만이 보이지 않는 것이 이상스러웠다.

그러나 중국 민중에게는 러시아 민족에 대한 나쁜 감정 같은 것은 의외로 적어 보였다.

2.
사회주의 국가에도 있는 흑인 멸시

이와는 대조적으로 흑인에 대한 감정은 노골적이다.

그들은 "프랑스 여성은 인기가 없다."고 말한다.

매력적인 프랑스 여성이 싫다니 왜 그런가 하고 묻자,

"정말 꼴불견이야. 프랑스 여자는 태연하게 검둥이와 잠자리를 함께 하니 말이야."

이것이 사실인지 아닌지는 차치하고 이런 식의 말투로 흑인들을 멸시하는 데 놀라지 않을 수 없었다.

이러한 배경에는 다음과 같은 사회 정세가 깔려 있기 때문이다.

중국은 제 3세계와의 우호를 증진시키기 위하여 아프리카 여러 나라에서 많은 유학생을 받아들이고 있다. 그런데 아프리카의 신흥국 역시 대부분 특권 사회를 이루고 있어, 중국에 유학하고 있는 학생의 대부분은 고급 관료의 자식들이다. 그래서 아비의 권세를 미끼로 중국 사람의 자존심을 건드리는 행동을 저지르는 수가 있다. 만일 흑인 남자가 중국 여성 에게 손이라도 대는 날이면 그야말로 야단이 난다. 흑인과 관계를 맺은 중국 여자는 '뻔뻔스러운 년!' 이라 하여 몰매를 맞게 된다.

소련에서도 마찬가지다. 프랑스 공산당원인 케아얀 부처가 쓴 《붉은 프롤레타리아 거리》라는 책이 있다. 이것은 마르크스주의자의 눈으로 소련을 보고 비판했기 때문에 더욱 흥미로운 점이 많다. 소련 사람들이 가지고 있는 민족적 멸시에 대한 현실을 지적하고, 특히 흑인들에 대해서는 지독하다고 쓰여져 있다.

"흑인 학생이 길거리에서 좀 지나칠 정도로 떠들어대거나 소련 여성을 놀리기라도 하면 지나가던 사람들은 모두 '검둥이' 녀석들의 교양 없고 저질스러움을 탓한다. 그리고는 원조까지 해 주는데 감사할 줄도 모른다고 투덜댄다."
고 한다.

동구東歐에서는 집시가 부당하게 차별되고 있다. 방랑하던 집시들도 지금은 거의 정착하고 있지만, 그들의 가난한 생활상은 이루 말할 수 없을 정도다. 도로 공사나 하수도 공사의 막노동에 동원되고 있어, 그 생활이 가난한 탓도 있어 크게 멸시를 당하고 있다.

체코슬로바키아의 텔레비전 프로그램에서는 집시 여성과 사랑에 빠진 남성이 고민하는 드라마를 볼 수 있다. 이것은 주위 사람들이 그러한 사랑에 반대하기 때문이다.

왜 이토록 집시라는 것 때문에 차별 대우를 받지 않으면 안 되는가. 그러니 "사회주의의 집시들이여, 단결하라."는 말도 나올 법하다.

민족적 편견 같은 것은 있을 수 없다는 사회주의마저도 이 모양이니, 일본에서의 민족적 편견이 있다고 해서 이상할 것은 없다는 이론이 설지 모르겠다. 그렇다 하더라도 일본 사람의 소련을 기피하는 감정은 너무도 이상할 정도다.

그러나 민족적 편견을 갖는다는 것은 평화를 위협하는 것이라고 침이 마르도록 강조하는 사람도, 소련의 냉혹한 관료 체제를 알게 된다면, 소련을 꺼리는 감정이 부당하다고 외칠 힘도 빠져버리고 말 것이다.

소련은 스스로의 무덤을 파고 있다 해도 지나친 말이 아닌 것 같다.

3.
원흉 스탈린의 정체

소련의 관료제도를 생각해 볼 때, 무어라 해도 그 원흉인 스탈린주의가 어떠한 것이었나를 먼저 생각해 보지 않을 수 없다. 그런데 새삼스럽게 스탈린이라는 골동품을 끌어내어 논한다는 것도 진부하기 짝이 없다는 의견도 있을 법하다.

1956년 2월에 열린 소련 공산당 제20회 대회에서 후르시초프가 충격적으로 '스탈린 비판'을 들고 나온 지 벌써 60여 년이 지났다. 그 동안의 세월을 되돌아보면 새삼스러운 감회를 느끼지 않을 수 없다. 더구나 폴란드의 비극을 생각해 보면 볼수록 스탈린의 망령이 아직껏 집요하게 배회하고 있음을 절실히 느끼게 한다.

사실 대학 강단에서 "스탈린이란 어떤 사람인가?" 하고 물어보아도, 학생들은 "글쎄, 어떤 사람이지?" 할 정도이기에 스탈린에 대하여 소개하기로 하겠다.

스탈린은 1879년에 구두방 직공의 아들로 태어나 일찍부터 직업 혁명가로서 활동한 소련의 정치가다. 스탈린이란 이름은 스스

로 지어 부른 이름인데, 그 뜻이 '강철의 사나이' 라는 것만 보더라도 그의 성격이 어떠한 인물인가를 알 수 있을 것이다.

스탈린은 1922년에 사무적인 자리인 서기장에 취임했는데 벌써 그 때부터 권력의 집중을 꾀하기 시작했다. 이러한 스탈린을 레닌은 다음과 같이 경고하고 있다.

"스탈린 동지는 당 서기장이 되고 나서부터 그 손아귀에 거대한 권력을 집중시키고 있다. 그가 언제나 그 권력을 신중하고 적당하게 행사할 수 있을지 없을지에 대해 나는 자신을 가질 수 없다."

그리고는 다음과 같이 비난하고 있다.

"스탈린은 너무나 난폭하다. 그의 결함은 우리들 당원끼리의 교제에서는 그런대로 참을 수 있지만, 서기장이라는 직책을 맡은 사람으로서는 용서하기 어려운 점이 있다."

이렇게 하여 레닌은 스탈린의 경질을 요구하기에 이르렀다. 그리고는 새로운 서기장은 인내심이 많고 부드러운 태도를 지니며 신중하고 변덕스러움이 없는 인물을 앉혀야 한다고 주장하였다.

이러한 레닌의 주장에도 불구하고 레닌이 죽자 지노비에프나 카메네프, 트로츠키 같은 혁명가들을 제치고 공산당의 최고 자리를 장악하는 데 성공한 것이다.

그 후 스탈린은 레닌이 걱정한대로의 길을 걸었다. 그는 권력을 집중시켜서 난폭하게도 경쟁 상대자인 고참 간부들을 차례대로 숙청하였다. 그리고는 권력을 강화하여 드디어 개인 독재 체제를 확립하고 모든 민주주의를 파괴하였다. 이렇게 하여 사회주의를 인간적인 밝은 이미지에서 비인간적인 어두운 이미지로 탈바꿈시켰던 것이다.

그의 측근자들조차 스탈린에게 초대된 후에 집으로 돌아갈 수 있을런지 아니면, 감옥에 갇히게 될는지 예측할 수 없어 불안에 떨었다고 하니 그의 변덕스러움은 상상하기조차 어려웠던 것 같다.

4.

'상의하달上意下達'을 절대시하는 사고 방식

따라서 소련 공산당의 잘못은 단순히 스탈린 개인의 이상 성격에만 책임을 돌릴 수는 없을 것이다.

스탈린주의 체제라고 하는 마르크스주의의 러시아적 변질이야말로 모든 죄악과 비극의 바탕을 이루고 있는 것이다.

그렇다면 스탈린은 소련을 어떻게 변하게 한 것일까.

스탈린이라 하면 '위대한 혁명 지도자'로서 개인 숭배를 선동한 사람으로 이름 나 있다. 그것은 하루아침에 이루어진 것은 아니다. 우선 공산당을 대중과는 거리를 둔 선택되고 가장 훌륭한 자들로 이루어진 엘리트 당으로 조성하여 먼저 당을 숭배하는 풍조를 확립시켰다.

스탈린의 생각으로는 당이란 '신분이 확실한 자에게만 문이 열리는 요새'였다. 그리고 노동자나 농민 또는 지식인 가운데 '가장 훌륭한 자제'만이 입당할 수 있는 폐쇄조직이었다. 따라서 당은 노동자의 전위당일 뿐만 아니라, 이론적으로도 정확하며, 잘못이 없는 무류성無謬性을 체험한 권위 있는 존재라고 하였다.

이러한 폐쇄적인 당에, 만일 상하관계가 엄격한 히에라르키적인 질서가 생기어 당내의 민주적 활동이 상위자의 권위에 의하여 눌려버린다면, 당은 종교적 조직으로 변해 갈 것이다.

공산당은 마르크스 · 레닌주의라는 과학적인 사회주의 이론으로 무장되어 있다. 그런데 이러한 이데올로기가 경직화하면 까닭도 모르게 잠깐 동안에 종교화하고 만다. 지식의 히에라르키가 생기고, 과학적인 최량最良의 이론가가 지도자가 되는 셈이다. 그런데 현실은 그와 아주 반대 현상이 일어난다. 이를테면 최고의 지도자는 최량의 이론가가 되어 버린다는 것이다.

군주가 교회의 우두머리를 겸하게 되면 일반적인 권위와 교회적인 권위를 다 갖춘 독재자가 생기듯, 스탈린에게는 이론가로서의 최고의 권위가 주어졌다. 그리고 그는 마르크스주의의 교의에 대한 절대적인 해석 결정권을 갖게 되어, 그 권위에 대한 개인 숭배가 이루어지게 되었다.

관료제도를 반대하던 모택동 역시 이러한 개인 숭배에 빠져들고 말았다. 다만 문제의 핵심은 개인 숭배에 있는 것이 아니다. 그것을 허용한 당의 체질 그 자체에 있는 것으로 보아야 하겠다.

당 내부를 다스리기 위한 규율로 군대의 규율을 도입했다. 그래서 당의 민주주의는 말살되고만 것이다.

스탈린을 둘러싼 주위의 인물들은 러시아 혁명 후의 내전을 치른 사람들이었다. 그래서 곤란한 문제에 직면하면 군사적 수단으로 문제를 해결하려 할 뿐이다. 대화나 설득 또는 타협 등의 평화적인 방법을 쓰려 하지 않고 폭력적 수단으로 해결을 꾀하려 하는 것이다.

그리고 당의 권위이나 스탈린 개인의 권위가 확립됨에 따라 더욱 더 당의 단결과 당의 행동 통일더구나 스탈린 체제 하의 단합을 꾀하여, 당 내부에서는 어떠한 이론도 인정될 수 없게 되었다. 따라서 당 대회에서는 토론이 이루어지지 않았으며, 지도부가 내놓은 제안에 대한 찬성 연설만이 허용될 뿐이었다.

그러므로 서로 다른 의견이나 정책, 또는 노선에 대한 선택의 기회 같은 것은 있을 수 없고, 정책은 위에서 아래로 시달되는 것으로 되고 말았다.

정책은 이른바 빼어난 예지의 결집체라는 최고위층에 의해 결정되고, 노동자는 그 결정을 집행할 뿐이다. 그러므로 노동자는 기획에 참여할 수 없을 뿐만 아니라, 그들의 자발적 능력마저 전혀 무시되고만 것이다.

이러한 일들은 1921년에 열린 공산당 제10회 대회에서 분파分派 행위가 금지되었고, 다음 해인 1922년에 열린 제 11회 대회에서 단일 정당이란 관념이 고정화되었다. 이것은 당의 고정화된 절대적 지배권위가 구축되어 그 결과로서 당의 민주주의가 침범당하게 된 것이다.

이러한 당의 일원적인 지배는 당시의 러시아 사회의 현실에서도 큰 모순을 지니고 있었다. 러시아 혁명 후의 사회는 한편으로는 뒤떨어진 분산된 농업 경제가 있었고, 또 한편으로는 도시의 공업이 발전하고는 있었으나 내전에 의한 피로 때문에 노동 생산성이 매우 떨어지고 있었다.

이러한 복잡하고 다원적인 요소가 내재하고 있어서, 그러한 사회상을 반영하고 있는 만큼 정치적인 요구도 다원적이었다. 사회주의 국가를 건설한다는 하나의 목표가 있다손치더라도 구체적인 이러한 가지가지 요구를 어떻게 조화시키면서 사회주의를 실현해 나갈 것인가라는 점은 크나큰 시련이 뒤따르게 마련이다.

다원적인 요구를 일원적 목표와 연관지었을 때, 가장 쉬운 방법은 다원적인 요소를 폭력적으로 일원화하는 것이다. 그것은 바로 민주주의를 말살하면서 실행하게 되는데, 스탈린은 이 길을 택했던 것이다.

오늘날 현존하는 사회주의 국가 역시 경우는 다르지만 다원적 요소의 사회를 이루고 있다. 일원적 가치를 절대화하려는 전시대적 체질에 이의를 제시한 폴란드의 자유 노조연합은 스탈란주의적인 체질에 대한 도전이라고 할 수 있을 것이다. 그리고 그것을 군사력으로 탄압하고 그 지도자 또한 군인인 야르젤스키 장군이었다는 사실로 미루어 역사는 여전히 스탈린 시대와 큰 차가 없는 듯한 느낌을 가지게 한다.

여기까지는 당에 관한 문제를 생각했는데, 다음에는 당과 국가의 문제를 살펴보기로 하겠다.

5. 스탈린주의의 어둡고 추한 면

스탈린주의의 가장 큰 특징은 당과 국가의 일체화라 하겠다. 그렇지 않으면 당에 의한 국가와 사회의 지배이다. 프롤레타리아 독재가 아니라 당의 독재에 의한 국가 권력의 절대화인 것이다.

마르크스주의는 국가를 사멸하게 하지 않으면 안 되었지만, 스탈린은 오히려 '국가의 최대한의 강화'를 요구한 것이다. 더구나 공고하게 다져진 히에라르키화된 중앙집권의 국가이며 강권적인 국가를 건설하려 한 것이다.

그 중앙집권적인 국가를 지도하는 것이 공산당인데, 현실적으로는 더욱 소수의 가려뽑힌 간부들에 의해 관리되고 있다.

일반적으로 중앙집권적인 국가에서는 모든 사회 조직이 피라밋형으로 조직되어 있다. 때문에 당의 간부가 국가를 관리한다는 것은, 그러한 하부의 사회 조직까지도 독단적인 인사 행정으로 간부가 지배하는 것을 뜻한다.

스탈린이 즐겨 쓴 말에 '간부가 모든 것을 결정한다'는 것이 있다. 여러 사회 조직에는 상부에서 임명한 간부가 자리를 차지하고, 그 간부의 히에라르키 체제를 통하여 당이 국가를 지배하려는 것이다.

그러므로 "스탈린주의에 있어서는 정치공작은 조직공작으로 변하고, 정치는 인사와 행정으로 바뀐다. 일체화된 당과 국가와는 하나의 거대한 관료 기구를 이룬다. 그리고 거기에는 위에서 아래로의 명령과 조직에 대한 제한 없는 복종만이 요구된다."고 일컬어지는 것이다.

이러한 스탈린주의의 체제 밑에서는 국가의 모든 조직은 '전동傳動 벨트'와 같은 기계 역할밖에 할 수 없다.

그렇다면 '전동 벤트'란 무엇인가 하면 그것으로 운반되는 것은 '지령'뿐이다. 말하자면, 중앙에서 내려진 지령을 하부조직이나 주변 부서에 보내져서, 그 지령의 내용을 그대로 실행하는 것만이 각 조직의 일이 되는 셈이다.

노동조합도 단순한 전동 벨트에 지나지 않으며, 공산당 조직 자체도 간부의 전동 벨트 역할밖에 하지 못한다고 하겠다.

폴란드의 자유노조연합이 당으로부터 독립한 자유스런 노동조합의 결성을 요구한 것도, 이러한 전동 벨트 노릇을 하는 관제노조에 대하여 염증이 생겼기 때문이다.

노동자의 국가라고 불리우고, 노동조합은 노동자의 조직이라 일컬어지면서도 노동조합은 그 노동자의 예지를 발휘하여 자유로운 판단과 결정을 내릴 수 없는 것이다. 노동자는 자신들의 노동에 의해 얻어진 생산물을 관리하지 못할 뿐더러, 그 이익의 분배

조차 관리할 수 없게 되어 있다. 어디까지나 이익의 분배를 결정하는 것은 상부에서 전동 벨트에 실려서 전달될 뿐이다.

사회주의 사회에서는 노동자는 생산 수단을 비롯하여 생산물 자체도 자본가의 손에 넘어가고 만다. 따라서 생산물은 노동자의 손에서 벗어나 멀어짐으로써 '서먹서먹' 한 것이 되고 만다. 그리하여 이러한 과정을 겪는 동안에 노동 소외의 큰 원인이 생긴다는 것이다.

그런데 스탈린주의의 사회에서는 노동자는 생산물의 관리 그 자체도 할 수 없는 지경이기 때문에 걷어들이는 자가 자본가이든 당의 관료이든 간에 노동자가 소외되고 있는 실정은 다를 바가 없다.

소외 없는 사회, 인간이 인간답게 일할 수 있는 소외 없는 노동을 실현하려 한다면, 노동의 결과를 관리하고 그 처분을 결정하는 권한을 노동자 스스로가 가지려는 생각은 당연한 일이라 하겠다.

그러나 달가닥거리며 움직이는 벨트에 실려온 종이쪽지를 보면 '노동하느라 수고가 많소. 당신의 임금은 얼마요. 당신을 사랑하는 당으로부터' 라는 글귀가 쓰여져 있을 뿐이다. 이러한 글귀를 보고 영특한 당의 자비로운 배려에 노동자는 감사하기는커녕 분노의 눈물을 흘리지 않을 수 없을 것이다.

마지막으로 지적해 두지 않을 수 없는 것은 스탈린주의의 가장 어둡고 추악한 면이다. 그것은 반대하는 자에 대한 숙청이며, 비밀 경찰을 구사하는 공포 정치라 하겠다.

군사적 규율이 당을 비롯하여 사회 전체를 휩쓸게 되면 사회는 호흡 곤란을 일으키며 뇌세포가 상하게 된다.

이와 같이 분파 행위가 금지될 뿐만 아니라 의견이 조금만 달라도 질서를 어지럽히는 불순분자가 되어버린다. 그리고는 '잠재적 이단자는 잠재적 탈주병脫走兵이며, 동시에 잠재적 내통자이자 가면을 쓴 적' 이라 이름 지어져서 참으로 간단하게 '인민의 적' 이란 낙인이 찍히고 만다.

그리고 그러한 일들은 정치적인 분야에서 만이 아니라, 육체적 분야에서는 숙청이 누비고 다니며, 그 적발에 비밀경찰이 사회 구석구석까지 눈을 번뜩이고 있다.

스탈린주의가 단순히 민주주의를 무시하는 것 뿐이 아니라 전체주의 바로 그것이라는 까닭이 여기에 있다 하겠다.

제2장
스며드는 스탈린의 망령

MARXISM
KARL HEINRICH MARX

1. 프랑스 공산당원의 소련 혐오증

케아얀 부처가 쓴 《붉은 프롤레타리아 거리》에는 상당히 충격적인 사실을 밝히고 있다.

저자인 케아얀 부처는 프랑스 공산당 당원으로 소련에 고용되어 있었는데, 그들이 소련에 가려 하자 당의 책임자가 이에 반대하였다. 왜냐 하면 소련에서의 생활을 체험한 프랑스 공산당원의 90%가 결정적으로 당에서 떠나버렸기 때문이다.

이러한 사실은 참으로 놀라운 일이라 하겠다. 일본 공산당의 경우는 어떤지 사정을 알고 싶지만, 일본과 프랑스와는 그 실정이 좀 다를지 모르겠다.

그런데 소련의 마르크스주의와는 다른 길을 모색하고 있는 유럽 공산당의 유로코뮤니즘이 유명해졌지만, 그 길잡이인 프랑스나 이탈리아, 스페인 공산당 가운데에서도 프랑스 공산당이 가장 소련에 가까운 처지다.

아마도 프랑스 공산당은 아직도 소련의 사회주의가 비교적 아름다운 분홍빛으로 보이는지 모르겠다. 그러기에 전해 듣던 소련의 현실과 실제로 체험한 소련의 현실과의 이미지에 차이가 너무나 커서 스스로의 생각을 조절할 능력이 없어 당을 떠나게 된 듯하다.

그들은 소련의 사회주의에 대해 정나미가 뚝 떨어지는 것과 동시에, 그러한 소련에 대해 여전히 장밋빛 환상을 가지고 있는 프랑스 공산당에도 흥미를 잃고만 것이다.

소련의 공산주의자가 서방측에 와서 살다가 탈당하든가 망명하는 것은 자본주의적 퇴폐 문화에 현혹되었기 때문이라고 설명할 것이다. 그러나 서방측의 공산주의자가 소련에서 생활하던 끝에 당을 떠난다면, 공산당은 어떻게 설명해야 옳을까.

케아얀 부처는 그대로 프랑스 공산당에 머물고 있지만, 소련에 현존하고 있는 사회주의에 환멸을 느끼고, 때로는 분노마저 터뜨리고 있다.

그 책에서 이 부부는 다음과 같은 점을 지적하고 있다.

즉, '이미 이루어진 질서나 사회 통념 그리고, 현존하는 사회 구조에 대하여 존경하는 마음을 북돋으려는 일에 온 힘을 다하고, 어린이들의 독창적인 생각이나 행동을 부정하는 교육을 들고 있다.

그래서 '아이들은 어떠한 이상주의 따위는 생각치도 않고, 현 시대의 어느 아이들처럼 꿈이라고 하면 예쁜 여자 친구나 멋진 자동차를 가지려 한다. 그리고 물질적인 부富와 힘들지 않는 일을 찾는 꿈만 쫓고 있다. 또 정치에 대해서는 충분한 급료를 받고 종사하는 사람이 많이 있으니 새삼스럽게 자신이 관계할 필요가 없다' 는 식으로 아무런 생각도 없는 순응형의 인간을 만들어낸다고 한다.

또 일반 대중과는 완전히 별세계에서 살고 있는 계층이 존재한다는 사실이다. 그리고 '고결한 정신의 결여와 현대적 백성에 대한 멸시는 가장 혜택 받고 있는 계층에 공통된 특징이다' 라고 지적하는 따위의 차별관을 들고 있다.

더구나 '대부분의 소련 사람은 별다른 할 일이 없어 술을 마신다. 또 젊은이들은 이상이란 것을 전혀 믿을 수 없게 되어 돈을 모은다든지 허황된 물질적 안락을 찾아 헤매는 일에서밖에 구원을 찾아낼 수 없게 되어 술을 마시게 된다' 고 그 퇴폐상을 지적하고 있다.

케아얀 부처는 이와 같이 공산주의자의 눈으로서 공산주의의 고향이라 일컫는 소련의 허상을 파헤치고 있다.

앞서 중국에 있어서의 관료들의 부패상을 수 많은 보기를 들어 소개하였다. 그러므로 스탈린주의의 독소에 물든 소련에 대해서는 지상의 낙원이라는 신화가 이미 사라진지 오래 되었으므로 새삼 소개할 필요가 없을 것이다.

사실 일본에는 소련의 사회주의는 벌써 타락한지 오래 되었지만, 중국은 아직 그렇지 않을 것이라는 신앙 같은 것이 있다는 것은 사실이다.

이러한 중국과 소련의 차이는 현실적으로 없는 것은 아니다. 국회의원이 외국을 여행하면 대사관 직원은 밤자리를 함께 할 여성을 소개하기에 바쁘다고 한다. 그런데 중국에 주재하는 일본 대사

관 직원은 다음과 같이 귀엣말을 해 주었다.

"이런 일만은 중국에 있는 것이 편합니다. 소련에서는 밤거리의 여인을 소개하지 않을 수 없지만, 중국에서는 아무리 높은 분이 오셔도 여자를 소개하지 않아도 되기 때문입니다. 중국에는 밤거리의 여인이 전혀 없는 것으로 되어 있기 때문입니다."

소련이나 폴란드에서는 매춘이 거의 공공연하게 이루어지고 있지만, 중국에는 아직껏 그렇지 못하다. 매춘이 없다고 해서 그 사회가 건전하다는 기준이 될 수는 없지만, 중국에 비해 소련에서는 더 한층 사회주의적 이념이 무너져 없어지고 있다는 사실만은 틀림 없는 것 같다.

2.
지금도 스탈린의 망령은 살아 있다

소련에 대하여 소련이란 어떠한 사회인가 하고 묻는다면, 발전한 사회주의 사회라고 답할 수 있을 것이다.

이러한 자화자찬을 비꼬아 중국은 소련을 사회제국주의로 타락한 패권국가라고 비난하며, 트로츠키주의자는 타락한 노동자 국가라고 대답한다. 그리고 서방국가들로부터는 틀림없는 전체주의 국가라는 정평을 받고 있다.

분석 대상으로 삼는다면 소련 사회를 관리 사회의 모델로 파악하는 것이 좋다느니, 일원사회의 모델로 보는 것이 타당하다느니 하는 여러 학설이 분분해서 흥미롭다.

하여튼 간에 후르시초프의 '스탈린 비판' 에도 불구하고 스탈린의 망령은 사라지지 않고 아직껏 소련을 지배하고 있는 것만은 틀림없다.

그 대표적인 예가 소련의 관료제도를 밑바닥으로부터 떠받고 있는 '노멘크라트우라' 라 하겠다.

미하일 · S · 보스렌스키가 쓴 《노멘크라트우라》가 유럽에서 크게 인기를 얻어 노멘크라트우라는 용어가 시민권을 얻을 만큼 많은 센세이션을 불러 일으켰다는 것이다.

그러나 아직 일본에서는 노멘크라트우라가 소련 사회 전체를 지배하고 있다 해도 무슨 말인지 잘 모를 것이다.

그렇다면 노멘크라트우라란 무엇일까. 이에 보스렌스키가 쓴 책을 근거로 삼아 노멘크라트우라에 대하여 생각해 보기로 한다.

보스렌스키는 《노멘크라트우라》를 다음과 같이 설명하고 있다.

첫째, 관할 내의 장長이 아닌, 더 높은 상부에서 배치하는 간부 자리의 리스트.

둘째, 이러한 위치에 앉아 있는 자, 또는 보충 요원으로 예정된 인원의 리스트.

원래 노멘크라트우라란 리스트를 뜻하는데, 이러한 풀이만으로는 이해하기 어렵다. 말하자면 공산당이 사회를 관리하는데 있어서 중요한 관리 포스트에 대하여는 특별히 이를 지정하고, 그 포스트의 인사 관리는 직접하게 된다. 즉, 그 임명이나 이동, 해임에 관해서 당이 직접 비준권을 가지는 그러한 중요한 포스트의 리스트를 뜻하는 것이다.

그리고 보스렌스키에게 관심거리였던 것은 이러한 포스트에 임명되는 인물은 한정된 숫자라는 점이다. 특히 그들이야말로 사회주의 국가의 지배계급으로 군림하고 있다는 사실이다.

사회 전체에 대한 당의 지도적 역할이란 이러한 중요한 포스트의 인사권을 장악하는 일을 통해 실현된다고 하겠다. 이렇게 당이 직접 관리하여 상부에서 임명권을 쥐고 있는 중요한 포스트는 대단히 많다. 당 기관을 비롯하여 중앙정부나 각급 행정기관은 물론, 기업이나 집단농장, 노동조합 그리고 군대나 경찰과 여러 사회단체에 이르기까지 웬만한 곳은 모두 뻗치고 있다.

행정기관이나 사회조직은 형식적으로는 공산당에서 독립되어 자주적으로 운영되고 있다고 일컬어지고 있다. 그러나 실제로는 그 가운데에서 지도적인 중요한 포스트에 한해서 만은 틀림없이 공산당이 그 사활권을 쥐고 있는 것이다.

공산당은 그 정치적 위신을 앞세워 당의 결의나 지령 등을 외부에서 작용함으로써 지도적 역할을 발휘하고 있다. 따라서 각 조직에서 일하고 있는 공산당원은 그 방침을 받들어 활동하는 수법을 쓰고 있다. 그러나 현실적으로는 그러한 간접적인 영향력을 부여하는 것이 아니라, 직접적으로 인사권을 장악하고 있다.

이렇게 되고 보니 모든 것을 당이 대행하는 셈이 되어, 각 조직의 자치 따위는 없어지고 만다.

왜 이렇게 되었을까. 그것은 스탈린이 관료의 지배를 절대화한 노멘크라트우라 제도를 확립해 놓았기 때문이라고 보스렌스키는 설명하고 있다.

《다섯개의 공산주의》란 책을 내어, 유명한 프랑스의 지루 · 마루치네는 이탈리아 공산당의 쥬제페 · 포파와의 대담을 수록한 《스탈린주의를 말한다》에서 소련 사회를 다음과 같이 풀이하고 있다. 조금 긴 귀절이지만 알기 쉽게 요약되어 있어 인용하기로 한다.

"당에 소속된 사람들의 권력은 등용登用제도와 공직 목록노멘크라트우라를 말함 제도에 근거하고 있다. 상부에서 임명되는 볼세비키당의 현縣 지도 중핵체는 간부들을 승진시키기 위해 작용한다. 선거를 하지 않고 그대로 임명할 뿐이다. 그 뿐만 아니라 상당수의 요직은 당의 생각만으로 배분되는 경우가 많다. 따라서 그 사실이 뜻하는 것은 임명을 결정하는 것은 당이라는 사실이다. 이러한 요직의 리스트가 공직 목록, 즉 노멘크라트우라를 구성하게 된다는 것이다.

그런데 지금 우리들이 볼 수 있었던 것은 비교적 많은 전문 요원들에 의한 당의 운영 기구라 하겠다. 그런데 여기에서도 상당히 중요한 모든 요직에 임명되어 지배하는 사람들은 혁명가라 불리우는 자들이 아니다. 대체로 당을 지도하는 분야에서 일하는 직업인들이다. 모든 일은 자동적으로 이러한 직업적 사람들을 통해 이루어지고 있다. 이들은 상당한 권력을 가지고 있는데, 그 지위를 말썽없이 유지하기 위해서는 중앙, 즉 아래 계층에서 차차 위로 향해 중앙정부에 이르는 사람의 비위를 맞추어야 한다.

요컨데 우리들이 볼 수 있는 것은 사회 구조의 모든 요소 요소를 지배하고 있는 몇 천 명의 간부인 것이다. 그들은 전체적으로 보면 하나의 피라밋과 같이 조직화되어, 그 안에서는 그 꼭지점에서 있는 사람들이 방대한 권력을 가지게 되는 것이다."

이와 같이 근사하게 노멘크라트우라의 지배적 시스템을 요약하고 있다.

하여튼 스탈린이 전동 벨트가 잘 설치되어 있는 사회로 조직하기 위해서는 그 전동 벨트의 흐름을 유연하게 할 수 있는 인물을 요소 요소에 배치하지 않을 수 없었던 것이다.

노멘크라트우라는 기능적이어서 본질적으로는 위로부터의 명령적 지배 시스템과 잘 조화되어 있어, 관리 사회나 일원화 사회에는 가장 알맞는지 모르겠다.

그것은 지배하고 관리하는 쪽에서 본다면 최적의 제도라 하겠지만, 지배되고 관리되는 쪽에서 본다면 참으로 비민주적인 제도임에 틀림없다.

3. 불신임 투표를 할 수 없는 속임수

이러한 마르크스주의의 지도 원리와는 이질적인 노멘크라트우라라는 것이 소련 사회를 지배하고 있다는 사실은, 전부터 일부에서 지적되고 있었던 일이다. 그런데 이 사실이 보스렌스키에 의해 갑자기 주목을 받게 되었다. 그것은 소련과 동구東歐에 현존하는 사회주의 국가에서는 당이 지배하고 있지 않고 바로 이 노멘크라트우라가 지배하고 있다는 것을 강조했기 때문이다.

더구나 노멘크라트우라가 지배 계급을 형성하기에 이르렀으며, 그것은 착취 계급이며, 특권 계급인 동시에 기생寄生 계급이며 세계를 지배하려고 하는 계급이 되고 말 것이라는 점을 지적했기 때문이다.

노멘크라트우라가 하나의 계급을 이루고 있는지 아닌지는 차치하고, 기업 분야까지도 지배하고 있다는 사실은 틀림 없다.

더욱이 그 지배는 단순히 위로부터의 임명직 뿐만 아니라, 선거권자가 선출하는 선거직에까지 파급되고 있으니 참으로 무서운 일이 아닐 수 없다. 사실 선거라고는 하지만 상부기관에서 미리 후보자를 추천한 것을 하부기관에서 신임투표를 하는 것에 지나지 않기 때문이다.

이 신임투표에서는 불신임하는 반대 투표율이 겨우 0.1%에 불과한 경우가 많다. 원래 하나의 포스트에 복수의 입후보자가 나서는 것이 아니므로, 투표하는 사람들도 흥미를 갖지 않는 것은 당연한 일이다. 그렇다 해도 반대하는 사람이 1,000명에 1명 꼴이라고 하니 좀 이상하지 않느냐는 의심이 생긴다.

그런데 여기에는 다음과 같은 속임수가 숨겨져 있다. 투표용지에는 이미 후보자의 이름이 인쇄되어 있어서 찬성할 경우에는 입회인 앞에 놓인 투표함에 그대로 접어넣으면 된다. 입회인이 좋아할지 어떨지는 모르지만, 받은 투표용지를 기계적으로 날라다가 투표함에 떨어뜨리듯 넣으면 투표는 끝나는 것이다.

그러나 불신임의 표를 던질 경우에는 힘 들이지 않고 투표할 수 없다. 왜냐 하면 투표용지에 인쇄된 입후보자의 이름을 지우기 위해 기표소에 일부러 들어가야만 한다.

이쯤되고 보면 비밀투표의 꼴이 되지 않는다. 찬성하지 않는다는 사실이 밝혀지게 되어 있는 제도를 알고 누군가 감히 불신임 투표를 하겠는가.

이와 같이 선거 아닌 선거를 치뤄야 하는 시스템으로 선거직選擧職이 뽑히는 것이다. 이렇게 되면 마르크스가 파리 · 코뮨에서 배운 교훈, 즉 관리는 선거에 의해 선출되며 선거에 의해 언제나 물러나야 한다는 민주적 기능을 생각할 여지조차 없다 하겠다.

폴란드에서 관료제도에 반대하던 J · 크론 등은 다음과 같이 규탄하였다.

"엘리트를 뽑는 일은 가장 중요한 일인데, 노동자나 사회의 딴 성원들과 의논없이 가려지고 있다. 노동자나 당원 대중들도 이러한 결정에 영향력을 미치게 할 수 없다. 따라서 의회나 지방 정부의 각 기관에서의 선거는 허구에 지나지 않는다.

왜냐 하면 '지극히 높은 곳'에서 내려민 단일 후보자의 리스트밖에 없기 때문이다. 또 폴란드 통일노동당과 이에 종속된 당, 즉 인민당 또는 민주당과의 사이에 강령상의 차이가 없기 때문이다.

국가적 중요성을 지닌 긴요한 결정과 모든 정치적, 경제적인 결정을 독선적으로 행하고 있는 이 독제적인 당, 그리고 국가를 지배하는 엘리트를 중앙정치 관료라 부르자."

여기에서는 노멘크라드우라라는 용어는 쓰지 않고 중앙정치 관료로 불리워지고 있다. 그러나 크론 등이 말하고자 하는 것은 매한가지다. 폴란드에도 소련과 같은 노멘크라트우라가 있음을 알 수 있다.

1981년 10월 7일, 자유노조연합의 제1회 전국대회에서 채택된 강령에는 다음과 같이 확실히 나타나 있다.

"정치 권력에서 경제 행정 기관을 분리시킬 필요가 있다. 기업체의 장이 근무하는 데 필요한 종속관계에서 각료들을 분리하여, 당의 노멘크라트우라에 근거하는 임명을 폐지하지 않으면 안 된다. 개혁은 그것이 근로자의 대중운동의 대상이 될 때 비로소 실현될 수 있다.

그리고는 이에 대체될 제도로서,

"노동자 평의회에 의해 대표되는 종업원 집단이 사회화 기업을 관리하고 기업의 장은 이를 효율적으로 지도한다. 기업의 장은 노동자 평의회에 의해 경쟁적인 제도로 임명되며 같은 방법으로 평의회에 의해 해임된다."

는 점을 강조하고 있다.

4.

권력에는 특권이라는 덤이 따른다

노멘크라트우라가 힘을 발휘하는 원천은 무엇일까. 그것은 바로 한 줌밖에 안 되는 사람들이 권력을 독점하고 있기 때문이다. 지배하는 힘은 권력의 독점에서 나오는 것이다.

이렇게 말하면, 그런 것을 누가 모르느냐고 할지 모른다. 사실 어떠한 세상에서나 지배하는 자는 권력을 가진 자이다.

그러나 이러한 경우는 좀 다르다.

자본주의 사회에서는 먼저 재력을 축적한 계층이 그 재력을 내세워서 권력을 손에 넣는다. 말하자면 재력에 권력이 부착하는 것이다.

그렇다면 현존하는 사회주의 국가에서는 어떠할까. 그래서 보스렌스키는 다음과 같이 견주어 보고 있다.

"노멘크라트우라에 있어서 가장 중요한 것은 재산이 아니라 권력이다. 부르조아지는 소유자 계급인데, 결과적으로 지배자 계급이 된다. 노멘크라트우라는 지배자 계급이며, 결과적으로 소유자

계급인 것이다."

소련에서는 우선 권력을 장악하고 지배자가 되는 일이 앞서야 한다. 그러고 그 권력에 의한 지위를 이용하여 재력을 강화함으로써 부자가 될 수 있다.

열심히 일하면 사회 발전에 이바지할 뿐만 아니라 자기 자신의 생활도 향상되어야 마땅하다. 이러한 원칙이 있어야만 거기에 노동의 기쁨이 있고, 노동을 기틀로 하는 사회주의적 가치관이 확립될 것이다.

즉 일하는 자가 보답 받는 사회가 사회주의 사회이다. 이 원칙이야말로 누구도 부정할 수 없는 마르크스주의의 근본적인 원칙이라 하겠다.

그러나 재력을 얻기 위해서는 먼저 권력을 획득하지 않을 수 없다고 하면 어떻게 될까. 도대체 그 권력이란 것은 열심히 노동하면 손에 넣을 수 있단 말인가.

그러나 결코 그렇지 못하다. 권력은 노멘크라트우라가 독점하고 있는 중요 포스트에 부수된 것이다. 따라서 권력을 얻기 위해서는 먼저 그 포스트에 오르지 못하면 소용 없다.

이리하여 승진을 위한 노력이 권력에로의 지름길이 된다. 그런데 승진에의 노력은 그 포스트를 독점하고 있는 노멘크라트우라에 대한 무한한 충성심과 그 질서에 대한 순응심만이 필요하다.

만일에 승진하고픈 생각이 있다면, 그 생각을 이룰 수 있는 것은 상급자의 손에 달렸다는 것을 알아야 한다. 따라서 권력을 얻으려 하는 사람은 '믿을 만한 인물이란 것을 입증해야 하며, 지시받은 것은 무엇이든 해내는 사람의 역할을 다하고 지배층의 감동을 얻을 정도의 호의를 다해야 한다' 는 것이다.

출세하기 위해서는 나름대로의 고생이 따른다. 그리고 이에 어울리는 지위를 얻게 되어 상당한 권력을 얻을 수 있게 되면, 나름대로의 자기 자신의 실력을 발휘해 볼 수 있다. 그러나 거기에 이르기까지는 자신을 죽이고 개성을 버려서 노멘크라트우라에 알맞는 인격을 모조하지 않을 수 없게 된다.

케아얀 부처는 출세 길에 나선 인간의 변신하는 모습을 몹시 비꼬아 다음과 같이 말하고 있다.

"예의 바르고 생각이 깊으며, 결코 흐트러진 옷매무새로 사람 앞에 나서지 않고 수수한 옷에 넥타이를 단정하게 매는 것이 좋다. 수염은 깨끗이 깎고 머리는 잘 빗되 길게 기르지 않는다.

또 함부로 땅에 침을 뱉지 않게 되며, 신사답게 거동하려고 애를 쓰는 까닭에 노인에게 자리를 양보하며 토론할 때에는 큰 소리를 내지 않는다.

한편, 지난날에 가졌던 안락한 기분이나 감격스런 생각을 되찾아 고향에 있는 친구들과 다시 만나 삶에 대한 기쁨을 맛보려는 계획 따위는 버려야 한다. 또 모든 비판적 정신이나 정치에 관한 개인적인 의견도 버리지 않을 수 없다.”

5.
권력보다 맛 좋은 것은 없다

이토록 고생스러움을 겪으면서도 왜 권력을 추구하지 않으면 안 되는가. 이에는 그럴 듯한 이유가 있다.

참으로 권력에는 마성魔性이 깃들어 있다. 그리고 권력은 인간으로 하여금 취하게 만든다. 그것은 어떠한 좋은 술과도 견줄 수 없는 맛이 있다.

권력의 가장 높은 자리를 차지한 후르시초프는, 그 한없이 풍기는 향기로운 권력의 맛을 회상한 적이 있다.

"맛 좋은 음식이나 여자, 그리고 알메니아산의 코낙도 언젠가는 실증이 나기 마련이다. 그러나 권력은 그렇지 않아 손아귀에 들어오면 들어 올수록 더욱 더 많은 욕심이 생기는 것이 바로 권력이지."

하고 말했다는 것이다.

술은 사람을 배반하지 않지만, 권력은 변덕스러워서 배반하기 일쑤다. 그러기에 사랑스러운지 모르겠다. 일종의 스릴이 있기에 배반당하지 않으려고 더 큰 권력을 접중하려 한다. 그러나 중견 간부들에게 무엇보다도 매력적인 것은 권력에 뒤따르는 특권이 있기 때문이라 하겠다.

사회주의 국가에서는 사적인 재산을 가질 수 없기 때문에 '노동에 알맞는 보수' 는 얻을지 몰라도, 열심히 일했다고 해서 그 재산을 축적하는 데에는 한계가 있다. 이것은 사회주의가 평등을 목표로 하기 때문에 당연한 것인지 모르겠다.

그러나 이러한 원칙도 특권이라는 괴물이 설치게 되면, 무너져 버리고 만다. 노동과는 별도로 일정한 지위에 있다는 것으로만도 특권이 주어진다. 그리고 그 특권은 무한한 재력의 축적을 가능하게 해 주는 것이다.

절대적인 평등을 주장하는 평등주의는 현실을 무시한 급진적인 소시민적小市民的 견해로서 사회의 발전에 해를 끼친다고 일컬어지고 있다. 그러므로 사회주의 건설에 있어서 유익한 능력을 가진 이에 걸맞는 인간은 그 나름대로 우대해 주어야 한다는 이론이 성립하게 되는 것이다.

그렇다면 우대한다는 것은 어떠한 것일까. 이에는 지도자로서의 명예만을 주는 경우도 있고, 그런 것쯤으로는 만족할 수 없다면 지위가 주어진다. 지위만으로는 부족하다면, 그 위에 특권이 주어져서 정신적 물질적인 이익이 뒤따르게 된다.

평등주의를 부정하고 그에 알맞는 우대가 필요하다고 하더라도, 이번에는 우대의 정도의 차이가 문제된다.

앞에서도 말했듯이 "코뮨의 관리 급료보다 높아서는 안 된다."

고 주장했었다. 그런데 그것은 단순히 급료만을 뜻하는 것은 아니었다. 너무나 우대한 나머지 특권까지 준다면, 그것은 한없이 확대되어 버릴 것이다.

그래서 파리 · 코뮨에서 마르크스가 발견한 금욕적인 지도자라는 이미지조차 갈기갈기 찢어지고말 것이다.

6.
'노멘크라트우라'의 세 가지 특권

도대체 노멘크라트우라의 특권이란 무엇일까.

이미 폴란드나 중국에서의 관료적 특권에 대해서는 살펴보았다. 그런데 소련의 노멘크라트우라의 특권은 이른바 '원조元祖' 또는 '본가本家'인 셈이다.

일반적으로 노멘크라트우라는 ① 경제적 특권, ② 법적 특권 ③ 사회적 특권의 세 가지로 나눌 수 있다고 한다. 그리고 이러한 특권이 노멘크라트우라로 하여금 오만방자하게 만들어 중국과 같게 권력을 부패시키고 있는 것이다.

사회적 특권으로서는 먼저 교육의 불평등을 지적하지 않을 수 없을 것이다. 교육의 불평등은 교육의 수준에 그치는 일이 아니다. 일본에서 동경대학 법학부를 졸업하지 못하면 국가 공무원의 엘리트 코스를 걸어가기 어려운 것처럼 노멘크라트우라의 승진 계단을 거치려면 반드시 고등교육을 받아야 한다는 것이다.

이러한 노멘크라트우라에로의 패스극트를 얻기 위한 자격 요건인 대학을 살펴보면, 이른바 노동자의 자녀는 거의 볼 수 없다. 대신 지식 계급의 자녀들이 우글대고 있을 뿐이다. 극단적으로 말한다면 노멘크라트우라가 자신들의 자녀를 노멘크라트우라로 만들기 위해 대학을 독점하고 있는 셈이다.

대학의 대중화가 진전되고 있는 일본에서도, 어느 대학에 들어가기 위해서는 돈을 드려 교육 환경을 조성할 필요가 있기 때문에 저소득층의 자녀는 사실상 배제되는 경향이 있다. 교육의 기회 균등은 특히, 고등교육 분야에서 무너지고 있는 실정이다.

이러한 실정은 소련에서도 같은 상황이며, 폴란드나 체코슬로바키아 역시 다를 바가 없다.

중국에서는 문화대혁명 중에 이변이 일어났다. 엘리트 계층에 의해 대학이 지배되게 되자, 노동자 대중을 지적 예속자로 전락시켜서는 안 된다는 취지 아래, 대학을 노동자에게 개방하였다. 그래서 학생 정원의 일정한 비율을 무조건 노동자에게 제공하였다.

그러나 노동자에 대한 일정한 기초 교육도 실시하지 않은 채 갑자기 대학만을 개방한다는 것은 혼란을 초래할 뿐이다.

백지 답안을 낸 학생이 영웅시되는 것 같은 정신주의가 유행하게 되어, 이른바 대학이라는 고등 교육 기관에 있어서의 과학적인 연구가 정체되고 말았다.

이리하여 오늘날에는 대학은 다시 엘리트의 소굴로 바뀌었다. 출세길에 들어서기 위해 심한 입시 경쟁이 전개되어, 지식만 머리에 집어 넣으면 된다는 식의 교육 풍조가 중공에도 나타나기 시작하였다.

7.
특권 계급의 사유물이 된 '달러 숍'

경제적 특권은 의 · 식 · 주 전체에 걸친 특권이다. 식량이 부족한 폴란드에서도 간부들은 특별한 경로를 통하여 식료품을 살 수 있다고 앞서 말했지만, 소련 역시 같은 사정이다.

알기 쉽게 이해할 수 있도록 외화가 아니면 살 수 없는 '달러 숍' 에 대해 좀 더 자세히 소개하려 한다.

소련에서는 '바류트느이 · 마가진외화 상점' 이라고 불리운다. 여기에서는 달러나 프랑, 파운드, 서독 마르크 그리고, 일본 엔圓과 같은 서방측의 외화로 지불하는 손님에게만 물건을 파는 상점이다.

직접 외화로 살 수 있는 경우와 외화를 은행에 예금하면 공정 환율로 바꾸어 주는 쿠폰으로 사는 경우로 구분된다. 이 쿠폰을 소련에서는 '체크' 라 부르며 금액 표시는 루블로 한다. 그런데 외화가 보증하는 루블이기에 진짜 루블 화폐보다도 훨씬 신용도가 높다.

체코슬로바키아의 쿠폰은 '투셋쿠스'라 불리우며 코루치로 표시되어 있다. 중공에서는 '외화태환권外貨兌換券'이라 하고 원元으로 표시되어 있다.

달러 숍에서는 이러한 쿠폰이나 외화가 사용되고 있는데, 달러 숍의 잇점은 뭐니뭐니해도 보통 국영상점에서는 살 수 없는 상품이 즐비하게 진열되어 있다는 점이다. 서방측의 상품은 쉽사리 손에 넣을 수 없지만, 그 곳에서는 양주를 비롯하여 외국 담배 같은 것도 있다. 또 자기 나라의 제품이라도 고급품은 여기 밖에 팔지 않는다.

쇠고기 등을 사 보아도 일반상점의 고기는 딱딱하고 맛이 없다. 소련산 쇠고기가 맛없다는 것은 인정된 평판이지만, 이러한 달러 숍에서 팔고 있는 쇠고기는 그런대로 상당히 부드럽고 맛이 좋다. 더구나 값마저 싼 편이다.

체코슬로바키아의 프라하에는 투셋쿠스 숍이 7~8군데 있으며, 중국에서는 주로 외국 사람을 상대로 하는 '우의상점友誼商店'이 그러한 것들이다. 그 곳에서는 '외화태환권' 밖에 쓸 수 없으며, 중국 사람은 원칙적으로 출입하지 못한다.

다만, 외국 사람이나 고향을 찾아온 화교華橋들과 함께 들어가면 직접 물건을 살 수 있다.

그래서 중국 사람들은 '외화태환권'을 모아 두었다가 평소에 살 수 없는 고급품을 사들인다. 같은 중국제 하이힐이라도 '우의상점'에서 파는 하이힐은 디자인이 세련되어 있다. 그래서 외국 사람이 중국 여성에게 함께 쇼핑하러 가자면 정말 기뻐하는 이유도 여기에 있다 하겠다.

중국 사람이 외화를 손에 넣을 수 있는 기회란 그리 흔하지 않다. 혹시 외국에 친척이 살고 있어서 송금해 주는 화교 출신의 중국 사람이라면, 그래도 외화를 손에 넣기 쉬울지 모르겠다.

체코슬로바키아 등지에서는 보통 시민이라 해도 외국에서 일할 수 있는 기회가 많아 외화를 얻기 쉽다. 그만큼 투셋쿠스 숍의 크나큰 위력이 미치는 영향력은 강하다.

대체로 외국에서 일할 수 있는 사람은 예술가나 특수한 기능을 가진 사람들이다. 그래서 자연히 그들은 외화나 투셋쿠스 쿠폰을 얻을 수 있는 기회가 많아진다.

이와 같이 달러 숍이나 특수한 쿠폰이 존재한다는 것은 외화나 쿠폰을 가지고 있는 자와 갖지 못하는 자와의 사이에 불평등을 만들어 가고 있는 것이 틀림없다. 더구나 외화나 쿠폰을 손에 넣을 수 있는 것은 노동에 의해 생기는 것이 아니라 지위를 구실 삼아 생기는 편이 많다.

간부들은 정상적인 급료의 일부를 외화로 지불받는 경우도 있어서 외화나 쿠폰을 얻을 가능성이 많은 것이 사실이다. 외국에서 일하거나 외국을 여행할 수 있는 것은 간부의 특권이기 때문이다.

8. 과연 민중의 불만은 해소될까

어느 책에서 다음과 같은 한 장면을 소개한 글을 읽은 적이 있다.

"술을 조금 마신 젊은 남자가 즐비하게 늘어선 코냑과 보드카의 병을 보자마자, 몹시 구겨진 루블 지폐를 내밀면서 끈질지게 사겠다고 졸라대고 있었다. 당번 아가씨가 '달라 숍'이라고 쓰인 표말을 가리키며 외화 아니면 팔 수 없다고 거절을 한다. 그러나 그 젊은이는 '왜 안 돼? 여기는 러시아인데 왜 안 판단 말이야!' 하고 승강이를 벌리던 광경이 되새겨진다.

소련의 서민에게는 땀 흘려 일해서 얻은 루블 지폐를 가지고는 들어갈 수도 없는 상점이 소련에도 존재한다는 셈이다. 그것은 외국 사람과 일부의 특권층만이 살 수 있는 '조계租界'라고 해야 옳을지 모를 일이다."

이와 똑같은 광경을 중국에서도 볼 수 있었다.

중국에서 초청되어 장기간 머무는 외국인 전문가들은 외화태환권을 쓰는 대신 우대증優待證이란 것을 교부 받는다. 그리고 우의

상점 등에서도 현재 통용되고 있는 화폐인 인민폐人民弊를 써서 물건을 살 수 있다. 그러나 중국 사람은 절대로 인민폐로 쇼핑할 수 없다.

그런데 젊은이들이 출입하는 찻집 같은 곳에 가 보면, 보통 상점에서는 만져 볼 수도 없는 외국제 담배를 피우고 있는 젊은이가 많다. 이들은 외화태환권을 모아 어떤 경로를 통해서 사서 피우고 있는 것이다. 어느 나라에서나 암거래는 있게 마련이다.

사회주의 국가에서는 외화나 이러한 쿠폰에는 금액 이상의 특전이 주어지고 있다. 그래서 폴란드의 보기도 들었지만 달러 소유 계급과 즈로치폴란드 통화의 단위 소유 계급, 무소유 계급의 세 계급이 출현했다는 우스꽝스러운 이야기가 나돌 정도다.

이러한 사실을 보더라도 뇌물은 그 나라 지폐보다도 외화나 쿠폰으로 주는 것이 훨씬 효과적이라는 것을 곧 알 수 있다. 그래서 하급 관리에게 주는 뇌물로 외화가 흔히 쓰이고 있는 것이다.

체코슬로바키아 사람이 세탁기를 사려고 한다 하자. 상품으로는 구식 체코 제품 외에 전자동全自動인 이탈리아 제품이 판매되고 있다. 그래서 투젯쿠스 숍에 가서 많은 돈을 주고 이탈리아 제품을 사려고 했더니 없다고 한다. 하는 수 없어 유통 기구를 관장하고 있는 직원에게 15달러를 쥐어 주었더니 다음날 틀림없이 살 수 있게 해 주더라는 것이다.

15 달러가 뇌물로 많은 지 적은 지는 모르겠다.

하여튼 15달러는 암시세로는 약 375코루치가 되며, 체코슬로바키아 사람의 평균 임금의 10% 이상이 되니 알만한 일이다.

이렇게 해서 겨우 이탈리아 제품인 세탁기를 손에 넣기는 했으나, 그 주부는 최신형 성능에 만족하면서도 "15 달러나 먹어 치우더니!" 하고 크게 불만을 터뜨리더라는 것이다.

이러한 달러 숍이 존재한다는 것은, 현 사회주의 국가에는 아직 물자의 공급이 수요에 못 미친다는 모순점을 나타내고 있기 때문이다. 더구나 노멘크라트우라를 비롯한 특권 계급을 옹호하는 발상이 그러한 것들이 존속하도록 박차를 가하고 있는 것이다.

폴란드에서 이러한 달러 숍을 없애도록 요구하고 나선 것은 물자 조달이 곤란한 데도 불구하고 일부의 사람들을 위해 달러 숍을 존속시키는 일은 이중적인 의미에서 용서할 수 없기 때문이다.

"부족함을 걱정하지 않고, 균등하지 못함을 걱정한다. 가난함을 걱정하지 않고 평안하지 못함을 걱정한다."
고 한 공자孔子의 말을 새겨 보아야 하겠다.

물자가 부족하여 가난함보다도 먼저 평등하지 못함에 격노하는 민중의 불만부터 해소시켜야 할 것이다. 이러한 이해가 앞서지 못한다면 사회주의자는 민중의 마음을 사로잡을 수 없다.

제3장
국가는 살찌고 혁명은 사라진다

MARXISM

KARL HEINRICH MARX

1.
스탈린은 조국과 국가를 교묘하게 바꿔쳤다

국가란 함부로 다룰 수 없는 괴물과 같은 존재다. 어느 때에는 맹목적으로 사랑을 받고, 신앙의 대상이 되기도 한다. 또 어느 때에는 이것처럼 꺼림칙하고 싫은 대상이 되는 것도 없다.

마르크스주의에 따르면 국가는 악惡의 대표적인 존재이며 지배 계급의 도구다. 동시에 국가는 지배 계급에 봉사하는 기구다. 국가는 군대라는 폭력 장치에 의해 뒷받침되며 인민을 억압하는 것 이외의 아무런 것도 아니다. 따라서 사회주의 건설에 의해 악의 상징인 국가라는 괴물을 때려잡아 없애지 않으면 안 된다고 말한다.

그러므로 부르조아 국가가 존재하는 한, 그 위험한 마수에서 스스로를 지키지 않을 수 없어 당분간은 국가를 유지해야 한다고 변명하고 있다.

일반적인 개념으로는 이러한 국가론도 있을 수 있겠지만, 구체적인 국가로 말하면 좀 그 양상이 다르다. 갑자기 열광적인 내셔널리즘이 대두되는가 하면, 공산당도 순식간에 내셔널리스트가 되고말 것이다.

"위대한 조국 러시아를 방위하라!"고 외친다면 국가란 역시 지켜야 하는 존재라 하겠다.

이러한 점에서는 중국 역시 마찬가지다. 영광스런 역사와 문화를 키워온 중국을 사랑하는 것만이 그 곳에서 생활하는 인민 대중을 사랑하는 셈이 된다.

이렇게 되면, 공산당은 애국의 당이 되고, 공산주의는 애국주의가 되며 동시에 구국주의자, 건국주의자라 할 수 있다. 그러므로 조국을 사랑한다는 것은 반드시 국가를 사랑한다는 것과 같을 수는 없다.

조국을 사랑한다는 것은 조국을 발전시켜 온 유구한 역사를 사랑하는 것이 되며 문화를 사랑하고 국민을 사랑한다는 것이 된다.

국가란 그러한 역사적인 총체로서의 조국을 떠받는 그릇에 지나지 않는다. 그러나 내용물과 그릇은 유기적으로 맺어져 관련성이 있기 때문에 혼동하기 쉽다. 스탈린은 이 두 가지를 고의적으로 혼동시켰던 것이다.

참으로 스탈린은 교묘하게 술수를 부렸다. 그는 국가를 더 없이 강화시켰다. 국가를 절대화하는 한편, 그것을 관리하는 기구를 집권화하고 강력화했다.

그러나 이것만으로서는 마르크스주의에 의한 국가사멸론國家死滅論과는 너무 거리가 멀어진다. 그래서 한편으로는 나라 사랑이란 말을 들고 나섰다. 즉, 조국을 사랑하다는 것은 국가를 사랑하는 일이라는 논법을 세운 것이다.

그런데 이 논리는 현존하는 국가 형태를 그대로 무비판적으로 사랑한다는 결과를 낳게 할 위험성이 깔려 있었다.

그러나 스탈린은 오히려 이러한 위험한 점에 묘한 맛을 느끼고 있었다. 소련은 사랑하는 국가이며, 그 국가를 사랑하고 강화한다는 것은 당연한 일이라고 말이다. 이렇게 하여 국가는 강화되고, 강화된 국가는 강화된 중앙 관료의 손에 의해 지배된다. 즉, 국가는 공산당 관료들에 의해 사물화하기 시작하는 것이다.

이렇게 해서 국가는 죽어 없어지는 것일까?

아니다. 국가는 살찌고 혁명이 죽어 없어지는 것이다.

2.
소련 관료제도에 대한 트로츠키의 비판

보스렌스키는 스탈린이 길러낸 노멘크라트우라는, 모든 것을 지배하고 이제는 지배계급이 되고 말았다고 주장한다. 지배자를 뭐라 표현하든 간에 현재로는 계급이 없는 소련 사회에 지배계급이 군림하고 있다는 것은 통설이 되고 있다.

물론 소련으로서는 이미 '전인민국가全人民國家'를 이루었기 때문에 계급은 소멸되고 말았다고 선언하고 있음은 말할 나위없다.

"소련에 지배계급이 있는가?"라는 주제는 항상 자극적인 논평을 불러 일으키고 있다.

멀리는 디라스가 '새로운 계급'이라고 표현하였고, 폴란드의 크론 등도 중앙정치 관료가 생산 수단을 소유하는 관료제도 국가로 변하고 있다고 지적하고 있다.

최근에는 프랑스의 샤루루 · 베트레엠이나 미국의 폴 · 스위지 같은 저명한 마르크스주의자도, 소비에트 사회는 '국가 부르조아지'가 지배하는 사회라고 여기고 있어 흥미롭다. 다만 이 견해는 모택동의 소련관에서 영향을 받고 있음은 틀림없다.

이렇듯 '소련에는 지배계급이 있다.' 고 주장하는 설에 대하여 관료가 지배하고는 있지만, 지배계급이 되어 있지는 않다는 반론도 있다.

어쨌든간에 노동자가 지배자가 아니라는 사실, 표현은 여러 가지로 할 수 있으나 관료가 지배하고 있다는 사실은 일치하고 있다. 그렇다면 지배 그룹이 계급을 형성하고 있느냐 없느냐는 논쟁은 쓸데 없는 일이라 하겠다.

현재 상황을 분석하는데 끝나는 일이라면 이러한 논쟁은 별 의미가 없다. 그러나 이런 소련 사회를 변혁하고 사회를 관료들의 손에서 빼앗아 글자 그대로 노동자의 사회로 만들기 위해서는 어떻게 하면 될까 하고 생각하기에 이른다면, 이 논쟁 또한 큰 뜻이 있는 것이다.

현존하는 사회주의 국가가 새로운 착취 계급에 의해 지배되고 있다면, 그 지배에 어울리는 사회로 변질되어 있을 터이니, 이들을 묶어 일신할 수 있는 새로운 사회개혁이 필요하다는 결론에 이른다.

한편 지배계급이 출현할 정도는 아니지만, 공산당이 관료주의로 타락되어 있다고 본다면, 사회개혁까지는 손을 쓰지 않고 정치개혁으로 끝낼 수도 있을 것이다.

후자의 입장을 취한 사람은 가장 일찍부터 스탈린의 지배에 반대했던 트로츠키였다.

트로츠키의 주장에 따르면 소련은 관료적으로 타락은 하고 있지만, 아직 노동자 국가라는 것이다. 그리고 스탈린의 기생적寄生的인 관료가 당과 노동조합의 민주주의를 파괴하고 민중의 정치적 권리를 빼앗으며 경찰국가를 창설하였다. 그리고 관료들은 억압적이지만, 새로운 착취 계급이 아닌 '특권층'으로 '부스럼'같은 존재라고 보고 있는 것이다.

따라서 트로츠키는 사회주의를 실현하기 위해서는 노동자가 궐기해서 관료직 전제정치를 타도하는 제2의 보족적補足的 혁명, 즉 새로운 '정치혁명'을 일으키지 않으면 안 된다고 주장하고 있다.

현재의 트로츠키주의자로서 유명한 사람은 프랑스의 엘루네스트 · 망델이 있다.

그는 다음과 같이 말하고 있다.

"소련에는 생산 수단의 사적 소유가 없으므로 관료들이 분배받고 있는 이익은 본질적으로는 위계位階구조 내부에 있어서의 그들의 역할과 지위에 따르는 특권에 지나지 않는다. 그리고 그들의 이러한 이익은 바로 사유 재산제도가 없기 때문에 항상 불안전한 상태에 있는 것이다."

노멘크라트우라 역시 개인적으로 본다면, 언제 그 지위를 잃을지 알 수 없다. 무사히 맡은 일을 끝마치고 한가롭게 연금 생활을 즐길 수 있다는 보장은 어디에도 없는 것이다. 따라서 집에서 평안히 죽을 수 있는 보장 역시 없다 하겠다.

3.
현존하는 사회주의 국가에 봄은 올 것인가

어찌되었든 간에 관료가 계급인가 아닌가라는 문제는 그다지 우리에게는 흥미 없는 일이다. 그것보다도 이러한 관료제도에 반대할 경우, 그것과 대치될 수 있는 구체적인 사회상은 어떤 것일까 하는 문제가 더 흥미롭다.

사회주의 그 자체가 잘못되어 있으니 현존하는 사회주의 국가를 자본주의 국가로 바꾸어야 한다면, 그것은 이야기가 다르다. 그렇지만, 그렇지 않고 참으로 민주적인 노동자의 국가를 이룩하려면 어떠한 형태를 취해야 할 것인지 모르겠다.

새로운 사회주의의 국가 모델은 도대체 어떠한 것일까 하는 것은 대단히 어려운 문제라 하겠다. 인간의 얼굴을 지닌 사회주의니, 시민적 자유를 보장하는 사회주의니 하고 여러 가지 주장이 많다. 그러므로 유로코뮤니즘도 그 중의 하나임이 틀림없다.

유로코뮤니즘은 유럽의 선진 자본주의 국가에 있는 공산당이 소련과 같은 '싫어하는' 사회주의가 아닌 '좋아하는' 사회주의를 이룩하려면 어떻게 해야 옳은가를 찾고 있는 것이다. 이러한 노력에 고심하고 많은 시행착오를 거듭하면서도 그 방법을 모색하고 있는 노력인 것이다.

여기에서도 중심 과제는 역시 사회주의에 있어서의 자유와 민주주의의 문제이며 프롤레타리아 독재와 다원적 요소의 조화라 하겠다.

이것은 스탈린주의가 일원적 지배를 수렴하고 자유와 민주주의를 억압하는 강권정치를 추진해 온—이것은 스탈린의 죄악이라고 하기보다 레닌주의 또는 마르크스주의의 러시아화에 근원이 있다고 하는 주장도 있지만—것에 대하여 서구적 민주주의의 역사적 경험을 가미한 인간성이 풍부한 사회주의란 어떤 것인가를 묻는 것이라 하겠다.

적어도 소련형 마르크스주의를 거부하려고 하는 공통 인식이 있지만, 세계 공산주의 운동이 너무나 오랫동안 소련 주도형이었고 스탈린주의에 침범당했기 때문에 그리 쉽게 바꾸어질 수는 없다. 당장 "소련이여 안녕!" 하고 결별할 수는 없는 노릇이다.

그렇지만 프랑스 공산당은 프롤레타리아 독재를 포기하는 한편, '자유 헌장'을 발표하여 변신을 꾀하고 있다. 이탈리아 공산당도 폴란드에 탄압이 있은 후, 소련식 마르크스주의와의 결별을 강조하기 시작하였다.

이러한 '모스크바에서의 이탈'의 경향은 일본 공산당에서도 볼 수 있다. 이들은 당의 강령에서 마르크스 · 레닌주의라 는 낱말을 삭제하고 대신 과학적 사회주의로 바꾸는 등 마르크스주의가 강권주의라는 인상을 씻어 버리려고 애쓰고 있다.

다만, 모두들 소련식 마르크스주의는 선진 자본주의 국가에 적용할 사회주의 형태로는 알맞지 않는다고 하면서도, 이에 대신할 모델을 전면적으로 내세우지 못하는 점에 큰 약점이 있는 것이다.

근래 일본 공산당은 의회제도 민주주의의 존중, 복수 정당의 용인과 시민적인 정치적 자유의 존중 등을 주장하기 시작하였다.

그러나 국가라는 당 외의 조직에 대해서는 민주주의를 인정하면서도 당내의 문제에 관해서는 여전히 오리무중인 점이 많다.

이렇게 하여 당내의 민주화 논쟁이 자주 일고 있는데, 아직껏 불투명한 점이 많다. 여기서 폴란드의 자유노조연합에 경의를 표하면서 그 이론적 지도자의 한 사람이며, 아직도 감금되어 있는 J. 크론의 개혁안을 소개하려 한다.

① 노동자 계급은 정치경찰을 배제하고 그럼으로써 사회를 독재와 공포로부터 해방시키지 않으면 안 된다.

② 정규군正規軍을 폐지하고 그에 의해 병사들로 하여금 병영생활에 있어서의 인간성 상실로부터 해방시키지 않으면 안 된다.

③ 복수 정당제를 수립하여 이로 하여금 전체사회에 정치적 자유를 주지 않으면 안 된다.

④ 사전 검열제도를 폐지하고 출판이나 과학적 문화적 창조와 여러 가지 사회사상의 형성을 위한 전면적인 자유를 도입한다. 그리고 이에 의하여 작가나 예술가, 언론인을 해방시키며 또 지식인이 스스로의 고유한 사회적 기능을 완전히 발휘

할 수 있는 여러 조건을 만들어내지 않으면 안 된다.

⑤ 행정기관으로 하여금 스스로 만든 민주적 조직에 의한 항구적인 통제에 따르도록 하고, 민주적 조직에로의 항구적 책임을 지게 하지 않으면 안 된다.

⑥ 농민에 대하여는 그 생산물에 대한 관리권과 경제적, 사회적 그리고 정치적 자치를 보장하며, 이에 의하여 농민의 모든 정부에 대한 무력성無力性에서 해방시켜 스스로의 생활과 노동의 여러 조건을 규정 짓는 여러 결정에 참가하는 조직된 적극적인 시민이 되도록 하지 않으면 안 된다.

이러한 요구가 만일에 실현된다면 사회주의는 활기 찬 것으로 소생될지 모르겠다.

폴란드에서는 엄동설한에 얼음이 되어 얼어붙은 채로 봄이 되어도 녹아내릴 것 같지 않아 보였다. 그러나 요사이 들려오는 바에 의하면 노멘크라트우라와 같은 관료도 스스로 변혁하려는 노력의 계기가 마련되는 것 같다.

그렇다면 현존하는 사회주의 국가에도 봄이 찾아드는 것이 아닐까.

제4부

사회주의社會主義는 어디로 갈 것인가

MAR

KARL HEIN

XISM

RICH MARX

제1장
북경의 봄, 그 빛과 그림자

MARXISM

KARL
HEINRICH
MARX

1. 민주적 상징으로서의 송경령宋慶齡의 죽음

상해에 있는 금강반점錦江飯店의 사환이 방안으로 들어 와서,

"송경령 여사의 유골이 운반돼 오고 있습니다. 빨리 마중을 나가 주세요."

하고 독촉하는 것이다.

나는 서둘러 택시를 타고 매장된다는 상해 만국공동묘원 부근에 가 보니, 벌써 사람들로 인산인해를 이루고 있었다. 도로의 양 옆은 물론이거니와, 나무에 오르거나 민가의 지붕에까지 올라선 구경꾼이 유골을 실은 수레를 조금이라도 보려고 야단 법석이었다.

이러한 민중의 물결에 휘말린 채 중국 사람들과 함께 유골이 지나가기를 기다리고 있자니, 자연 송경령에 대한 민중의 다정한 정을 느끼지 않을 수 없었다.

주은래周恩來가 세상을 떴을 때에는 이보다 더 애도의 정이 깊었으리라 생각되었다.

송경령에 대한 민중의 정은 민주주의자, 애국주의자를 대하는

마음 그것이었다. 송경령은 1981년 5월 29일에 사망했는데, 그 죽음에 즈음하여 비로소 중국공산당에 입당이 허락되었으며, 동시에 명예 국가 주석의 칭호가 추서되었다.

그렇다면 왜 송경령은 공산당원이 되지 못하였던가. 나쁘게 말한다면, 그녀의 민주적 애국주의의 정열이 공산당의 통치에 이용되었던 셈이다.

위대한 민족주의자였던 손문孫文의 미망인인 송경령은, 국민당에 대해서도 절대적인 영향력을 가지고 있었다. 그녀는 동생인 송미령宋美齡의 남편인 장개석將介石이 공산주의자를 암살하고 독재정책을 펴는데 저항하였다.

송경령의 행동 기준이 되었던 것은 손문이 주장한 삼민주주의와 애국민족주의를 지키는 일이었다. 장개석이 독재적인 '장왕조莊王朝'을 만들어감에 따라 이에 대한 그녀의 반발이 필연적으로 공산당에 가까워지게 만들고 말았다.

1932년, 일본군의 중국 침략이 강화되고 장개석의 무저항주의無抵抗主義가 노골적으로 나타나자 노신魯迅이나, 채원배蔡元培와 같은 민주주의 신봉자와 함께 '중국민권보장동맹中國民權保障同盟'을 결정하여 장개석에게 반대했었다.

또 1936년에는 심균유沈鈞儒 등 민주 인사들과 '전국각계구국연합회救國聯合會'를 만들어 내전內戰의 정지와 정치범 석방, 그리고 국공國共 합작에 의한 항일 통일정부의 수립 등을 요구하였다.

이와 같이 장개석의 매국적 독재에 반대하는 민주주의자로서 송경령은 민중의 신뢰를 얻었던 것이다.

중국에서는 공산당에 대한 비판적인 사람들까지도 송경령에 대해서는 '자비로운 어머니' 와 같은 친근감을 느끼고 있었다.

따라서 공산당은 민주주의자로서의 그녀의 큰 영향력을 무시할 수 없었던 것이다.

'연합정부론聯合政府論' 을 내걸고 민주 세력의 여러 당파를 끌어들인 공산당은 송경령을 국민당 혁명위원회 주석으로 맞아드려 정부의 중요 직책을 맡게 하였다.

그녀의 역할은 국정을 지도하게 한다는 것보다는 당 외에 있는 민주주의자들을 그녀의 테두리 안으로 통합하는데 지나지 않았다. 그래서 구체적인 임무라 하면 부인 문제였으며, 또 사회 복지 사업이었다.

그녀는 때때로 공산당에 입당할 것을 희망했으나 거절당했다. 공산당은 어디까지나 그녀를 당 외에서 활동케하여 그녀의 민주적 상징으로서의 역할만을 최대한 발휘시키고 싶었던 것이다.

죽음에 이르러서야 병상에 누운 그녀에게 겨우 입당이 허락되었음이 알려졌다. 너무나 늦어진 '동지 송경령' 의 탄생이었다.

명예 국가 주석이라는 법적 근거도 확실하지 않은 정체불명의 칭호를 줌으로써 공산당은 그녀에게 그들 나름대로의 최대의 경의를 표하였다. 그러나 그녀의 경력에 대해서는 경의를 표하면서도 그녀가 가장 소중히 간직했던 민주주의에 대해서는 과연 얼마만큼의 경의를 보냈는지는 의문이다.

2.
순식간에 지나간 '북경의 봄'

'북경의 봄'은 권력의 공백을 틈 타 피어난 잠깐 동안의 꿈이었던가.

문화대혁명의 정치주의가 중국 사회를 음울한 분위기로 감싸고 있을 때였다. 1976년의 모택동의 죽음과 '사인방四人幇'의 체포는 그 억누르는 듯한 분위기를 활짝 개이게 만들었다.

뿐만 아니라, 이러한 정신적 해방에 그치지 않고 사회 전체를 뒤흔들은 '사회개혁' 운동부로 발전하게 하였다.

이 사회개혁 운동은 위로부터의 변혁과 밑으로부터의 변혁이 서로 어울려진 기묘한 대조를 이루면서 일어났다. 그리고 그것은 잠깐 동안의 '북경의 봄'을 연출했던 것이다.

그리고는 판에 박힌 듯이 위로부터의 변혁은 권력 투쟁이 따르게 마련이었다. 한편, 밑으로부터의 변혁은 어떻게 되었는가 하면, 이것 역시 판에 박힌 듯이 권력 투쟁에 이용되어 궁극적으로는 탄압으로 끝나고 말았다. 이렇게 하며 '북경의 봄'은 숨지고만 것이다.

밑으로부터의 변혁은 먼저 1976년 4월의 천안문天安門 사건으로 일어났다. 그 해 1월에 사망한 주은래를 추도한다는 명목으로 4월 5일 청명절淸明節 천안문에 있는 인민영웅기념비 앞에 모인 대중들이 '사인방' 체제에 대한 비판을 시작하였다.

다음에는 1978년과 그 다음 해인 1979년에 일어났다. 민주청년을 중심으로 한 민주화 요구 운동인 것이다. 민주화를 요구하는 대자보大字報가 북경의 이른바 '민주의 벽' 인 서단西單의 벽에 연이어 나붙었다. 그리고 대자보는 공산당의 강권적 지배와 관료적 부패에 대해 공격의 화살을 퍼부었다.

대자보大字報 이외의 표현 수단을 갖지 못하는 민중은 동사판으로 인쇄된 유인물을 중심으로 이른바 '지하출판물' 을 발간하여 자신들의 주장을 호소했던 것이다.

위로부터의 변혁은 대단히 복잡하여 들쑥날쑥하였다. 그것은 각 파벌 사이의 권력 투쟁과 깊이 얽혀 있었기 때문이다.

카리스마적 존재였던 모택동이 죽은 후, 그러한 카리스마 성性을 지니지 못한 소인배 지도자들이 거대한 중국을 운영한다는 일은 대단히 어려웠었다.

새로운 지도부가 대중으로부터 신뢰감을 얻어 이른바 권력의 정통성을 획득하려면, 적어도 대중이 바라는 요구의 일부분이라도 들어주지 않을 수가 없었다.

새로운 지도부는 '사인방' 의 정치를 부정하고 자신들의 권력의 정통성을 확립하기 위해서는 일정한 민주화를 추진할 필요가 있

었던 것이다. 민주화는 대중의 한결 같은 목소리였기 때문이다.

그래서 화국봉이나 등소평도 경제면에서 뿐만 아니라 사회 전반에 걸친 개방정책을 추진하였다. 물론 군부도 그것을 받아들였다.

그런데 화국봉과 등소평, 그리고 군부는 다른 속셈을 가지고 개방정책을 추진했다. 따라서 그 개방정책의 내용은 권력의 균형이 깨지면 변화할 수밖에 없었다.

모택동이 죽은 1976년부터, 등소평이 전면적으로 승리한 1981년까지의 5년 동안은 권력의 균형이 몹시 흔들린 기간이었다.

이 불균형한 권력 관계는 자연히 권력을 약체화시켜 권력의 공백 부분이 생기고 그 공백 부분을 이용하여 밑으로부터의 민주화 운동이 분출했던 것이다. 그러나 권력이 안정되면 상충부의 단속이 강화되는 것은 뻔한 일이다.

상층부의 민주화 개혁은 1978년 12월에 중국공산당 제11기 3중전회三中全會에서 절정을 이루었다.

개혁의 내용을 정리해 보면 다음과 같다.

첫째는, '4대 현대화' 를 중심으로 한 경제 건설에 중점을 둔다는 점을 확인하는 일.

둘째는, 문화대혁명이나 그 이전에 우파右派라고 해서 실각된 사람들의 명예 회복, 그리고 천안문 사건이 혁명 행위였다는 사실을 인정하는 일.

셋째는 '실천이야말로 진리를 검증檢證하는 유일한 기준' 이라는 주장을 내세워 객관주의에 근거를 둔 모택동의 재평가의 개시, 그리고 사상의 해방.

넷째는, 중앙규율심사위원회를 설치하여 땅에 떨어진 당의 위신을 회복하는 일.

다섯째는, 법제의 정비에 의한 민주제도를 회복하는 일.

이 다섯 가지 항목 가운데 특히, 강조되는 점은 민주주의와 사상의 개방을 주장한 점이라 하겠다. 이 점에 대하여 대회의 코뮤니케는 매력적인 말투로 다음과 같이 설명하고 있다.

"지금까지에 이르는 일정 기간 동안 민주집중제民主集中制는 진실로 실행되지 않고 민주주의를 빼놓은 채 집중을 강조해 왔다. 따라서 민주주의에 대한 생각이 적었기 때문에 당면한 현시점에서는 무엇보다도 민주주의를 강조할 필요가 있다.

인민 내부의 사상이나 정치생활에 대해서는 앞으로 민주주의적 방법만을 취해야 할 것이며, 억압하거나 타격을 주어서는 안 되겠다. 남의 약점을 이용하거나 낙인을 찍어 괴롭히거나 타격을 주지 않는다는 '삼불주의三不主議'를 재확인하지 않으면 안 된다."

또 이렇게 강조한다.

"인민의 민주주의를 보장하려면, 사회주의의 법체계를 강화하고 민주주의를 제도화하고 법률화해야 한다. 그리하여 이러한 제도와 법률에 안정성과 계속성을 지니게 하여 크게 권위를 갖게 하여, 법을 근거로 하고 법의 집행을 엄격히 하여 법에 위반되는 행위는 반드시 추궁하도록 하지 않으면 안 된다. ……이리하여 인민이 스스로의 법률 앞에서 누구나 평등하다는 보장을 받아 어느 누구도 법률을 초월한 특권을 누릴 수 없다."

3.

백화제방百花齊放은 유명한 정책이었나?

앞에서 말한 커뮤니케이션에는 정황을 인식함에 경솔한 데가 있다.

모택동의 개인 독재나 '4인방' 의 법을 무시한 전제정치가 민주주의를 파괴했다고 보고, 법제도의 확립에 따른 민주주의 회복을 꾀하고 있다. 즉, 민의가 파괴되었음은 인정하면서도 그 원인을 모택동이나 '4인방' 의 개별적인 죄과로 떠넘겨서 공산당의 체질 그 자체에는 언급하지 않은 점이 최대의 약점이라 할 수 있다.

어쨌든, 그것이 어떤 정치적 목적을 지닌 것이든 사실로서 민주주의 고창과 사상의 해방을 외친 일은 중공 사회에 커다란 영향을 주어 아래로부터 하는 개혁운동을 고무시켰다.

현실적으로 형법같은 법률이 정비되어 재판소나 검찰제도, 변호사 제도 등이 나름대로의 기능을 다하기 시작하였다. 사회주의 혁명이 일어나 약 30년이 지나서야 겨우 법률이 정비되었다는 것을 보더라도 엉성하기 짝이 없다 하겠다.

더구나 그것은 민주화 운운하기 이전에 겨우 근대국가로서의 모양을 갖추기에 이르렀다고밖에 말할 수 없을 것 같다.

사상의 해방은 '백화제방百花齊放 백가쟁명百家爭鳴'이란 말로 표현되었다. 자유스런 의견을 적극적으로 토론시키자는 뜻이 이에 깔려 있다.

하나의 견해는 '수렴收斂'하려는 것이 아니라, 자유롭게 견해를 해방시키자는 것을 뜻한다. 문화면의 지도자 가운데 한 사람인 주양周揚은 다음과 같은 모택동의 어록을 소개하면서 백화제방 정책이 사상 해방운동임을 강조하였다.

"모든 사람들이 대담하게 의견을 말하고, 대담하게 비판하며 대담하게 논쟁하듯이 한사코, 모두에게 의견을 밝히게 할 것과 틀린 의논을 두려워하지 않고 독소를 지닌 말을 피하지 않게 한다. 그리하여 여러 가지 의견이 교환되는 논쟁이나 상호 비판을 활성화하여 비판의 자유도 인정하는 동시에 비판하는 자를 다시 비판하는 자유도 인정하며, 잘못된 의견에 대해서는 억지로 굴복시키는 것이 아니라 설득하며 도리를 일깨워 주어 납득시켜야 한다."

상부로부터의 말이긴 하지만 이러한 이야기가 나오는 분위기가 사회에 감돌았기 때문에, 특히 청년을 중심으로 한 민주운동이 일제히 꽃이 피게 된 것도 당연한 일인지 모르겠다.

'백화제방' 운동은 이미 1945년에도 일어났었다. 상부로부터의 호소에 따라 민주 세력의 여러 파벌 사람들이 공산당을 비판한 즉, 갑자기 사태가 급변하고 말았다.

'비판한 사람들은 부르조아적 우익右翼파라는 지적을 받고는 실각하고 말았다.

이것을 이른바 '반우익 투쟁反右翼鬪爭' 이라 불리우는 것인데, 이 때의 '백화제방' 정책은 당내에 있는 비판적인 인물을 추방하기 위한 방편이었지 않나 하는 의심을 갖게 한다.

이러한 쓰라린 경험을 겪은 장년층은 몸조심하여 지나치게 떠들어대지 않았다. 그러나 문화대혁명으로 권위라는 것을 부정적으로 생각하는데 익숙했던 젊은이들은 대담한 민주화를 요구하면서 그것은 공산당 자체의 체질 속으로 파고 들어갔다.

장년층이 본다면 너무 지나치게 떠들썩하다 하겠지만, 하여튼 젊은이들은 흥겹게 떠들썩함으로써 청중을 스스로 확인한 셈이다.

4.

입은 막아도 사상은 묶지 못한다

중국은 '문자文字의 나라' 였다. 중국의 위대한 문명은 극단적으로 말한다면, 글자에 의해 내용이 주어지고, 글자에 의해 전해져 내려 왔다. 중국은 딴 민족에게 침략당하고 그리고, 지배된 역사가 되풀이된 나라라 하겠다.

그러나 어떠한 이민족의 지배도 중국 사람에게서 말을 빼앗고 한자를 말살할 수는 없었던 것이다.

한민족인 명明 나라가 멸망한 후, 만주 민족인 청淸 나라는 양주楊州에 몰려 있던 명 나라의 남은 신하들을 모조리 잡아 죽인 대학살이 1645년에 있었다. 이것을 목격하고 기록한 것이 왕수초王秀楚가 쓴 《양주십일기揚州十日記》다.

한민족은 《양주십일기》에 쓰여진 글의 한 자 한 귀절을 슬픔의 눈물을 흘리면서 읽고 청나라에 대한 원한과 복수심을 100년, 200년에 걸쳐 간직해 내려온 것이다.

아무리 육체는 빼앗을 수 있다 하더라도 마음만은 어찌 할 도리가 없는 법이다.

이러한 전통은 오늘날까지도 남아 있다. 권력의 공백이 생기면 억눌려 있었던 민중의 울분이 글자로 변하여 온 세상을 날아다니게 된다.

근래에 일어난 최초의 폭발은 1976년의 천안문天安門 사건이었다. 오늘날에는 '45운동四五運動'이라 평가되고 있지만, 4인방에 반대하는 민중은 주은래周恩來에 대한 찬가를 핑계 삼아 4인방을 공격했던 것이다.

민중들은 나름대로의 생각을 시詩로 표현하여, 그 시를 적은 종이 쪽지를 천안문 광장 일대에 더덕더덕 붙여 놓았던 것이다.

그것은 오늘날 《천안문 혁명시초華命詩秒》라 이름 지어져 간행되었는데, 이에서 우리는 민중의 비판 정신이 사라지지 않았음을 알 수 있다. 다만, 그것은 4인방에 대한 반발만이 담겨져 있을 뿐이었다.

이른바 민주주의를 바라는 민주청년파가 본격적으로 주장을 전개한 것은 1978년과 다음 해인 1979년이다. 상부로부터의 개혁과 때 맞추어 일어났기도 했지만, 그것이 너무나 격렬하게 분출했기 때문에 마치, '북경의 봄'이 찾아든 것 같이 보였다.

그러나 그 운동은 몹시 약체였다. 떠들썩했던 것은 민주청년들뿐이라 뒤따르는 민중도 없었다.

따라서 '프라하의 봄'이나 '그다니스크의 봄'처럼 큰 파문을 일으키지 못했다. 그랬기 때문에 탄압 역시 조용히 진행되었다.

그러므로 군대를 동원할 필요도 없었다. 경찰이 민주청년을 한 사람 한 사람 잡아들이면 되었다. 그리고 활동의 장場이라 할 수 있는 대자보大字報를 금지시키고 허가없이 팸플릿이나 전단 뿌리는 것을 벌칙에 따라 벌하니 북경에 피었던 꽃도 그대로 시들어 버리고 말았다.

그러나 아무리 사람의 입은 막는다 해도 얼마만큼 민중의 마음을 묶어놓을 수 있을 것인가. 이미 간부들의 특권의식 때문에 민중의 마음은 잠식당하고 있었다. 그러한 사실은 확실히 청년들에게 정치적 무관심을 불러 일으켰으며, 권력에 순종하는 인간을 형성하기에 이르렀다.

그러나 한편으로는 사회주의 정신도 다 함께 병들고 있었던 것이다.

모택동에 의해 '조반유리造反有理'의 정신을 교육 받은 청년들의 생리는 복잡했다. 지난날의 홍위병紅衛兵은 '조반' 했지만, 모택동의 권력을 위해서는 순종하는 도구에 지나지 않았음은 틀림없다.

이 시점에서 그들은 모택동에게도 조반하고, 등소평에게도 조반할 수 있는 활력이 저장되어 있는지 궁금하다. '북경의 봄'이 정말 꽃을 피울지 어떨지는 그 활력에 달려 있다 하겠다.

민주운동의 장場은 극히 한정되어 있었다. 권력에 의해 감시되고 있는 장소에서의 활동이었다는 점에서 운동의 확산이 막혀 버린 것이다.

북경의 서단西單에 대자보를 마음대로 붙일 수 있는 벽이 있었다. 그래서 민주청년들은 그 곳에 자신의 주장을 써 붙이는 동시에 끼리끼리의 모임을 만들고 기관지까지 발행하였다.

기관지라 해도 자유스럽게 출판 수단을 동원할 수 없어, 소련의 지하 출판물과 같이 보잘 것 없는 인쇄물이었다. 그래서 대부분의 것은 손으로 쓰는 등사판 인쇄물이라 부수도 한정되고 글자도 선명하지 않아 읽기 어려운 것들이었다.

돈만 주면 간단하게 동인지 같은 책도 만들 수 있는 우리들 입장에서 보면, 출판 수단을 빼앗긴 나라에서의 고생은 짐작하기 어렵다. 우리는 딴 사람의 강의 노트를 손으로 베끼는 것이 아니라 힘 들이지 않고 복사기에 넣으면 간단히 끝나는 세상이다. 그래서 성적이 떨어지는지 모르겠다.

소련의 지하 출판물은 복사지를 종이 사이에 끼워 타이프로 쳐서 되풀이하여 부수를 늘려 나간다. 이러한 실정은 중국도 매한가지다. 그런데 타이프가 없으니 손으로 쓸 수밖에 없다.

문화대혁명 동안에는 출판이 금지된 책이 서민들 사이에서 나돌았다. 그런데 이러한 책들은 밤 새워 손으로 베낀 것이었다. 이러한 끈질긴 의지가 서민들의 힘을 받쳐 주었는지 모르겠다.

5.
민주주의는 또 한 번 질식했다

어찌되었든 민주화의 요구사항을 살펴보도록 하자.

민주주의 운동은 언제나 그 역사적 단계 때문에 제약된다. 1978년에 잠깐 동안의 봄을 체험했던 중국의 민주주의 운동도, 중국의 역사적 단계를 반영해서인지 상당히 독자적인 성격을 띠고 있다.

그것은 저 격동의 10년이랄까, 또는 동란의 10년이라 해야 옳을까, 하여튼 문화대혁명의 긴장 속에서 해방된 뒤에 일어난 운동이라는 점, 바로 그러한 시대적 배경이 있는 것이다.

그뿐만 아니다. 오랜 동안 존경의 대상이 되어온 카리스마적 존재였던 모택동이 사망하고, 마지막으로 그 그늘에 있었던 '4인방' 이 체포된 지 약 2년밖에 지나지 않아서 일어난 운동이었다는 점에서 주목하지 않으면 안 된다.

이 때의 민중의 심리는 어떠했을까.

지쳐 있었다는 말 한 마디로 대신할 수 있을 것이다. 어쨌든 사적인 세계에 정치가 스며든다는 것은 어찌 할 수 없는 일이라 해도 일에는 한도라는 것이 있기 마련이다.

어제는 동쪽에서 모택동 어록을 읽고, 오늘은 서쪽에서 소련 사회제국주의를 공격한다. 그렇다면 내일은 어느 곳에서 계급투쟁의 필요성을 설득해야 할 것인가.

혁명이란 비정상적인 세계의 것이다. 만일 그것이 정상화된다면 혁명이 타락하든지 아니면, 정상적인 세계를 속박하는 수밖에 없다.

어떠한 혁명이라 해도 비정상적인 것이 10년 동안이나 계속되어 정상화된다면 싫증이 나게 마련이다. 따라서 지친 민중은 "당분간 조용히 지나게 내버려 달라."고 생각하게 되는 것이 본심일 것이다.

모택동이 사망하고 중압적인 권위가 사라졌으니 민중들도 한시름 놓은 셈이다.

이 안도감이나 해방감은 무엇을 가져 올 것인가. 틀림없이 소시민적 세계를 지키고 옹호하려고 한다. 즉, 자기 자신의 개인적인 생활을 감싸주고 싶으며, 사생활에 너무 끼어들지 않아 주었으면 하는 심정이 생기게 된다.

화국봉 등도 약체인 권력을 유지해 가기 위해서는 이러한 민중의 소시민적 감정을 중히 여기고 그들의 지지를 얻어야만 했다. 따라서 혁명의 대의명분보다도 개인적 생활의 충실, 물질적 수준의 향상 등을 꾀하도록 약속하고 인기 전술에 열중했다. 그래서 사회는 긴장에서 풀려나고 자유스러운 분위기가 감돌기 시작했다.

북경의 민주운동은 이러한 자유로운 분위기가 가져 온 것이지만, 민주청년들은 이러한 소시민적 세계만으로는 만족하지 않았다. 자유로운 분위기를, 그 분위기에서 그칠 것이 아니라 제도로서 또는 법률로서 그리고, 운동으로서 확고한 것에 정착되기를 바랐던 것이다.

젊은이는 언제나 권력의 꼭두각시 노릇만 하는 것이 아니다. 앞날을 내다보고 오늘을 살 줄 아는 젊은이가 있다는 것을 잊어서는 안 된다.

문화대혁명의 종결선언이 있었던 것은 1977년 8월에 열린 중국공산당 제11전대회第十一全大會 때였으며, 그 직후에 일어난 민주운동은 그 영향을 받았던 것이다. 그들의 주요한 구호는 팟쇼적 독재에 반대하고 인권을 지키자는 것이었다.

민주 그룹이 우후죽순 같이 생겨났기 때문에 그 주장도 여러 가지여서 하나로 묶어 표현한다는 것은 어렵다. 그러나 무리해서 종합해 본다면, 대체로 모택동이나 4인방은 봉건적인 가부장적 성격을 가진 사회 파시즘 독재를 행하고 있다는 것이다.

따라서 거기에는 개인 숭배가 극단적으로 강조되어 법제도가 함부로 파괴되며 인권은 벌레처럼 취급되어 민주주의가 질식해 버렸다고 주장하고 있는 것이다.

그러므로 민주주의를 회복하고 법제도를 확립하여 인권을 지킴으로서 독재자가 두 번 다시 나타나지 않도록 해야 하겠다는 것이다. 여기에서 우리는 '민주주의가 독재를 심판한다' 는 말이 모든 것을 설명해 주고 있음을 알 수 있다.

여기에는 여러 가지 문제가 포함되어 있다. 예컨데 법적인 미정비가 강권적인 독재를 낳게 했다는 것일까.

그렇다면 법적인 미정비란 전근대적인 문제이기 때문에 법의 정비를 통해 국가의 근대화를 꾀하면 충분히 해결할 수 있는 일이다. 따라서 어느 쪽이냐 하면 이것은 시민혁명의 과제로서 사회주의 혁명의 과제는 아닌 것이다.

만약 이것을 프롤레타리아 독재와 관계지어 생각해 본다면 그것은 공산당의 체질에 관한 문제이지 법제도의 정비로 해결될 성질의 것은 아니다.

하여튼 법률에 따른 인권의 보장이나 언론, 출판, 집회의 자유보장, 그리고 절대적인 권위에 대한 부정 등을 요구했을 것이다. 이른바 '4대 현대화'란 공업과 농업, 국방, 과학기술의 근대화를 말한다. 그런데 민주청년의 한 사람인 위경생魏京生은 사회를 현대화하려면 이러한 네 가지만으로는 불충분하다고 말한다.

그는 다섯 번째에 현대화할 것으로 '인권과 평등 그리고, 민주주의'를 덧붙이지 않으면 안 된다고 주장하고 있다.

6.

중국의 어두운 부분을 부각시킨 민주적 요구

수 많은 민주적 요구 중에 가운데 하나만 소개하라고 한다면 1979년 1월에 중국 인권동맹이 발표한 '중국 인권선언 19개항中國人權宣言十九條'을 들고 싶다.

먼저 사상과 언론의 자유를 요구하고 당과 국가와 지도자를 비판할 수 있는 공민公民으로서의 권리를 헌법에서 보장하도록 요구하고 있다. 이런 대목은 원칙론이지만, 뒤를 이은 부분에서는 구체적인 요구가 나타나고 있다.

중국은 다민족多民族 국가인 동시에 다당파 국가라고 말한다. 소수 민족에게 완전한 자치권을 줄 필요가 있지만, 동시에 각 당파가 국가의 최고 권력 기관에 참여하지 않으면 안 된다. 이것은 복수 정당제도의 요구라고 보아야 할 것이다.

더욱이 권력의 비밀주의적 성격에 대해 이의를 제기하고 있다. 먼저 중앙이나 지방의 각급 지도자를 민주적인 직접 선거에 의해 선출해야 한다고 요구하고 있다. 이것은 중국판 노멘크라트우라

에 대한 비판이라 할 수 있다.

그리고 정보의 공개를 바라고 있다. 국가가 수치를 독점하여 때에 따라 마음대로 수치를 수정하는 데 대한 반발이라 하겠다.

그리고는 국정을 논의하는 대회장에의 자유스러운 방청권을 요구하고 있다.

그 다음에 자주적 관리에 대한 요구이다. 생산 수단의 국가 소유제도를 전체사회의 소유제도로 바꾸자는 것이다. 적어도 노동자가 땀 흘려 얻은 잉여가치에 대한 국가의 취득과 분배를 노동자가 감시해야 하겠다는 것이다.

더욱이 '공민이 국가의 공업이나 농업, 상업, 무역 사업에 대한 과세율 및 과세액 그리고, 공업 분야에서 국가에 상납하는 이윤액을 토의하여 결정할 것을 요구한다'는 것이다. 즉, 당과 간부가 독점하고 있는 권한을 노동자의 손으로 되돌려 받자는 것이다.

또 외국과의 교류도 적극적으로 추진하도록 요구하고 있다. 주목할 점은 소련과의 이데올로기적 차이점이 해소된 현 시점에서 중국과 소련 두 나라 사이의 완화와 양국 인민의 우호 교류를 요구하고 있다는 점이다.

그리고 서구의 과학 기술만을 배울 것이 아니라 사상의 울타리를 개방하여 서구의 전통인 민주주의와 자유에 대해서도 배워야 하겠다는 것이다.

따라서 외국 사람과의 교제를 자유롭게 하여 외국의 문화를 자유롭게 받아들일 수 있는 권리도 인정해야 한다고 부르짖는다.

더욱이 당연한 일이지만, '공민은 외국으로 나가서 국외에서 일하면서 학문을 연구할 수 있는 자유를 요구하며, 외국에서 생활할 수 있는 자유와 여행의 자유를 요구'하면서 나라 안에 갇혀 산다는 것에 반대하고 있다.

현존하는 사회주의 국가에서는 자유롭게 외국에 갈 수 없는 나라가 많을 뿐만 아니라, 나라 안에서조차 직업이나 주거의 자유가 크게 제약되고 있는 것이 실정이다. 이 때문에 직장이 있는 구역 안에서의 종신 종속제의 폐지를 요구하고 있는 것이다.

"사회민주주의는 인민을 위해 완전한 이사의 자유와 영업의 자유를 요구하고 있다. 그렇다면 이사의 자유란 어떠한 것을 말하는 것인가? 그것은 바로 농민이 어디든지 가고 싶은 곳에 가서 어떤 곳이든지 마음에 드는 곳으로 이사할 수 있으며, 누구의 간섭도 받지 않고 어느 부락이든 도시든 간에 살 수 있는 권리를 가진다는 것이다.

즉, 여권제도가 폐지된다는 일, 농민이 자신의 마음이 드는 곳에 정착하여 일하는 것을 지방경찰이나 지방관리들도 결코 막을 수 없다는 것이다."

이 말은 현존하는 사회주의 국가를 비판하는 글귀 같지만 놀랍게도 레닌이 1903년에 쓴《가난한 농민에게 호소한다》라는 글 가운데 쓰여진 글귀이다.

이것은 이사나 영업의 자유를 통제했던 제정 러시아를 비판한 것이다. 자기 마음대로 이사할 수 없다면, 그것은 '농노적農奴的 예속' 이라고까지 레닌은 말하고 있다.

이에 따르면 소련도 매한가지지만, 중국의 민중은 '노예적 예속' 의 상태라 하겠다. 이동이나 영업의 자유를 구하려는 것은 자본주의 사회에서는 혁명적인 요구라 할 수 있지만, 사회주의 사회에서는 반혁명적인 요구라고 해야 옳지 않을까.

이 '중국 인권선언 19개항' 에서는 기밀 안보를 요하는 공작원도 연애하고 결혼할 수 있는 자유와 계획된 출산, 그리고 그밖에 외쳐대는 호소를 강제적으로 실행시키려는데 반대할 수 있는 자유 등을 요구하고 있다.

물론 관료들의 부정행위나 뇌물에 대한 금지 그리고, 비밀 경찰제도의 폐지 등도 요구하고 있다. 아무런 권한도 없이 함부로 체포하거나 구금하는 일에 대해서도 반대한다. 그리고 억울한 누명을 쓰게 된 사람에 대한 명예 회복도 촉구하고 있다.

또 검열제도를 폐지하고 창작이나 신문 제작의 자유도 청원하고 있다. 참으로 비밀경찰이나 검열제도의 존재처럼 사회주의의 이미지를 어둡게 하는 것은 없을 것이다.

제2장
등소평鄧小平의 새로운 독재

MARXISM
KARL HEINRICH MARX

1.
하향식 민주화는 의미가 없다

이러한 민주화의 요구를 살펴보면, 그런 요구 사항을 통해 반대로 중국의 현상을 짐작할 수 있다.

중국에는 봉건적인 옛 제도가 많이 남아 있어, 그것 때문에 사회의 민주화가 저해되고 있는 면을 부정할 수 없다. 그래서 반봉건주의적인 민주주의에 관한 요구의 성격을 띤 것도 있고, 공산당의 지배 그 자체를 부정하는 것도 있어 공산당의 대응 역시 복잡하였다.

예를 든다면, "모택동 사상을 타도하라"는 광주廣州 인권협회의 전단을 보더라도 모택동에 대한 비판을 구실 삼아 공산당의 지배 자체를 규탄하고 있다.

"모택동이라는 폭군은 이미 이 세상을 떠났지만, 죽은 후에도 아직껏 그 망령은 사라지지 않고 '모택동 사상'으로 남아 있다. 뿐만 아니라, 모택동 사상에 편승하여 입신 출세한 많은 붉은 정객들이 여전히 활개치고 있다. 더구나 그 많은 자들이 높은 자리를 강탈해 앉아서 여전히 '모택동 사상'이라는 사라진 망령을 앞세워 계속 민주주의와 인권을 짓밟고 자기 자신들의 권익을 유지하는데 사용하려 하고 있다."

이러한 움직임 속에서 공산당은 양면 정책을 취했다. 한편에서는 '북경의 봄'을 연출한 민주운동을 탄압하고, 또 한편에서는 공산당의 독재적 지배가 흔들리지 않은 범위 안에서 민주화를 실행하기 시작한 것이다.

먼저 당의 민주화에 대하여 살펴보기로 한다.

사회주의 국가의 최고 권력자에게는 권력자라는 추악한 얼굴이 따라 다니게 마련이다. 이것에는 두 가지 이유가 있다.

하나는 정치 싸움에 의하지 않는 한 지도자의 자리가 민주적으로는 바뀌지 않는다는 점이다. 재선에 재선을 거듭하는 것이 상식화되어, 그것이 권력의 집중과 독재화를 초래한다. 또 하나는 권력의 계승 원칙이 불투명하다는 것이다.

모택동이나 주은래를 비롯하여 스탈린이나 티토 등은 사망할 때까지 그 자리를 꼭 붙들고 놓지 않았다. 김일성金日成 등은 그의 아들을 후계자로 지명하는 등 봉건적인 왕조를 방불케하는 짓을 해서 사회주의의 금욕주의를 송두리째 뒤엎고 있다. 모택동도 개인 숭배가 필요한 시기가 있다고 주장하고 있다. 이와 같이 권력욕이라 할까, 권력에 사로잡힌 추악한 얼굴을 그려내고 있다.

이러한 점에 비추어 중국에서는 개인 숭배의 금지와 지도적 직책의 종신제終身制 금지를 주장하고 있다.

화국봉華國鋒 전 주석도 개인 숭배를 좋아했다는 비판을 받았으며, 호요방胡耀邦 주석은 그의 초상화를 걸어 놓지 못하게 했다고 한다. 그러나 이 점에는 의문이 있다.

호요방은 등소평의 부하인 이상 상전인 등소평을 제쳐놓고 자신의 초상화를 전국 각지에 퍼뜨려 놓을 수는 없는 일이다. 만일에 등소평이 국가 주석 자리에 앉게 되면 어찌 되겠는가.

지도적 직책의 종신제 금지는 권력의 집중과 독재화를 막기 위해서도 중요하다. 그러나 무엇보다도 지도적 간부들의 고령화에 따른 비효율성을 타파하기 위해 부르짖어진 것인지 모르겠다. 꼭 민주화 문제 때문이라고만 생각할 수는 없을 것 같다.

이밖에 부분적인 실험으로서 선거에 있어서의 복수 입후보 제도와 직접 선거를 해보려고 하지만, 얼마만큼 보급될지는 의문이다. 또 당정의 분리 움직임도 있다. 즉, 당과 정부의 기능을 분리하여 양쪽을 겸하는 일이 없도록 하자는 것이다.

사실상 당이 정부를 지배하고 있지만, 그러한 것을 구분해 보자는 이론이다. 정부 조직의 순수화와 그 합리적인 관료화를 촉진시키는 데에는 도움이 될지 모르지만, 그 일로 해서 정부에 대한 당의 지배에 어떤 변화가 생길 것으로 바라기는 어려울 것이다.

국가 주석의 자리를 부활시킬 것인가 아닌가가 거론되고 있다. 유소기劉少奇가 실각한 이래, 국가 주석의 자리는 폐지되었다. 따라서 그 부활론은 당연히 권력 투쟁과 관련되고 있어 민주주의라는 문제와는 거리가 멀다 하겠다.

그러나 국가 주석의 자리를 부활시킨다 해도 일 년씩 윤번제로 교체한다면 권력의 집중도 막을 수 있다는 견해도 있다. 생각해 보면 흥미 있는 견해라 할 수 있지만, 한 번 권력의 자리에 앉은 사람으로서 그러한 민주적 윤번제를 받아들일 수 있을까.

현실적으로 국가 주석의 자리와 가장 가까운 자리에 있는 등소평이나 엽검영葉劍英에게는 윤번제란 매력 있는 것이 못될 것이다.

2.
등소평도 예외는 아니었다

이러한 식으로 민주화를 추진하는 개혁이 상부에서 전개되는 한편, 하부에서의 민주화 요구에 대해서는 찬물을 끼얹기 시작하였다. 이 탄압은 '북경의 봄'이 꽃핀 무렵 아니, 아직 싹이 트기 전이라 해야 옳을 것 같은 시절인 1979년에 이미 시작되었다.

먼저 민주청년파를 잡아들이는 강권적 공안 사태가 일어났다. '민주의 벽'에서 활약했고, 『탐색探索』이란 잡지를 발행하여 민주화를 요구했던 위경생魏京生이나 전월화傳月華 등의 민주청년이 1979년 초부터 차례차례 체포되었다.

위경생은 외국인에게 군사 기밀을 제공하여 반혁명을 선동했다는 판에 박힌 죄목을 씌워 잡아들였다. 그리고는 징역 15년과 형기를 마친 후 3년 동안 정치적 권리를 박탈한다는 선고가 내려졌다.

판결 이유는 다음과 같은 죄 때문이라는 것이다.

"올해 2월, 중국이 베트남에 대한 자위 반격을 위해 국경 방위전을 시작한지 얼마되지 않아, 위경생은 중국의 참전 부대의 지휘관 이름과 병력의 인원수, 전투 상황, 사상자수 등의 군사 기밀을 외국인에게 제공하였다.

또 위경생은 작년 12월부터 올해 3월에 걸쳐 불온 문서를 만들고 전단을 뿌려 중국의 프롤레타리아 독재와 사회주의 제도를 타도하도록 주장하였다. 그리하여 마르크스 · 레닌주의와 모택동 사상을 중상하고 권력 탈취를 꾀하여 선동하였다."

이러한 당국의 책망에 대하여 위경생은 재판 과정에서 반론을 펴고 있다.

그의 논리는 명확한 것이었다. 한날 시민이 들은 거리의 뜬소문을 외국인 기자에게 말했다 해서 기밀 누설이 되느냐는 것이다.

그리고 반혁명이란 무엇이냐고 묻는다.

"현재의 지도 당국의 뜻에 따라 행하는 것이 혁명이고, 현재의 당국자의 뜻에 반대하는 것이 반혁명이란 말인가. 나는 이렇게 혁명의 개념이 비속화한 데 대하여 동의할 수 없다."

고 항변한다. 이쯤되면 권력이 바로 진리가 되어 이와 틀린 모든 사상이나 이론은 목 졸라 죽이는 셈이 된다.

더욱이 언론의 자유는 헌법에서 보장되어 있다는 점, 지도자를 비판할 권리가 백성에게 있다는 점 그리고, 사상이나 이론은 상대적이어서 절대적 진리를 주장하는 것은 민주주의를 부정하는 것이라고 반론을 펴고 있다.

원래 이러한 재판 기록이 공표될 리 없는 것으로 한 방청객이 녹음해 두었던 것을 퍼뜨린 것이다. 그리고 이것 또한 당연한 일이겠지만, 그러한 녹음을 한 유청劉靑이란 민주청년 역시 체포되고 말았다.

앞서 소개한 왕희철王希哲은 일찍이 '민주와 법제'의 확립을 위해 일하던 이일철李一哲 그룹의 한 사람이었다. 그런데 임표林彪를 비판했다고 해서 한 번 체포되었다가 일단 명예 회복은 되었으나 1981년에 또다시 체포되었던 것이다.

이러한 민주청년들의 공통된 인식은 4인방을 타도한 화국봉이나 등소평을 평가하는데 있어서 그들은 결국 민주주의를 확대하려는 것이 아니라, 새로운 독재 체제를 구축하려는 것이라는 점이다. 따라서 공격 목표를 등소평에게 돌렸다.

"등소평은 1975년에 복권된 후, 모택동의 독재적 전제를 계승하지 않고 인민의 이익을 중시하는 듯한 행동을 취해 보였다. ……그러나 이제는 가면을 벗어 던지고 인민의 민주화 운동에 대하여 탄압하려는 입장을 취하고 있다. 그리하여 철저하게 민주화에 반대하는 쪽에 서서 독재 정치를 끝끝내 유지하려고 마음먹고 있는 모양이다."

이렇게 위경생魏京生은 말하고 있다. 이와 같이 새로운 독재 체제를 구축하려 하고 있다는 비판을 받는 등소평은, 그러한 도전을 걸어 온 민주청년을 체포할 뿐만 아니라, 그들이 활동할 장소마저 빼앗아 버리고 말았다.

3.
자유의 표현인 '대자보大字報'마저 빼앗기다

1978년에 제정된 중국 헌법의 제45조에는 '공민은 언론 · 통신 · 출판 · 집회 · 결사 · 데모 행진 · 시위 · 파업의 자유를 가지며, '대명大鳴 · 대방大放 · 대변호大辯護 · 대자보大字報' 을 운용할 수 있는 권리를 갖는다.' 는 귀절이 있다.

이른바 언론이나 출판 · 결사 등의 자유를 보장하는 항목으로, 민주 헌법이라면 없을 수 없는 항목이다. 앞부분은 대체적으로 어느 나라 헌법에서나 볼 수 있는 것으로 명쾌한 글귀로 되어 있다. 그런데 후반에 쓰여진 '대명 · 대방 · 대변호 · 대자보를 운용할 수 있는 권리를 갖는다' 는 글귀에 이르러서는, 도대체 무슨 말을 하려는가 하고 생각하게 된다.

일반성이 없는 너무나도 중국적인 글귀다.

대명 · 대방 · 대변호 · 대자보는 '사대四大' 또는 '4대민주四大民主' 라 일컬어지고 있는 것인데, 그 중심이 대자보라 하겠다. 이른바 벽신문壁新聞을 민중이 자유롭게 발표하고 게시할 수 있는 권리를 가진다는 것이다.

이 대자보라는 것은 쌍날이 달린 칼과 같은 것으로서, 때로는 민주화 운동을 창달하는 무기가 되었지만, 때에 따라서는 민주주의를 파괴하는 무기가 되기도 했다.

대자보가 최초로 힘을 다 발휘한 것은 문화대혁명 때였다. 아무리 헌법 조문에 언론이나 출판의 자유를 강조했다 하더라도, 그것을 실현시키기 위한 수단을 민중에게 개방하지 않는다면, 아무런 소용이 없다. 그것은 글로써 만의 자유에 지나지 않는다.

폴란드의 보기에서도 논한 바와 같이 인쇄나 출판에 쓰일 인쇄기나 복사기는 민중의 손에 맡겨 있지 않고 당이 관리하고 있다.

이러한 사정은 중국에서도 매한가지다. 뿐만 아니라 방송이나 신문 그리고, 잡지도 국가나 당이 관리하고 있는 실정이다.

이러한 정황 속에서 민중들이 자신의 자유로운 견해를 발표하고 그것을 전달하기 위해서는 손수 만든 전달 수단을 창조하지 않을 수 없다. 그것이 바로 벽신문인 대자보인 것이다.

자기 스스로 붓을 들어 한 장의 종이에 써서 벽에 붙인다. 참으로 원시적인 수법이지만, 그것은 확실히 민중의 뜻을 대변하고 있다.

유소기劉少奇의 권력을 둘러싸고 있었던 관료 체제 아래에서는, 민중이 스스로의 의견을 자유롭게 발표하기 위한 수단으로서는 대자보 밖에 없었다. 그런데 그들이 '4대민주'를 인정한 것이 문화혁명을 일으키게 한 원동력이 되어버린 것이다.

한편 문화대혁명으로 계급 투쟁이 강조되고 사회가 무정부 상태가 되어버리자, 대자보는 각 파벌로 분열한 그룹이 서로 비방하고 중상하기 위한 도구로 변해 버렸다.

그러한 정황은 다음과 같았다고 주쟁周諍은 말한다.

"〈대자보에 쓰이는 말〉은 과장이나 허풍, 무책임 등의 낱말과 같은 뜻이 되었으며, 졸렬한 글귀의 대명사가 되어 버렸다. '화형에 처하라', '포격하라', '끝까지 비판해서 콧대를 꺾어 버려라', '단호히 타도하라' 등의 말로 만은 직성이 풀리지 않는 듯 상대방의 이름에 붉은 잉크로 표를 그어 정치 생명을 끊으려는 듯 '사형'에 처하곤 하였다."

특히 대자보는 4인방이 국가 권력을 장악하기 위한 도구로 이용되었으며, 민주주의와는 거리가 먼 존재가 되었다고 일컬어지고 있다.

그런데 주쟁은 이렇게 말한다.

"역사란 참으로 야릇한 것이다. '4인방'은 '4대大'를 이용하여 전국은 혼란하게 했지만, 그들을 넘어뜨리기 위한 대중적 기틀을 굳게 한 1976년의 천안문天安門 사건에서는 대자보가 역으로 그들에게 겨냥된 칼이 되고 말았다."

이러한 사실로 미루어 보아도 알 수 있듯이 천안문 사건의 비판 정신을 이어받은 민주청년들의 민주운동은 이러한 '4대 민주'를 기틀 삼아 성립되었고 또 활동하기에 이른 것이다.

그러나 당이나 관료들은 대자보가 현 정권의 적대자를 비판하기 위해 쓰여지는 한 그것은 민주주의를 위한 도구라고 생각한다. 이에 반해 현 정권을 비판하기 위해서 쓰여질 때에는 그것은 악이라고 말하는 것이다. 이러한 논법이 생겨나는 것은 대자보가 지니는 이면성 때문이라 당연한 일인지 모르겠다.

등소평은 권력을 집중시키기 시작하자, 1980년 9월에 열린 전국인민대표대회에서 '대명 · 대방 · 대변론 · 대자보'의 '4대민주'를 헌법에서 삭제해 버렸다. 이는 틀림없이 민주운동을 말살하려는 데 목적이 있음을 알 수 있다.

삭제하는 이유로서 대중들은 그렇게 할 것을 희망하고 있으며, 언론의 자유는 그 앞부분에서 이미 보장하고 있다는 것이다. 따라서 '4대민주'는 필요하지 않다는 견해였다.

그러나 대중이 원하지 않는다는 것은 거짓이다. 헌법에서 삭제할 것이 결정되자 이를 지지하는 많은 의견이 발표되었다. 그러나 대자보의 폐지가 논의되고 있었던 1년 전만 해도 폐지에 반대하는 견해도 공공연하게 나돌고 있었던 것이다.

1979년 7월에 발행된 《북경주보北京周報》에는 다음과 같이 보도되고 있었다.

동북공학원東北工學院 물리학과의 심홍도沈洪濤 교수는 서단西單의 대자보를 없애는 일에 대하여 동의하기 어렵다고 주장하고 다음과 같이 말하였다.

"벽에 대자보를 붙이고 싶어하는 자가 있다면 붙이도록 내버려두면 된다. 대자보가 좋고 나쁨은 대중이 판별할 것이다. 행정적 조치로서 대자보를 금한다는 것은 잘못된 일이다."

참으로 행정적 조치로서 민중의 유일한 자유로운 표현 수단을 빼앗는다는 것은 민주주의를 부정하는 일이다. 아무리 헌법에서 언론의 자유를 보장한다 하더라도 그 보장이 실효를 거두게 하기 위해서는 그 수단 또한 보장해 주지 않으면 안 되는 것이다.

4. 국민의 자유 같은 것은 조금도 없다

중국의 민주주의와 관련해서 반드시 집고 넘어가야 할 문제는 '4가지 원칙' 을 강조하고 있는 점이다.

4가지 원칙이란,

① 사회주의의 길을 굳게 지킨다.

② 프롤레타리아 독재를 굳게 지킨다.

③ 당의 지도를 굳게 지킨다.

④ 마르크스 · 레닌주의와 모택동 사상을 굳게 지킨다.

이러한 네 가지 대목 가운데에서도 가장 중요한 것은 세 번째의 당의 지도성이다. 그런데 왜 지금에 이르러 당의 지도성이나 '4가지 원칙' 이 강조되어야 하는지 알 수가 없다.

그것은 앞서 살핀 바와 같이 1978년의 공산당 삼중전회三中全會에서 개방 체제를 채택하였더니, 민주운동이 세차게 불붙어 올랐기 때문이다. 더구나 젊은이에게서는 사회주의의 우위성에 대한 의문이 분출하게 되었고, 이른바 '신념의 위기'가 표면화되었기 때문이다.

또 '4대 현대화' 정책으로 인하여 급히 물질적 욕망이 해금되고 이데올로기에 대한 과민성 현상마저 생겨났기 때문이다.

이리하여 1980년에 접어들자 '당내의 정치 생활에 관한 몇 개의 준칙'이 채택되었다. 그리고 당의 단결과 당의 조직이나 규율의 강화가 강조되기 시작한 것이다.

그런데 여기에서 집단 지도체제를 견지하면서 개인의 독단적인 전행專行은 안 된다고 규탄하고 있으나, 당 그 지체의 절대성은 오히려 더욱 강조되고 있는 것이다. 그리고 당내에서의 민주주의에 대해서는 다음과 같이 엄하게 단속하고 있다. 이는 곧 서로 다른 의견에 대한 조치라 하겠다.

"서로 상반된 견해가 있다면 당내에서 적당한 시기에 토의해도 상관 없다. 그러나 어떠한 때에 어떤 방법으로 신문이나 잡지를 통해 토의할 것인가에 대해서는 중앙에서 모든 것을 결정한다. 당의 신문이나 잡지는 무조건 당의 노선이나 방침, 그리고 정책이나 정치적 관점을 선전하지 않으면 안 된다."

'중앙에서 결정한다.'는 말이 매우 뚜렷하게 들리지만, 만일 중앙의 결정에 대해 이의가 있는 경우에는 어떻게 표현해야 옳을까.

"이미 중앙에서 결정을 내린 중대한 정치적 이론이나 정책 문제에 대해 당원으로서의 의견이 있다면, 일정한 조직적 절차를 밟아 그 의견을 제출할 수 있다. 그러나 신문이나 잡지 방송 같은 공개적인 선전 수단을 통해서 중앙이 내린 결정에 반대되는 언론을 발표하는 일은 절대로 허락되지 않는다. 또 대중 사이에 당의 노선이나 방침, 정책 그리고 결의에 반대되는 의견을 살포하는 일도 허락되지 않는다. 이것은 당의 규율이다."

여기에서도 '이것은 당의 규율이다.' 라는 말이 엄하게 강조되고 있는데, 요컨대 서로 다른 의견은 제출할 수는 있지만 공개적으로 해서는 안 된다는 것이다.

사실 규율 없는 전위 정당이라면 김 빠진 맥주 같은 것으로 정말 꼴이 아니다. 그러니 당이 이러한 규율을 강화하려는 것은 당연하다 하겠다. 원칙론은 그렇지만, 그렇게만 말할 수 없는 문제가 있다.

여기에서 거론되고 있는 당이란 추상적인 당은 아니다. 중국이

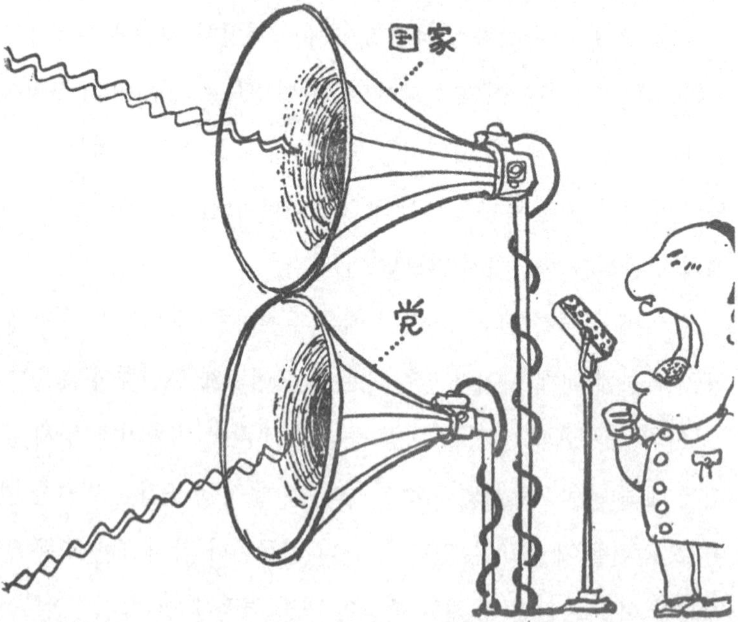

라는 국가를 장악하고 있는 집권 정당으로서의 당인 것이다. 그리고 나아가서 대중의 신뢰도와 지지도가 낮아지고 있다는 현실에 고민하고 있는 현재의 중국공산당을 말하고 있는 것이다.

앞서 스탈린주의의 본질은 국가와 당을 똑같게 보는 데 있음을 지적한 바 있다. 만일 중국공산당도 그러한 체질에 침범당하고 있다면, 여기에서 강조되고 있는 당의 규율 강화는 국가의 규율 강화로 바꾸어야 이해되지 않을까.

다시 한번, 앞서 든 인용문에서 당을 국가로 그리고, 당원을 국민으로 바꾸어 놓고 읽어보아 주기 바란다. 그렇게 하면 거기에는 아무리 헌법에 의한 보장이 따른다 해도 국민의 자유 같은 것은 조금도 찾아 볼 수가 없다.

이렇게 말을 바꾸어 생각하는 것에 대해 심한 비난을 퍼부을지 모를 일이다. 즉, 당의 문제와 국가의 문제와를 뒤섞어 생각한다고 말이다. 또 당의 규율이 당 외에 있는 국민에게 통용될 수 없는 것이며, 이러한 발상은 당을 모욕하려는 반공주의자들의 농간이라고 할 것이다.

그러나 현실적인 문제로서 얼마만큼 당과 국가를 구별할 수 있을 것인가. 국가의 주요한 기관이나 조직에는 공산당원이 노멘크라트우라와 같은 임명제도에 의해 배치되어 있다. 그래서 국가의 결정 사항은 당원에 의해 전달되는 '국가의 규율'이 존재하는 것이 바로 현실인 것이다.

그리고 그 국가는 신문이나 잡지 그리고, 방송 같은 공개적인 선전 수단을 독점하고 있다. 더구나 민중의 손에 유일하게 남아 있었던 선전 수단인 대자보마저 그들에게서 빼앗아 버린 것이다.

이러한 국가와 당의 관계 속에서 국가와 당은 별개의 것이라고 말해 보았자 설득력이 없음은 물론이다.

가령 법적으로 국가와 당을 구별한다 하더라도 당의 규율이 실제적인 문제로서 사회 전반에 걸친 규율로 준용되지 않는다는 보장은 어디에도 없다. 이 보장은 프롤레타리아 독재를 당독재로 바꾸어 놓고 있는 이상, 아무리 법률적인 보장을 꾀한다 하더라도 불가능한 일이다.

5. 단속은 외국 기자에게까지 미쳤다

개방체제를 내걸고 자유스러운 분위기를 만들어낸 공산당의 '3중전회三中全會 방침' 과 이러한 위로부터의 단속을 강화하는 '4대 원칙' 과는 어떻게 조화를 이룰 것인가.

3중전회 방침과 4대 원칙 사이에는 모순이 있다고 지적되고 있다. 그렇다면 3중전회 방침은 겉치레에 지나지 않고 강권적인 4대 원칙이 본 뜻이란 말인가.

어느 쪽이 본심이든 간에 1980년 이후 언론운동에 있어서는 틀림없이 단속이 자행되고 있었다.

언론이라 해도 중국식으로 표현한다면 '우익으로부터의 반발' 또는 '좌익으로부터의 반발' 등이며, '민주와 법제' 를 요구하는 것이 있는가 하면 4인방을 찬양하는 전단도 있다. 때로는 '등소평을 타도하라' 는 비라도 보인다. 이러한 갖가지의 요구를 포함해서 우익이든 좌익이든간에 '반대파' 는 없애 버리라는 것 같다.

등소평은 1980년 12월에 민중의 반체제적인 움직임에 대해서 강권을 발동할 뜻이 있음을 밝히고 있다.

만일 소란이 확산되면 계엄령을 선포하여 군대를 동원시킬 것, 파업이나 수업 거부 또는 시위 등에 대해서는 규제를 강화할 것, 그리고 공안 경찰을 강화하도록 비밀 지령을 내린 것이다.

이러한 방침을 받들어 공산당 중앙 부서에서는 1981년 2월에 '7호 문건' 을 통달하였다. 7호 문건은 신문이나 출판물 또는 선전 활동에 대한 규제로서, 이른바 4대 원칙에 위반되는 견해를 발표하지 못하도록 명령한 것이다.

따라서 문제가 되었던 백엽白樺의 시나리오 《고연》과 같이 사회주의에 대하여 의문을 품거나 사회주의의 어두운 면을 파헤치는 일은 잘못된 언동이라는 낙인이 찍히게 마련이다.

그리고 3월에는 '9호 문건' 이 통달되었다. 이것은 지하 출판물이나 비합법적인 문서를 만들지 못하게 금지한 것이다.

특히 북경이나 천진, 상해, 광주 등지의 대도시에 있어서 단속을 강화할 것을 강조하고, 관계기관에 등록되지 않은 잡지나 인쇄물 등의 발행을 전면적으로 금하고 있다.

더구나 그 문서에서는 모든 직장에서 당의 노선을 반대하는 자를 통보하는 밀고제를 택하도록 하고, 활동가에게 인쇄 수단을 제공한 자에 대한 처분 등을 밝히고 있다.

이러한 사상적인 단속은 검열제도의 강화와 이어져 있다. 1981년 6월에는 문화대혁명과 모택동에 관한 명가를 총괄한 '건국 이래 당의 몇가지 역사 문제에 관한 결의' 가 발표되었다. 이것은 당의 공식 견해였다.

그러자 바로 당의 선전부는 신문이나 잡지, 방송 등의 보도기관에 대해서 이 '결의' 에 반대되는 내용의 문장이나 작품들을 발표하지 말도록 지시하였다.

이와 같이 하나의 공식 견해를 유일무이한 절대적인 기준으로 한다면 이에 대한 서로 다른 견해는 당에 반대하는 견해가 되어버린다. 그런데 이것은 1980년 2월에, 당시 선전부장이었던 호요방胡耀邦 당 주석이 시나리오 창작 회의에서 말한 것과는 판이하게 다른 셈이다.

호요방은 말하기를

"백화제방, 백가쟁명의 방침을 단호하게 관철하여 예술의 민주화를 추진하며, 결코 '몽둥이를 휘두르지 않으며, 낙인을 찍지 않을뿐더러 남의 약점을 찍지 않는' 주의를 굳게 지키며, 대중의 문학이나 예술 창작과 문학 · 예술에 대한 비판의 자유를 보장한다."

고 했지만, 침도 마르기 전에 시나리오 《고연》 대하여 비판하고 있는 것이다.

유명한 영화 배우인 조단趙丹은 그의 죽음을 앞두고 "당이 문예활동을 지나치게 관리하려 한다"는 유고를 발표한 바 있다.

《고연》에 대한 문제를 백엽 자신이 스스로를 비판하는 형식을 갖추어 매듭 지은 듯이 보였다. 그러나 당이 문예 활동에 끼어들고, 이에 대한 반발이 일어나는 식의 관계는 쉽사리 수습되지 않고 있다.

이런 단속은 외국 기자에게까지 미치고 있다.

'외국 보도기관 상주 기자 관리에 관한 국무원 잠정 규정' 이란 것을 만들어 취재에 대한 규제를 강화했는가 하면, 지하 출판물에 대한 보도와 관련해서 억지를 부리고 있다.

중의동仲曦東 외무차관이 외국인 기자단에 대하여 정부의 견해에 반대하는 비합법적인 출판물에 대한 보도는 심중하게 취급하도록 요청하였다.

개방 정책에 따라 외국 사람의 입국이 늘어난 이상, 이제껏 외국 사람이 접촉할 수 없었던 치부도 보도되기 시작하였다. 호기심이 지나쳐서 너무 치부만을 수집 보도한다면 확실히 편향 보도가 되겠지만, 당국이 발표하는 관제 뉴스만을 쓰라고 한다면 외국인 기자들은 "왜 그래야 하는가"라고 반문하게 마련이다.

기술에 대한 교류는 증진시키고 싶으나 이에 따른 정보의 교류는 달갑지 않다는 식이라면 '4대 현대화'의 실현이란 생각조차 하기 어렵다.

6.

등소평은 승리하고 화국봉은 패배하다

이러나 저러나 '북경의 봄'은 여름을 맞지도 못한 채 겨울로 접어들었다. 왜냐 하면 북경에서 전개되고 있는 정치 역학 때문에 암살되고 말았던 것이다.

등소평은 '백화제방百花齊放'을 부르짖고 민주주의의 회복을 외치면서, 그 문화대혁명 때문에 침몰했던 지난날의 우두머리 유소기劉少奇의 명예를 회복하는데 성공하였다. 그것은 문화대혁명 간부의 한 사람인 화국봉에 대한 도전이기도 했다.

이 싸움에서 등소평은 이겼고, 화국봉은 패배하였다.

등소평이 승리함으로서 민주주의란 구호는 그 임무를 마쳤다. 이긴 자에게는 민주주의가 필요 없었던 모양이다.

그는 군부와 손을 잡기 위해 더욱 박차를 가하였다.

노동교육 3년의 형을 받고 협서성陝西省에서 복역 중이던 민주청년 유청劉靑은 그의 옥중 수기 가운데, 고문 등에 대한 사실을 고발하면서 다음과 같은 귀절로 끝맺음하고 있다.

마치 중국에 있어서의 민주운동의 앞날을 말해 주는 듯이 말이다.

"앞날을 우러러 보니
나의 마음 침울해질 뿐
느끼는 것, 의기 저상沮喪할 뿐이로다."

제3장
앞으로의 소련에 꿈이 있을까

MARXISM

KARL HEINRICH MARX

1.
의미가 없었던 민주화 선언

이미 세상을 떠난 영국의 재상, 처칠 수상은 1946년 3월에 다음과 같은 말을 남겼다.

발트 해의 시테찐Szczecin부터 아드리아 해의 트리에스테Trieste까지, 대륙을 가로질러 철의 장막이 내려져 있다. 이 장막의 배후에는 중부와 동부 유럽의 유서 깊은 나라들의 수도가 자리잡고 있다.

"바르샤바, 베를린, 프라하, 빈, 부다페스트, 베오그라드, 부쿠레시티 그리고 소피아 등, 이러한 모든 유명한 도시들과 그 주변 주민들이 소비에트 권내에 살고 있다. 그리고 어떠한 형태로든간에 소비에트의 영향 아래 있을 뿐만 아 니라, 더욱 더 중대하는 모스크바로부터의 강경한 영향을 받으면서 종속되어 있다."

벌써 옛 이야기로 잊혀져가고 있지만, 한때 세상을 풍미한 '철의 장막' 이란 말을 처음 쓴 처칠 경의 '플르톤 연설' 의 한 귀절이다.

그로부터 60여 년이 지난 현재, 동구와 서구를 이데올로기적으로 구분하는 경계는 예나 다름없이 변함이 없다. 그러나 '철의 장막' 이란 말이 풍화되어 왔듯이 그 환경은 크게 변하고 있다.

'더욱 더 증대하는 모스크바로부터의 강경한 통제를 받으면서 종속되어 있는' 동구의 여러 나라도 지난 60여년 동안에 대부분이 반항했지만 실패하여, 그 결과로서 현재까지 종속의 관계를 면치 못하고 있는 실정이다.

그러나 그 과정에서 민족주의적인 색채를 드러내게 되어, 이제는 동구 여러 나라의 다양성을 인정하지 않을 수 없게 되었다. 동구의 세계를 일괄해서 어떻다고 이야기하기란 불가능하게 되었다.

'철의 장막' 이란 말은 동쪽 진영과 서쪽 진영과의 냉전과 더불어 쓰여져 왔지만, 그 후에 유럽에서는 열전熱戰을 찾아 볼 수 없게 되고, 오히려 긴장완화데탕트의 기미가 보이기 시작하여 철은 녹기 시작하였다.

1975년 7월과 8월에 걸쳐 헬싱키에서 열린 구주안전보장과 협력회의는 유럽의 긴장완화를 위해 획기적인 회의가 되었다. 동서양 진영의 체제를 가진 여러 나라가 결집하여 서로서로의 협력을 확인했기 때문이다.

이 협력 확인 자체가 그대로 유럽의 안전을 보장하는 것이 아님은 두말할 나위 없다. 유럽에 있어서의 전쟁 핵무기를 둘러싼 미국과 소련의 대립, 그리고 핵전쟁이 현실적으로 일어날 것이라는 공포 아래 펼쳐지고 있는 유럽 각지에서의 반핵 운동의 확산은, 여전히 동서의 대립에 따른 냉전 구조가 유럽에서도 숨쉬고 있음을 말해 주는 것이라 하겠다.

이 헬싱키 회의는 소련의 입장으로서는 좋은 결과를 얻음과 동시에 귀찮은 짐을 지게 되었다. 이 회의에서는 현존하는 국경을 서로서로가 존중할 것을 맹세하였다. 그것은 동과 서로 분단되어 있는 독일은 그대로 고정시킬 것을 승인한 셈이며, 따라서 동독이 국가로서의 인지를 얻게 된 것이다.

그러나 한편으로 이 회의는 다음과 같은 원칙을 재차 확인하였다.

① 인권 및 사상, 양심, 종교, 신조信條의 자유를 포함한 기본적 자유의 존중.

② 가족과의 접촉, 재회, 서로 다른 나라의 시민과의 결혼을 위한 인도적 배려, 여행 · 청년 · 스포츠 교류 등의 인적 접촉의 확대.

③ 저널리스트의 취재 활동 조건 및 비자 취득의 완화, 외국의 인쇄 · 출판물의 배포 개선 등 정보 교류의 확대.

왜 이러한 인권이나 자유에 관한 선언이 행하여졌을까. 대의 명분상으로 본다면 서로의 나라 사정이 자유스럽고 민주주의적인 건전한 국가이어야만 비로소 상호간의 '협력'에 믿음을 줄 수 있기 때문이다. 현실적으로 보면, 서방측 여러 나라가 소련이나 동구권에 대하여 그들의 자유화를 재촉한 셈이 되었다.

이러한 배경 때문에 어쨌든 소련이나 동구권 여러 나라도 이 선언을 인정하지 않을 수 없었다. 그리고 인권이나 자유에 대한 존중이 그들에게 부가되었던 것이다.

그러한 의무는 단순한 도의적인 것이라 하더라도 그 선언을 인정했다는 사실은 소련이나 동구권 내에서 활동하던 반대파에 속한 사람들에게 용기를 주게 되었다.

예를 든다면, 소련에 있는 헬싱키 선언 감시 그룹을 들 수 있다. 선언 속에 명시된 것처럼 진정으로 인권이 지켜지고 있는가를 감시하려고 노력하는 인권옹호 활동가들의 그룹인 것이다.

이 그룹은 물리학자인 유리 오루로프 박사를 중심으로 결성되었는데, 사상이나 신조의 자유를 인정했던 소련이 취한 조치는, 오루로프 박사를 체포하여 자유 박탈 7년, 국내 유형 5년이란 벌을 주는 것이었다.

또 미국에 머물면서 같은 그룹의 대변인이었던 그리고렌코 전 장군의 국적을 박탈하여 사실상 추방해 버렸고 개인에게 사상의 자유가 있듯이 국가에는 '추방의 자유' 가 있어서인지 모르겠다.

체코슬로바키아에는 헌장憲章 77그룹이 있다. 77이란, 1977년에 베오그라드에서 헬싱키 선언 재검토 회의가 열렸는데, 그것을 본받아 생긴 모임이다. 즉, 이 회의에 즈음하여 체코슬로바키아의 인권옹호파의 사람들이 프사크 정권 치하에서의 인권 탄압의 실태를 호소한 선언문을 내놓았다.

이에 지식인 257명이 서명했는데, 1968년의 '프라하의 봄' 을 이끈 하에크 전 외무장관을 비롯하여 그때 발표된 자유화 요구의 '2천 단어 선언' 의 집필자들의 이름이 연서되어 있었다.

체코슬로바키아 역시 헬싱키 회의의 문서들을 승인했기 때문에 인권을 옹호할 의무가 있었다. 그러나 체코의 시민들은 인권이 당국에 의하여 침해되고 있다는 뜻을 그 선언을 통해 고발한 것이다.

소련과 마찬가지로 체코슬로바키아에서도 헌장 77그룹은 국가를 전복시키려 한다는 죄목으로 그룹 가운데 6명을 체포하여 유죄 판결을 내렸다.

2. '브레즈네프 헌법'으로 무엇이 달라졌는가?

익살스러운 일은, 소련은 한편에서는 인권 옹호를 부르짖는 반대파를 탄압하면서 또 한편에서는 1977년 10월에 소련의 새 헌법을 제정하고는 한층 인민의 권리 확대를 꾀하게 되었다고 주장하고 있다. 이것이 바로 '브레즈네프 헌법'이라 일컫는 것으로 1936년에 공포된 '스탈린 헌법'에 대신한 것이다.

브레즈네프 헌법의 특징은 소련 사회를 '발달된 사회주의 사회'라고 규정하고 소련 국가를 '전인민 국가'라고 확인한 점이다.

마르크스주의에 따르면, 프롤레타리아 혁명에 의하여 자본주의 체제가 무너진 다음, 계급이 없어지고 국가가 사멸하는 공산주의 사회가 출현할 때까지에는 긴 시간이 필요로 하는데, 그 전의 공산주의 사회에는 각기 나름대로의 단계로 나누어진다고 한다.

일반적으로는 자본주의에서 사회주의에로의 과도기 사회와 다시 사회주의 사회를 거쳐 공산주의 사회에 이른다고 말하고 있다.

중국에서는 공산주의 사회에 이르기까지의 전 과정을 과도기로 보고, 그런 사회에는 계급적 대립이 존재하며, 따라서 프롤레타리아 독재가 필요하다고 주장하고 있다. 그러므로 중국의 견해에 의하면, 소련은 아직 사회주의 사회의 단계에 있기 때문에 프롤레타리아 독재가 필요하다는 것이다.

그러나 소련의 해석은 조금 다르다. 과도기적 사회에는 프롤레타리아 독재가 필요하지만, 그것은 사회주의 사회가 출현하기 이전의 이야기라는 것이다. 이미 소련은 '발달된 사회주의 사회'로 성숙되었기 때문에 공산주의 사회에 이르기 일보 직전까지 와 있으며, 따라서 계급도 없는 '전인민 국가'를 이룩하게 되었으므로 이제는 프롤레타리아 독재가 필요없게 된다는 논리다.

이러한 마르크스주의에 대한 논쟁을 지금에 있어 옳고 그름을 검토할 필요는 없다. 프롤레타리아 독재가 있고 없고에 관계없이 공산당 독재가 존재하는 한, 이에 대한 논쟁은 별 의미가 없기 때문이다.

그러나 위대한 소련에 경의를 표하는 뜻에서 소련이 스스로 주장하듯이 '발달된 사회주의 사회'라고 인정하기로 하자. 그렇다면 소련의 민주주의도 발달한 민주주의 사회라는 논리가 성립된다. 다만 그것은 사회주의적 민주주의 또는 프롤레타리아적 민주주의가 된다고 주장하는 것이다.

그렇다면 브레즈네프 헌법에서는 민주주의는 어느 만큼 발달하고 있는 것일까. 지금 우리들이 흥미를 갖게 하는 것은 시민의 권리와 자유에 관한 조항이라 하겠다.

《소련에 있어서의 인권 문제와 시민 생활》이란 책을 보면, 브레즈네프 헌법에 소련 시민의 '권리 확대'를 위한 것 같은 새로운 조항이 있는 반면, 시민의 권리를 제한하는 일련의 조문 수정이 행하여지고 있다.

거기에는 가정 그리고, 결혼에 관한 보호규정이나 개인 생활 또는 편지나 전화 및 전보 통신의 비밀에 관한 법의 보호가 명기되어 있다. 더욱이 주택을 받을 수 있는 권리나 문화 달성에 따른 분배 받을 권리가 있다. 그리고 국가 기관에 대한 비판의 권리나 소원권訴願權이 덧붙여져 있다.

이러한 시민의 권리를 살펴보면 새삼스럽다는 느낌이 들어 일부러 발달이라는 수식어를 쓰지 않아도 될만 하지 않은가 생각된다. 그러나 이 따위 시민의 권리조차 다음과 같은 유보 조항의 제약을 받고 있다.

"시민에 의한 권리와 자유의 행사는 사회와 국가의 이익 그리고, 다른 시민의 권리에 손해를 끼쳐서는 안 된다."

이러한 유보 조항은 당연한 것을 적은 것이라고도 볼 수 있겠다. 그러나 무엇이 국가와 사회의 이익인가는 확실하지 않으며, 더구나 그것을 결정하는 것은 국가인 것이다.

그런데 그 국가가 민주적으로 운영되고 있는가 없는가에 따라 이 유보 조항이 자유를 억압하게 되는가 어떤가가 결정된다 하겠다.

국가 기관에 대한 비판권을 인정하면서 현실적으로 비판을 시작하게 되면, 그것이 '국가에 대한 반역'이라고 간주되는 국가의 체질이라면, 이 유보 조항이 바로 억압하는 제도적 장치가 될 것이라는 점을 부정할 수는 없을 것이다.

사상의 자유는 스탈린 헌법에도 없었지만, 브레즈네프 헌법에서도 찾아 볼 수 없다.

표현의 자유는 어떠한가를 살펴보면, 언론이나 출판 · 집회 · 모임 · 가두 행진 · 시위 등의 자유가 인정되고 있다. 그런데 이러한 자유는 추상적으로 인정되었다 해도 별 의미가 없다. 이러한 권리를 행사하기 위하여 필요한 수단을 보장해 주지 않으면 아무런 소용이 없다. 그래서 스탈린 헌법에서는 이를 위해 '인쇄소, 용지, 공공 건물, 도로, 통신 시설 그밖에 물질적 여러 조건의 제공' 을 명기하고 있다.

즉, 의견을 말하고 싶으면 종이를 사서 인쇄소에서 출판물을 인쇄할 수 있도록 보장하겠으며, 집회를 위해서는 공공시설을 제공해 주겠다는 것이다. 현실적으로 소련에서는 그 조항이 글 그대로 실천되지는 않았지만, 하여튼 문면상으로는 '시민의 자유의 권리' 가 보장되고 있다.

그런데 브레즈네프 헌법에서는 문면상으로조차 사라지고 말았다. '공공 건조물, 거리 및 광장의 제공, 광범위한 정보의 보급, 출판물, 텔레비전, 라디오를 이용할 가능성에 따라 보장된다.' 로 바뀌어 버린 것이다.

여기에서 앞의 조항과 견주어 보도록 하자. 표현의 자유를 행사하기 위해 물적인 여러 조건을 이용하는 것에 대해서도 이전에는 어쨌든 자동적으로 보장되었었다. 그러나 이번 헌법에서는 가능성이 있을 뿐이라는 것이다.

가능성이 있다는 것은 동시에 불가능성도 있다는 것을 뜻함으로, 과연 이것이 권리라고 할 수 있을 것인가. 결국 자유롭게 인쇄기를 쓰게 할 수 없으며, 또 종이도 마음대로 줄 수 없다는 선언이라 하겠다.

이 책을 쓴 저자는 반체제적인 지하 출판을 의식한 규정이 아닐까 하는 점을 지적하고 있다.

3.
사하로프 박사의 절망

지하 출판물을 무기 삼아 민주주의를 추구하는 소련의 반대파 운동은, 브레즈네프에 의한 네오스탈리니즘의 대두로 격렬하게 불타 올랐다.

흐루시초프에 의한 '스탈린 비판'이 공산당의 권위를 떨어뜨리게 한 일도 있어 반대파가 활발하게 활동할 수 있는 바탕을 만들어 주었다. 그런데 브레즈네프에 의한 탄압이 강화되자 반발이 일어난 것이다.

반대파라 해도 사회주의를 부정하는 자부터 사회주의 속에서의 민주화를 요구하는 자에 이르기까지 그 범위가 넓어 한 마디로 묶어 논할 수는 없는 일이다.

소련의 '수소폭탄水素爆彈의 아버지'라 일컬어지는 사하로프 박사가 반대파의 지도자로 유명하지만, 사하로프 박사 역시 오랜 동안의 민주화 운동을 전개하는 과정에서 변화하고 있다.

당초에는 사회주의 체제 또는 공산당 지배 아래에서의 개혁을 요구했었다. 그러나 이제는 그 개혁의 전망에 대해 희망을 잃은 나머지 지금은 소련에 대한 외국의 간섭을 기대하기에 이르고 말았다. 외국이 소련을 압박하게 되면 공산당도 견딜 수 없어 민주화 조치를 취하지 않을 수 없을 것이라는 속셈이다.

극히 위험스러운 생각이지만, 이토록 사하로프 박사가 절망할 정도로 소련의 반대파 활동은 당국의 탄압을 받아 위축되고 있었던 것이다. 유명한 작가인 솔제니친은 국외로 추방되었고, 사하로프 박사 역시 고리키 시로 유배되었던 것이다.

여기에서 소련의 반대파 운동에 대해 자세히 기술할 여지는 없지만, 민주주의에 대한 탄압이 소련의 발전을 방해하고 있다는 딜레마의 예를 하나 소개하려 한다.

소련 공산당은 반대파를 탄압하는 것으로서 지배력을 강화하려 꾀하고 있지만, 그것은 오히려 사회의 발전을 늦추게 하여 권력의 기틀 그 자체를 무너뜨리게 하고 있다는 사실에 주목해야 한다.

사하로프와 메도베에체프 그리고, 투울친 등 세 사람에 의한 '점진적인 민주화를 촉구한다' 는 선언문은 대표적인 주장이라 하겠다.

이것은 1970년 3월에 소련 공산당 앞으로 보내진 민주화에 관한 초안이다. 그 내용을 보면 15개 항목에 걸친 민주화의 구체적인 요구가 기술되어 있다. 특히 정보와 창조적 활동에 대한 자유가 부족한 점을 지적하고, 그러한 자유의 결합이 소련의 과학이나 기술을 뒤떨어지게 하여 노동생산성을 저하시키게 하고 있다고 경고하고 있다.

"만일 민주화의 길을 취하지 않는다면 우리나라는 어떻게 될 것인가. 그것은 자본주의 여러 나라에 뒤떨어지게 할 뿐만 아니라, 차차로 이류의 후진국으로 격하될 운명에 놓이게 되어 경제적 난국이 심화될 것이다."
라고 못박고 있다.

예를 든다면 외국과의 정보 교환을 진척시키려면 적의 이데올로기가 침투할 것이라고 제한을 받는 것이다.

"이와 같이 정보의 자유가 제한되어 있기 때문에 지도자에 대하여 통제를 가하는 일이 대단히 어려워질 뿐더러 인민의 주체성이 약화되고, 중간 계층의 지도자는 권리와 정보를 빼앗겨 소극적인 기회주의자나 관료주의자로 변질되고말 것이다. 따라서 가장 높은 행정기관에 있는 지도자들은, 왜곡되고 조잡한 내용을 포함한 불완전한 정보밖에 얻을 수 없게 된다."

따라서 완전한 정보와 공정한 사고 그리고, 창조의 자유를 필요로 하는 과학적인 어프로치가 불가능하게 되어 소련의 경제 발전이 뒤떨어지게끔 되어 버린다.

사하로프 등은 특히 컴퓨터 기술의 낙후성이 결정적이라고 보고 있다. 그는 컴퓨터를 경제면에 도입, 이용하는 것을 '제2의 산업혁명'이라 생각하고, 소련은 이 '제2의 산업혁명'에 실패하고 말았다고 주장하는 것이다.

4. 지도자의 죽음으로 무엇이 변할 것인가

소련에서 노동생산성을 올리고 창조적 의욕을 높이며 정보 사회로 살아가기 위해서는 먼저 사회의 각 분야에서 민주적 기구를 만들어 가지 않으면 안 된다. 그렇게 하지 않는다면 고도로 발달한 자본주의 국가를 따라잡을 수 없다고 잘라 말하고 있다.

이러한 지적은 1970년에 한 것으로 상당한 세월이 지났는데, 그 후의 역사는 사하로프 등의 두려움을 현실로 만들고 말았다.

소련은 1960년대의 기술 개발이나 중화학 공업의 산업혁명에 뒤떨어졌을 뿐만 아니라, 1970년대에 부각되기 시작한 전자 공업 기술의 대혁명에도 뒤지는 결과를 가져왔다. 이러한 낙후성은 소련 경제의 활력을 더 약하게 했으며, 따라서 경제 자체의 힘마저 떨어뜨리게 한 것이다.

이와 같은 기술혁명에 실패한 결과 소련은 고도의 공업기술을 외국으로부터 도입하지 않을 수 없게 되어 버렸다. 그래도 소련의 석유 같은 자원을 수출한 댓가로 외국에서 공업 기술을 들여와 겨우 소련 경제의 근대화를 뒷받침하고 있는 실정이다.

이러한 소련의 약점이 세계 평화에 이바지하고 있다고 한다면 비꼬는 것 같이 들릴지 모르겠지만, 이것이 소련의 데탕트 정책을 촉진시키는 요인이 되고 있다는 사실도 틀림 없는 이야기라 하겠다.

구체적으로 설명해 보면, 서방측의 기술에 의존하는 꼴로 공업 발전을 꾀하고 있기 때문에 본격적인 싸움을 서방측과 할 수 없다는 이치다. 서방측으로부터 고도로 발달한 공업 기술을 도입할 수 없다면, 그렇지 않아도 곤란한 처지에 직면해 있는 소련 경제가 더욱 더 파단의 늪에 빠져 들어가야 하기 때문이다.

소련에서의 민주주의 운동에 대한 탄압이 소련 사회의 민주화를 가로막아, 그것이 소련 경제의 근대화 개혁을 어렵게 한다. 그러므로서 서방측의 기술에 의존하게 되고, 부득이 서방측과의 긴장 완화를 꾀하게 되어 드디어 세계 평화에 이바지하는 꼴이 된다.

이렇듯 장마가 지면 우산 장수가 돈 번다는 식의 논법에 따른다면, 오히려 세계 평화를 위해 소련의 민주화 단압정책을 환영하지 않을 수 없다.

이것이 억지스러운 논리라는 것은 앞서 말한 세계 평화는 어디까지나 소련 경제의 일그러진 상태 위에서 성립한 불안정한 평화이기 때문이다. 오히려 대국적인 면에서 본다면 소련 경제의 안정이야말로 평화에 이바지하는 것을 안 이상, 우리는 소련의 민주화를 환영해야 하겠다.

1982년 1월에 소련의 반대파 탄압에 앞장 섰던 스스로프 정치

국원이 사망했다. 브레즈네프 서기장도 나이가 많아 소련 지도부의 세대 교체도 멀지 않은 실정이다.

이러한 점에서 혹시나 하는 희망이 느껴진다. 생각컨대 스탈린이나 모택동의 죽음은 역시 사회를 뒤흔들게 했었다. 그러나 한편으로 생각해 보면 우습기도하다.

하필 사회주의 국가에서는 지도자가 빨리 죽지 않나 하고 기다리게 하는 이유가 무엇일까 하고 말이다.

제5부

사회주의국가의 생生과 사死

MAR

KARL HEIN

XISM

RICH MARX

제1장
사회주의 국가와의 교류 방법

MARXISM

KARL
HEINRICH
MARX

1.
소련의 강점과 약점

견고한 관료제도를 구축하여 민주주의를 멸시함으로써 사회주의를 매력 없는 것으로 만들어 버린 사회주의 국가는 앞으로 어디로 갈 것인가?

더욱 더 거대해질 것인가. 그렇지 않으면 쇠퇴하여 붕괴하거나 스스로 멸망할 것인가.

중국에서 발행하는 『북경주보北京周報』는 소련에 관해서 '후발後發 초대국은 쇠퇴하기 시작했는가' 라는 흥미 있는 논평을 싣고 있다.

그 기사에 따르면, 소련은 곤욕스러운 처지에 처해 있지만 약체화될 정도에까지는 이르지 않았으나 경계를 소홀히 해서는 안 된다는 것이다.

먼저 소련이 곤경에 빠져 있는 이유를 네 가지 들고 있다.

첫째는, 경제 성장률의 둔화다. 브레즈네프가 정권을 쥐고부터 소련의 국민소득과 공업생산액의 연평균 신장률은 1966년부터

1970년 사이에 걸친 제8차 5개년 계획 기간 동안의 약 8%에서 6.5%로, 그리고 4%로 떨어졌다. 1981년도는 제11차 5개년 계획의 초년도인데, 신장률은 3% 내지 3.4%로 보고 있다.

둘째는, 식량 생산고의 저하다. 1970년대 말에 23,700만톤 이었던 것이 1981년에는 약 16,000만톤으로 크게 줄어들었다. 이것은 브레즈네프 정권이 집권한 17년 동안에 있었던 10번째 흉년이기도 하다.

셋째는, 농업 · 경공업 · 중공업의 불균형이다. 장기간에 걸친 중공업 우선책의 실시 결과, 공업 자금의 80% 이상이 중공업과 군수산업에 투입되어 농업과 경공업이 크게 뒤떨어진 기형적인 발전에 빠져든 것이다.

넷째는, 팽창이나 간섭정책의 수행 결과, 국제적으로 스스로 질머진 무거운 짐 때문이다. 캄보디아와 아프카니스탄 문제로 온 세계의 비난을 받고 있으며, 아프카니스탄이나 쿠바, 폴란드 그리고, 아프리카나 중동 여러 나라에 적어도 연간 1백억 달러를 투입하고 있다.

이상과 같은 네 가지 이유를 지적하면서 소련은 곤경에 빠져 있으므로 필요 이상으로 그 힘을 두려워한 나머지 원칙에도 없는 타협을 할 필요가 없다고 말한다.

그러나 동시에 소련을 과소평가해서는 안 된다고 경고하면서, 그 이유를 다섯 가지로 들고 있다.

① 경제력 때문에 어려움을 겪고 있지만, 막히거나 뒷걸음질은 하지 않고 있다. 그 발전 속도는 오히려 미국같은 서방측 여

러 나라보다 훨씬 앞서 있다. 과거 20년 동안에 소련과 미국의 경제 격차는 점차 줄어들고 있다.

소련 정부의 자료에 따르면 제 7차 5개년 계획 기간에서 현재까지 소련의 국민소득은 미국의 50% 상당에서 67%까지 상승했으며, 공업 생산액도 57% 상당에서 80%로 올라섰다. 소련은 철강, 석유, 석탄, 시멘트, 화학비료, 기관차, 트럭터, 목재 등 20여 종의 생산량에 있어 이미 미국을 누르고 세계의 정상을 차지하였다.

② 군사력도 약체화되지 않았다. 과거 10수년 동안 소련은 일반 무기나 전장 핵무기 면에서 압도적인 우위에 있을 뿐 아니라, 전략 핵무기의 면에서도 미국을 따라잡고 다시 앞지르고 있는 형편이다. 현재 전략 핵무기의 힘을 추정할 수 있는 13개 항목의 주요한 지표 가운데, 소련은 이미 10개 항목에서 미국과 동등하거나 앞서 있다.

③ 곡식의 감산을 '전략적 곤경' 이라고는 할 수 없다. 브레즈네프 정권이 들어서고부터 모스크바는 금을 팔아 서방측으로부터 곡식을 사들여 10번의 흉작을 극복하여 왔다. 1981년에 소련이 곡식 수업에 쓴 금의 분량은 1백여 톤인데, 소련의 연간 금 생산량은 약 3백 톤에 이르고 있다.

④ 석유 산출량의 신장률은 많이 줄어들고 있으나, 그것을 80년대의 에너지 파동이 발생한 논거로 삼기는 힘들다. 미국에서 발행되는 석유 관계 잡지가 1980년 말에 행한 추계推計에 따르면 소련의 석유 매장량은 약 86억여 톤으로 사우디아라

비아에 다음 가는 세계 제2위를 차지하고 있다.

다른 통계에 의하면, 이미 탐사가 끝난 석탄과 석유 그리고 천연 가스의 매장량은 표준 연료 환산법으로 따져서 약 1,200억 톤이 된다. 1978년의 에너지 소비량인 15억 톤에서 계산해 보면, 80년 동안은 에너지 걱정이 없다. 여기에 수력 발전이나 핵 에너지를 합한다면 100년 동안은 문제 없다 하겠다.

⑤ 국제적으로 질머진 무거운 부담은 아직 견디기 어려울 정도는 아니다. 미국이 한국전쟁이나 월남 전쟁에서 입었던 심각한 손실과는 견줄 필요도 없을 정도이다.

아프카니스탄 주둔군이 8만 명에서 10만 명에 이르고, 연간 15억 달러에서 30억 달러까지 쏟아 부었지만, 미국이 월남에 보낸 군대는 제일 많았을 때 54만 명을 넘어섰으며 직접적인 군사비는 1천여억 달러, 간접적 군사비는 3천여억 달러에 달했다.

결론적으로 소련은 약한 데도 있지만 강한 데도 많다는 것을 밝히고 있는 듯하다.

2.
거목도 속이 썩으면 꺾인다

앞에서의 분석에는 큰 결함이 있다. 어떤 결함인가 하면, 그것은 국력을 파악하는 데 있어 불충분하다는 점이다. 이 분석에서는 국력을 경제력과 자원력 그리고, 군사력 등으로 한정하고 있다.

국력을 측정할 때, 이러한 세 가지 점도 중요하지만 J. 프랑켈이 지적한 '심리적 사회적 요소'가 빠져 있다.

사회의 안정도, 즉 사회 질서가 합리적으로 운영되고 있는지 어떤지를 뜻한다. 또 정치 권력의 안정도 중요하다. 그것은 정치적 권위에 대한 대중의 신뢰도가 높은가 낮은가 하는 데 달렸다.

또 국민적 또는 민족적인 사기나 그 통합력 등도 무시할 수 없는 것이다. 더구나 이데올로기적 기반이 튼튼한지 아닌지, 이를테면 가치관이 분열되어 있는지 아닌지도 그 나라의 통합력을 측정하는데 중요한 요소가 된다.

그래서 이 '심리적 사회적 요소'라는 것을 소련을 비롯한 현존하는 사회주의 국가에 적용하여 생각해 보자. 그렇게 하면 관료제도나 민주주의에 대한 문제가 나타나게 될 것이다.

견고한 관료제도가 존재한다는 것은 그것이 위로부터 아래까지 사회 전체를 하나의 규율로 묶어서 통합시킨다는 뜻으로 본다면 사회의 안정에 이바지하고 있다. 그러나 공산당의 일원적인 지배가 위로부터의 강제력 때문이 아니라, 아래층의 동의를 얼마나 받고 있는가를 생각한다면, 이것은 대단히 분석하기 힘든 문제라 하겠다. 관료제도의 고정화는 특권층 간부와 대중의 구분이 명백하게 드러나, 그것이 대중의 사기를 저하시키고 있다는 점은 감출 수 없는 사실이다. 그리고 말할 나위없이 관료화에 따른 특권 간부의 부패는 정치적 권위에 대한 대중의 신뢰도를 현저하게 손상케하고 있는 것이다.

또 민주주의에 대한 억압 역시, 결코 국가의 질서를 강화하는 방향으로 작용하고 있다고 할 수는 없다. 표면적으로 본다면 반대파의 민주주의 운동을 일부의 지식인들의 운동으로 몰아부쳐 경찰력으로 억누르는 일에 성공한 소련이나 중국 쪽이 자유노조연합의 대두를 허용한 폴란드보다 안정된 듯이 보일 것이다.

그러나 체질적으로는 약체화되어 있는 것이 현실이다. 그리고 민주적인 운영의 결함은 노동자의 자주성을 상실하게 하였다. 주어진 계획된 수치를 소화하고 있을 뿐으로, 그것은 노동생산성의 향상을 불가능하게 하고 있다. 창조성을 뒷받침하는 자주성이 있어야만 비로소 사기도 높아지고 생산성도 향상되기 때문이다.

이대로 간다면 마치 거대한 큰 나무가 안으로부터 썩어서 바람이 불기 무섭게 꺾어지고 마는 꼴이 되고 말 것이다.

3.
이제 마르크스주의는 소생하지 못한다

본디 마르크스주의가 추구하던 휴머니즘에 가득 찬 사회주의는 다시 살아날 수 있을 것인가?

현존하는 사회주의 국가에 있어서 그 소생이란 극히 곤란하게 되어 있다. 사회주의 국가 안에 구축된 관료체제는 쌓아 올린 순간부터 자율적인 운동이 시작되어야 한다. 자기 스스로를 부정하는 계기를 관료체제 자체는 가지고 있지 못하다. 따라서 외부로부터의 압력에 의해 무너뜨릴 수밖에 없다.

만일 극도로 강하게 자립한 관료체제가 공산당의 곁을 떠나 공산당의 지도에 따르지 않고 적대적인 관계를 이룰 정도로 비대해진다면, 공산당은 폭력을 써서라도 그것을 파괴해 버리려고 대들 것이다.

그러나 지금의 형편으로는 공산당은 거대한 관료체제를 무난히 조정하고 있고, 자신의 지배하에 두는 일에 성공하고 있다.

공산당은 스스로 정화하는 힘이 약하다. 중국공산당은 관료주의를 계속 비판하고 있다. 그러나 관료주의가 발생한 원인을 어디까지나 타락한 개인의 책임으로 돌리고 당 자체의 문제로까지 차원을 높일 수 있게끔 되어 있지 않다.

따라서 휴머니즘이나 민주주의가 없는 지배는 현존하는 사회주의 국가 안에서의 모순으로 터질 듯이 축적되어 가고 있다. 그러나 그러한 현상이 바로 현존하는 사회주의 국가의 붕괴 또는 자멸을 초래하게 되리라고 기대하는 것은 너무나 낙관적인 생각이라 하겠다.

모순의 정도가 높아지면, 그것을 국내의 식민지주의에 의해 해소해 버리려는 방향으로 작용하려 한다.

그런데 국내 식민지주의란 소련이나 중국 같이 광대한 영토를 가진 국가에서는 지역 사이의 격차를 이용하여 그 생산력의 차이로 지배지역과 종속지역을 조성하고, 그 사이에 수탈收奪 관계를 만드는 것을 말한다.

특히 도시가 농촌을 지배하고 착취하는 관계를 확립하고 있으며, 또 선진先進 공업지역이 이윤의 집중화를 꾀하기도 한다.

이러한 일 때문에 국경지역에서 반란이 일어나고 소수 민족의 반란을 초래하게 하여 새로운 모순을 재생산하고 있다. 이와 같은 사실은 중국이나 소련의 현황을 보더라도 현실적인 문제로 일어나고 있음을 알 수 있다.

흔히 국내의 모순을 대외정책으로 확산해 버리려는 노력 따위를 볼 수 있는데, 이러한 것을 현존하는 사회주의 국가에서도 취하고 있다.

격렬했던 중국과 소련의 대립은 특히, 중국에서 국내 정책에 크나큰 작용을 준 것만은 틀림없는 사실이다. 사회주의 국가 사이에 경쟁 상대를 설정하는 것으로 그에 대한 대항 의식을 높이고 이데올로기를 모택동 사상에로 응집시키는데 성공하였다.

이와 반대되는 뜻으로 앞으로 전개될 것으로 생각되는 중국과 소련의 화해는 두 나라의 사회주의 체제의 붕괴를 막는 작용에 큰 영향을 미칠 것이 틀림없다. 나라 안에서의 사회주의의 우월성에 대한 회의와 불신을 깨뜨려 버리기 위해 새로운 중국과 소련의 화해가 이루어질 것이다. 그리하여 다시금 중국과 소련을 중심으로 하는 사회주의 체제로서의 우월성을 제창하게 될 것이다.

이러한 대응이 궁색해져서 어찌 할 도리가 없게 되는 것은 다음

순간부터이다.

즉, 폴란드에서 일어났던 것처럼 사회주의의 재생운동이 한 나라에 한정된 것이 아니라, 현존하는 모든 사회주의 국가에서 일제히 일어났을 때가 문제이다. 마치 두더지 잡기 게임에서처럼 많은 두더지가 한꺼번에 머리를 든다면 어찌할 도리가 없는 노릇이다.

민주주의와 휴머니즘으로 장식된 사회주의가 소생하기 위해서는 사회주의 국가 안에서의 새로운 혁명이 필요하다 하겠다.

4. 역사적 교훈은 무엇을 뜻하는가

러시아혁명은 제1차 세계대전이 낳은 산물이다. 전쟁을 내전으로 이끌었고, 다시금 혁명으로 유도하였다. 중국혁명 역시 일본의 침략과 항일抗日전쟁 그리고, 국내전쟁이라는 격동 속에서 발생하였다. 한편 월남전쟁도 베트남 통일혁명을 이룩하였다.

이러한 역사의 교훈은 무엇을 뜻하는 것일까. 한나라 안에서의 자발적인 민주화운동은 그 자체의 힘으로 성공할 가능성을 갖기 어렵다는 점이다. 다른 외적인 요인 전쟁 등과 혼연일체가 될 때, 비로소 희미한 희망이나마 생길 것이다.

그렇다면 외적인 요인으로 어떠한 것을 생각할 수 있을까. 먼저 대국大國주의적 팽창주의의 실패와 혼란을 생각해 볼 수 있을 것이다.

나라 안에서의 관료제도의 지배와 민주주의에 대한 억압시스템은 대외적인 정책면에서는 필연적으로 대국주의로 나타난다. 동구권의 여러 나라는 대국주의적 전개를 시작하기 전까지만 해도 소련의 대국주의적 지배에 억눌려 종속되어 있는데 지나지 않았다.

베트남의 캄보디아 침공은 대단히 흥미로운 분석 대상이 된다. 미국의 월남참전에 대한 그들의 저항은 민족적 독립을 얻어낸다는 뜻에서는 확실히 옳은 일이었고, 또 베트남 혁명의 동기가 되었다. 오늘날 베트남이 캄보디아를 침공했다 하더라도 이러한 월남전쟁의 성격 규정을 바꿀 필요는 없다.

그러나 권력을 확립한 베트남 공산당이 명백한 대국주의적 행동을 일으켜서 캄보디아의 독립을 침범하고 있다. 오랜 월남전쟁으로 군대당軍隊黨으로 변해 버린 공산당은, 전쟁이 끝나자마자 바로 자신의 변혁을 이루지 못한 채 커진 군사력의 압력을 받아 캄보디아를 침공하기에 이른 것이다.

캄보디아에서의 폴포트 정권이 범한 일찍이 들어보지 못한 대학살은 마르크스주의와는 관계 없는 야만적 행위라 분노에 찬 규탄을 받아야 마땅할 것이다. 그렇다고 해서 폴포트를 몰아낸 베트남군의 장기간에 걸친 지배를 정당화할 이유도 전혀 없다. 베트남의 캄보디아 침공은 어디까지나 베트남 공산당의 체질에서 생긴 결과라고 해야 옳을 것이다.

베트남의 캄보디아 지배가 부당한 것이라 해서, 중국이 베트남을 혼내 주기 위해 개입한 것 또한 정당화할 수는 없다.

대국주의의 본보기라 할 수 있는 '브레즈네프 독트린' 은 소련의 국내 체제의 국제판이라 하겠다. 공산당에 반항하는 것이 반혁명이 되듯이, 사회주의 국가 전체의 공동 이익에 반대하는 나라 역시 '반혁명' 이라는 논리가 있어 공동 이익을 위해서는 각 나라의 주권은 제한된다는 것이다. 물론 여기서 공동 이익이란 소련의 이익을 말하는 것이다.

만일에 소련공산당이 민주화와 같은 '부당한 정책'을 펴서, 이에 반대하는 바르샤바 조약군이 모스크바를 제압하는 등의 희화戱畵가 전개된다면 '브레즈네프 독트린'은 나름대로의 역사적 공헌을 할 수 있을 것이다.

5. 중국과 소련이 지니는 아킬레스 건

이러한 대국주의적 대외정책이 실패하고 국내의 혼란을 초래하기 위해서는 그것이 국내의 민족 문제와 결부되지 않으면 안 된다.

누구든지 나는 침략자다! 하고 외치면서 침략하는 자는 없다. 괴뢰정권에의 지원이라든지 또는 해방을 위해서라든가 하는 대의명분을 내세우고 침공하는 법이다.

마르크스주의는 인터내셔널리즘을 내세우기 때문에 그것에 대한 알력은 민족 문제로 취급된다. 그런데 소련이나 중국 등에서는 국내적으로도 이민족의 문제를 안고 있다. 더구나 근년에 와서 소련은 이민족 문제 때문에 골치를 앓고 있다.

단코스는 그의 저서인 《붕괴된 제국 소련에 있어서의 여러 민족의 반란》을 통해 이 문제와 모순에 대해 파헤치고 있다.

예를 든다면, 1981년 3월 터키와 가까운 그루지아 공화국에서 러시아 말이나 러시아 문화를 강요하는 데 반대하는 대규모의 데모가 발생하였다. 그들은 소련의 헌법에서 보장하고 있는 여러 민족의 민족적 평등을 내세우고 그루지아 말과 그루지아의 문화를 옹호할 것을 호소하고 있다.

발트 발다이 3국의 하나인 에스토니아에서도 데모가 일어나, '러시아인은 에스토니아에서 물러가라!', '고기를 늘려주고 러시아인을 줄여라!' 등의 구호를 외쳐댔다.

리투아니아, 에스토니아, 라트비아의 발트 3국은, 1939년에 있었던 스탈린과 히틀러의 거래로 독립을 빼앗겼다. 오늘 날 또다시 발트 3국의 독립을 요구하는 성명서가 발표되고 있다.

러시아 민족이 반쯤되는 소련과는 달리, 중국은 한漢 민족이 90% 이상을 차지하고 있어 민족 문제는 소련만큼 심각하지 않다. 그래도 티벳 문제만큼은 중국의 아킬레스 건健이 되고 있다.

소련의 아프카니스탄 침략은 소련에 사는 많은 이슬람교도에게 심각한 충격을 주었다. 이러한 대외적인 팽창주의가 야기하는 혼란이 도화선이 되어 국내의 민족 문제에 불이 붙으면 그 폭발력은 상당히 클 것으로 예상된다.

6.
소련이나 중국에서 모방할 것은 하나도 없다

"크렘린의 친구나 앞잡이들은 표면상 눈에 보이는 정치 투쟁을 멈추고 체제의 '안정화安定化'를 꾀하고 있다. 그러나 실제적으로 그것은 관료주의의 일시적인 안정화를 나타내고 있는데 지나지 않는다. 젊은 세대들은 깊이 파고든 전반적인 불만을 지니고 있어 개화開化보다도 훨씬 많은 절대주의를 내포한 이 '개화적 절대주의'라는 멍에에 대하여 특별한 고통을 느끼고 있다.

살아 있는 사상이 가진 모든 날카로움에 대하여 관료주의가 더욱 더 강화하는 불길한 경계, 그리고 '지도자' 개인의 신격화를 칭송하는 찬가 소리에 견딜 수 없을 정도의 긴장을 느낀다. 이런 것들은 한결같이 국가와 사회 사이의 분리가 증대하고 있음을 입증해 주고 있다.

또 이것들은 내부의 모순과 국가를 둘러싼 불만에 대한 압력이 강해지고 있음을 입증하고 있다. 그리고 국가는 지금 돌파구를 찾고 있으며, 또한 반드시 그 돌파구를 찾아내고 말 것이다."

이것은 지금부터 50여년 전인 1936년에 토로츠키가 지적했던 소련의 관료주의의 모순과 전망을 지적한 글이다. 50여년 전의 소련과 오늘날의 소련이 본질적으로 변하지 않았다는 사실은 참으로 놀라지 않을 수 없다.

토로츠키의 지적이 본질적으로 옳다 하더라도 아무래도 큰 오산을 범하고 있다 하겠다. 그것은 세월이 많이 흘렀는데도 소련은 아직껏 돌파구를 찾지 못하고 있다는 사실이다.

앞으로도 소련은 자기 스스로가 돌파구를 찾아내기란 불가능할 것 같다. 그러나 주변 정세가 심하게 변화하면, 소련도 그러한 변화에 뒤떨어져서 고립화하는 것을 두려워하고 있다.

우선 뭐라고 해도 선진先進 자본주의 국가에 있는 공산당이 소련의 사회주의 건설 모델을 부정할 뿐만 아니라, 그것이 잘못된 모델임을 지적하고 아에 매장해 버릴 필요가 있다.

어쨌든 각국의 공산당은 소련 공산당에 대하여 머리를 들 수 없는 과거의 쓰라린 경험을 가지고 있다. 코뮌테른이라는 세계 공산당 조직을 통하여 혁명에 성공한 소련공산당의 지도를 받아 왔기 때문이다. 그래서 지금까지도 소련형 모델을 철저하게 비판하는 일에 대하여 꺼림직한 생각을 품고 있는 사람이 많은 것도 사실이다.

그렇다고 비굴해질 필요는 없다. 소련공산당은 제일 먼저 혁명에 성공했을 뿐이다. 존경한다거나 부러워할 것까지는 없다. 젊었을 때 최초로 담배를 피운 친구에게는 머리를 들 수 없었던 경험이 있었을 것이다. 어른스럽지 못한 자신이 부끄러워 정중하게 경험자의 이야기를 들었을 것이다. 그러나 그저 그뿐이 아니었던가.

원래 소련이나 중국의 혁명은 특수한 것이다.

마르크스가 프롤레타리아 혁명을 생각하고 있을 때, 그 대상은 19세기 당시에 가장 발달했던 독일과 영국이었다. 높은 생산력이 있어야만 사회주의의 이상이 실현될 수 있다고 믿었던 것이다.

그런데 현실적으로 이루어진 나라는 러시아였으며 중국이었다. 마르크스가 예상할 수 없었던 낮은 생산력을 가진 농촌 사회인 국가에서 프롤레타리아 혁명이 발생한 것이다. 성립 과정부터가 비뚤어져 있었다.

레닌 역시 서구의 선진국에서 혁명이 일어날 것을 기대하고, 서구혁명의 지도에 의해 러시아도 사회주의화될 것이라고 생각했던 것이다. 그러므로 소련이나 중국의 사회주의가 선진국의 모델이 될 수 없음은 당연하다 하겠다.

그런데도 불구하고 어느 사이엔가 소련 공산당이 서구의 공산당을 지도하는, 말하자면 주객이 전도되고 말았다.

한편 중국은 사회주의 사회를 이룩했다고 하면서도 왜 관료주의가 만연하고 개인숭배가 발생하여 민주주의가 뿌리내리지 못하는 것일까. 여기에는 여러 가지 원인이 있지만, 그 가운데 하나는 봉건적인 옛 제도가 중국 사회에 뿌리 깊게 박혀 있기 때문이다.

중국은 자본의의 발전이 성숙하기도 전에 외국 열강 때문에 식민지 비슷하게 되고 말았다. 그리고 이 식민지 지배는 봉건적 옛 제도를 잘 이용해서 그들의 지배를 강화하였다.

1949년에 이르러 사회주의 혁명이 성공하자, 중국은 제국주의 지배에서 풀려나 해방되었다. 그러나 그 때까지 중국에서는 봉건주의를 일소하는 적대화를 위한 부르조아 혁명이나 시민 혁명이 충분한 성과를 올릴 수 없었던 것이다.

따라서 사회주의 사회가 되어도 봉건적인 가부장家父長 제도의 영향이 커서 토론이나 설득, 결의와 같은 민주적인 수단을 거치지 않는 강권적 독재 시스템이 번져 나갔다.

권력을 잡는다는 것은 그 자체가 영달이며, 지배를 뜻하는 것이다. 이러한 사정도 있고 해서 지금은 부르조아 혁명이 가져다 준 반봉건적反封建的 민주주의의 역할을 새삼 재확인하려는 움직임이 중국에 있을 정도다.

이러한 특수한 사회 상황 아래에서 생긴 공산당의 혁명 형태가 어떻게 보편성을 지닐 수 있겠는가. 배우기는커녕 모방할 것도 못된다. 오히려 그것과는 별도의 모델을 만들 필요가 있다.

현존하는 사회주의 국가의 현실이 사회주의의 이미지를 격하시키고 있는 이상, 그러한 상황을 바꿔 놓을 수 있는 참신한 민주주의적 모델을 찾지 못하면 선진 자본주의 국가의 공산당도 재생할 수 없을 것이다. 그러한 노력 없이는 현존하는 사회주의 국가의 재생 역시 불가능하다 하겠다.

7.
동서 교류는 사회주의 국가를 변모시킨다

공산당원도 아닌 우리들 일반 대중은 어떠한 방법으로 현존하는 사회주의 국가들과 교류해야 할 것인가를 생각해 보아야 하겠다.

관료주의적이며 비민주적 국가는 정말 무섭다. 그리고 대외적으로는 대국주의적인 팽창정책을 전개하고 있다. 그러니까 힘으로 고립화를 꾀하여 스스로 자신의 잘못을 깨닫게 해주어야 한다.

이런 식의 논리는 지난 냉전시대에나 통하던 생각이다. 현대의 국제사회는 '상호의존相互依存'의 세계이다. 이렇듯 국제사회는 변해 가고 있는 것이다.

지금까지는 국가의 주권이 절대화되고 국경이 갖는 의미가 중요시되었으며, 군사력이 안보 그 자체라고 생각되어 왔다 그러나 근래에는 이러한 생각에 대한 비판의 소리가 일고 있다.

오늘날에는 국가라는 테두리를 넘어서서 상품이나 재물 그리고 인간이나 사상, 정보 등이 서로 상대편에 스며들기 시작하였다. 이러한 물자의 교류와 기술의 교류, 문화의 교류가 더욱 더 진행되면, 안전보장을 책임질 여러 가지 단계로 세분화되지 않을 수 없을 것이다. 즉, 군사력만으로 지켜질 수는 없을 것이다. 그리고 도대체 국경 자체도 불가침성이 매우 격감할 것이다.

이러한 사실은 동서 관계에도 적용될 수 있다. 미소 대립의 쌍극雙極 구조가 붕괴되고 다극화 구조가 생겨남에 따라 동서의 교류도 증대되었다.

서방측의 유럽 공동체EEC와 동구상호경제원조회의東歐相互經濟援助會議 ; COMECOM 사이에 경제 교류가 깊어지듯이 상호의존의 관계가 강화되고 그것이 또 상호교류를 불가피하게 하고 있다.

일방적인 고립화 정책은 다른 쪽에도 영향을 미치게 한다.

그런데 상호의존은 경제적 상호의존 뿐만 아니라, 각 분야로 확대되어 오히려, 그 의존 관계를 강화함으로서 서로간의 방자한 행동을 억제할 수 있게 된다.

상호교류의 진전은 특히 사회주의 국가를 변하게 한다. 그 좋은 보기가 중국이다. 중국이 개방정책을 채택함으로서 외국으로부터 상품, 인간, 사상, 정보가 대량으로 도입되었다. 그것은 좋은 뜻으로든 나쁜 뜻으로든 간에 중국 사람의 의식을 변하게 하였다. 따라서 객관적인 사고나 상대적인 견해가 나타나게 된 것이다.

중국의 민주화 요구도 그 변화의 일면이다. 따라서 권력층은 당황해서 '부르조아 사상의 해독이 흘러 들어와서 젊은이들의 사상을 좀먹고 있다' 고 단속을 실시하고 있다.

그런데 혼란은 시행착오를 낳게 한다. 외국 사람과의 교류를 권유하면서도 외국인과 사랑이나 결혼은 금지한다는 것은 자기 모순과 다를 바 없다. 이러한 시행착오는 어차피 시정될 것으로 믿는다.

4대 현대화 정책에 있어서 경제교류는 불가결한 것으로 그것은 인간이나 사상, 정보를 불가피하게 반입하는 결과가 된다. 관료들은 그 사상이나 정보로서 대중이 다양화되어 가는 것을 무서워한다. 그런데 이러한 딜레마는 쉽사리 극복되지 않는다.

상회의존 관계의 강화는 불가피하게 대중의 의식을 바꾸어 간다. 그러나 그것은 현존하는 사회주의 국가에 나쁜 영향을 주지는 않는다.

힘에 의한 변화는 빗나갈 수 있지만, 이성에 따른 변화는 건전한 방향으로 가게 될 것이다.

역은이의 말

마르크스주의에게 비판 받는 사회주의 국가

이념으로서의 사회주의를 생각하면서, 그것을 판단 기준으로 삼아 중국이나 소련 등 현존하는 사회주의 국가들이 전개하고 있는 현실을 분석한다는 것은 뜻이 없다는 설이 있다.

그래서인지 오랜 모스크바 생활을 경험한 어느 학자는 "사회주의 이념과 견주어 볼 때 소련의 현실을 분석한다는 것은 생산적이 되지 못하며 때로는 무의미한 것이다"라고 말한다.

왜냐 하면 "소련의 민중이나 당원 그리고, 지도자들의 행동 동기라던가, 그들의 행동을 가늠할 규범이 사회주의 이념과는 너무나 동떨어져 있다. 따라서 이념을 앞세워 이야기해 보았자 거의 통하지 않는다는 점, 그리고 또 현실은 기성 개념으로서의 '사회주의' 라는 틀을 훨씬 넘어선 것이라는 점을 확실히 인식하였기 때문"이라고 한다.

확실히 현존하는 사회주의 국가들의 국가적 행동을 보더라도, 그들이 무엇보다도 먼저 앞세우고 있는 것은 국가의 이익이라는 점이다. 이러한 점에서는 자본주의 국가와 아무런 차이가 없으며, 따라서 국제정치는 국가의 이기주의를 숨김없이 드러내어 놓은 힘의 경쟁이 계속되고 있다 하겠다.

중국의 민중들을 보더라도 마르크스주의의 세계와는 이질적인 환경에서 살고 있다.

지난 문화대혁명이 기승을 부릴 때에는 너무나 많은 '이념'이 제창되었으나 반드시 그 이념을 실천하기 위하여 행동했던 것은 아니다. 그들은 더 중국의 긴 역사 속에서 길러진 전통적 세계 속에 살고 있는 듯하다.

참다운 마르크스주의자였다면 등소평 체제 아래에서의 민주주의에 대항하여 틀림없이 대중은 벌떼처럼 일어날 것이라고 생각할 수 있다. 따라서 이러한 기대를 한다는 것은 무리한 추측이라고 할 수는 없는 노릇이지만, 중국의 민중에게는 또 다른 논리도 있다 하겠다.

중국 민중에게 있어서 국가 권력은 언제나 억압하는 기관이었으며, 관료 체제였었다. 봉건 왕조는 두말할 나위도 없거니와 1911년의 신해혁명辛亥革命으로 공화국이 된 이후로도 매한가지였다.

거기에 등장한 권력은 원세개袁世凱나 장작림張作霖 등이 이끄는 북양대군벌北洋大軍閥이었으며, 장개석蔣介石의 독재체제였다. 그리고 그 권력의 자리에 새로이 앉은 자가 중국공산당이었던 것이다.

공산당이 권력자인 이상, 그 권력자가 민주주의를 억압한다고 하더라도 중국의 민중으로서는 그렇게 놀랄 만한 일이 아니었다. 권력자가 민중을 억압한다는 것은 새삼스러운 일이 아니었기 때문이다.

전해 들은 이야기지만, 북경에 사는 사람에게 농촌에 있는 친구로부터 편지를 받았다고 한다. 그런데 그 내용 가운데 다음과 같은 귀절이 쓰여져 있었다는 것이다.

"그건 그렇고, 지금 북경의 황제皇帝는 누구인가요?"

중국의 벽지에 있는 농촌에서는, 지금도 삽이나 괭이를 들고 일하는 농민에게는 모택동이나 화국봉도 그리고 등소평조차 '황제'라고 여겨지고 있는지 모르겠다.

이러한 보기는 극단적인 이야기라 하겠지만, 어찌 되었든 간에 사회주의 국가인 중국 안에는 마르크스주의의 이론이나 이념으로는 믿을 수 없는 현상이 대단히 많다. 이러한 사실을 가지고 사회주의의 타락이라고 비판해 보았자 별 수 없다는 생각을 하는 것도 하나의 논리인 것이다.

그러나 마르크스가 쌓아올린 사회주의 이념을 가지고 현존하는 사회주의를 비판한다는 것이 무의미하다고 잘라 말하기 또한 어렵다.

마르크스는 무엇보다도 먼저 자본주의의 비인간성인 면을 고발하였다. 마르크스주의의 밑바닥에 흐르는 것은 인간성의 회복이라는 점이다. 인간이 사는 세상에서 인간이 인간답게 살기 위해서는 어떻게 해야 할 것인가.

이와 같은 영원한 주제를 가지고 마르크스는 자본주의를 비판했던 것이다. 이 과제는 당연한 일이지만 사회주의 속에서도 계속 살아 숨 쉬고 있다.

따라서 마르크스주의는 자본주의에 대한 비판인 동시에 사회주의 국가에 대한 비판이 될 수도 있다 하겠다.

그리고 현존하는 사회주의 국가에서 관료제도가 만연하고 민주주의가 억압되어 그 결과로서 인간성이 심하게 손상되고 있는 이상, 인간성의 회복을 바라는 마르크스주의의 이념은 더욱 더 사회주의 국가에 대한 비판 원리로서의 유효성을 발휘할 것이라 믿어진다.

마르크스의 잘못된 계산은 자본주의를 비판하기 위해서 만들어진 이론이 어찌해서 사회주의 국가를 비판하는 무기로 변했는 것일까.

참으로 역사란 얄궂은 운명을 더듬어 가는 것이라 아니 할 수가 없다.